Aus Freude am Lesen

Sie sind Photographen, Schüler, Studenten, Zeichner, Web-designer, Mafiakuriere, Finanzjongleure. Sie sind vielleicht manchmal Träumer oder Eigenbrötler, aber sie kommen zurecht. Bis unverhofft etwas Verstörendes geschieht, das sie in einen Abgrund der Verwirrung stürzt. Mal sind es bizarre Ereignisse, mal sind es nur die Liebe und die Leidenschaft, die ihnen jegliche Orientierung rauben und ihnen neue Räume und Wirklichkeiten eröffnen. Aber gleichgültig, ob sie die Herausforderungen des Unbekannten als bedrohlich empfinden oder als zutiefst verlockend, eines ist gewiß: Eine einfache Rückkehr in die Ordnung der Dinge kann es danach nicht mehr geben.

In dreizehn ungewöhnlichen Geschichten zeigt Peters, daß er nicht nur ein großer Romancier ist, sondern auch ein Meister der kurzen Form, daß er das Komische ebenso beherrscht wie das Ernste, das Leichte ebenso wie das Schwere, das Phantastische ebenso wie das Alltägliche.

CHRISTOPH PETERS wurde 1966 in Kalkar (Niederrhein) geboren und lebt heute in Berlin. Für seine Erzählungen und Romane wurde er vielfach ausgezeichnet, u.a. mit dem *aspekte-Literaturpreis* und dem *Rheingau-Literaturpreis*.

CHRISTOPH PETERS BEI BTB
Kommen und gehen, manchmal bleiben (73060)
Stadt Land Fluß. Roman (73274)
Das Tuch aus Nacht. Roman (73343)
Heinrich Grewents Arbeit und Liebe. Eine Erzählung (73064)
Ein Zimmer im Haus des Krieges. Roman (73768)
Mitsukos Restaurant. Roman (74159)

Christoph Peters

Sven Hofestedt
sucht Geld
für Erleuchtung

Geschichten

btb

Verlagsgruppe Random House FSC-DEU-0100
Das für dieses Buch verwendete
FSC®-zertifizierte Papier *Lux Cream*
liefert Stora Enso, Finnland.

1. Auflage
Genehmigte Taschenbuchausgabe Mai 2011,
btb Verlag in der Verlagsgruppe Random House GmbH, München
Copyright © 2010 by Luchterhand Literaturverlag, in der
Verlagsgruppe Random House GmbH, München
Umschlaggestaltung: semper smile München, nach einem
Umschlagentwurf von R·M·E, Roland Eschlbeck
Umschlagmotiv: © Image Source / Corbis
Satz: Greiner & Reichel, Köln
Druck und Einband: CPI – Clausen & Bosse, Leck
MM · Herstellung: BB
Printed in Germany
ISBN 978-3-442-74419-0

www.btb-verlag.de

Besuchen Sie auch unseren LiteraturBlog www.transatlantik.de.

Für den besten Peter

Lichtverhältnisse am Berg

Das schmucklose Holzkreuz im Osten markierte eine Kuppe, die vom Tal aus ein Gipfel war.

Färber befand sich auf 3000 Meter Höhe, ohne einen Schritt gestiegen zu sein. Unten hatte es genieselt, aber der Monitor in der Talstation, der das Standbild einer Videokamera auf dem Joch zeigte, hatte ihn bereits vermuten lassen, daß er sich hier in einem Streifen zwischen zwei Wolkenfeldern befinden würde.

Am Schalter war keine Schlange gewesen, vor ihm lediglich ein älteres Ehepaar mit Skiern. Trotzdem hatte ihn die Frau an der Kasse nicht als Person wahrgenommen. Ihre Augen waren den Bewegungen der eigenen Hände gefolgt – beim Eingeben des Tarifs, beim Geldzählen, als sie das Ticket durch den Schlitz schob: Kein einziges Mal hatte ihr Blick den seinen gekreuzt.

Er stand an der niedrigen Mauer, die das Gebäude der Station und den Gletscher voneinander trennte. Scharfe Böen schnitten ihm ins Gesicht. Vor ihm lag ein erst sanft, dann steiler ansteigender Eishang, der beinahe ganzjährig als Piste genutzt wurde. Ein Schlepplift zog einzelne Skifahrer in den Nebel hinauf. Jetzt, Mitte November, herrschte kaum Betrieb. Auf der anderen Seite, Richtung Tal, schwebten blaue Sesselschalen aus dem Dunst und in ihn zurück, geleitet von farbigen Stangen in orangefarbenen Quadern, die dort lagen wie das Spielzeug außerirdischer Riesenkinder.

Färber schaute durch seine Nikon D3, sie war groß und schwer, 12,5 Megapixel, die beste, die zur Zeit gebaut wurde. Das Objektiv surrte – kurze, abrupt endende Visiergeräusche, denen kein Photo folgte. Er ließ die Kamera sinken, zog den rechten Handschuh aus, stopfte ihn in die Jackentasche, schaute erneut durch den Sucher. Endlich drückte er den Auslöser, immer noch halbherzig, setzte ab, prüfte das Bild auf dem Display, anschließend die Histogrammkurven, damit er tatsächlich wußte, wie das Licht sich auswirken würde, insbesondere im extrem hellen und im ganz dunklen Bereich. Das Display selbst war zu klein, als daß er allein anhand der Darstellung hätte erkennen können, was später auf dem Studiobildschirm oder im Ausdruck zu sehen sein würde.

Nicht weit entfernt glitt das Ehepaar, das vor ihm an der Kasse gestanden hatte, langsam zurück Richtung Lift. Er erkannte die Frau an ihrer grellgelben Skibrille mit dem leuchtend violetten Sichtfeld, neben der ihre gebräunte Wangenhaut wie antikisiertes Leder wirkte.

Vieles konnte mißlingen. Vor allem durfte es keine toten Bereiche geben, keine Fehlstellen oder undifferenziert körnigen Flächen. Für Bedingungen, wie sie hier herrschten, fehlten ihm Erfahrungswerte. Er hatte nie mitten im Schnee gearbeitet, umgeben von reinem Weiß, das einen früher oder später blind machte. Wenn er länger hinschaute, flimmerten winzige Punkte in allen Farben des Spektrums. Dann wieder schlug die Helligkeit ins Negativ um, oder es schoben sich phosphoreszierende Flecken durchs innere Auge wie Wanderlöcher in brennendem Papier. Er erinnerte sich an Kindheitswinter, an Schlittenrennen, schmerzende Kälte im Gesicht, Sekundenbruchteile totalen Orientierungsverlustes, während er sich überschlagen hatte.

Daß er jetzt hier stand, hatte nichts mit alten Empfindungen zu tun. Er wollte keine Erinnerungen ausgraben: weder Sentimentalität noch Bewältigung.

Nicht nur der Schnee, auch die Wolkendecke war weiß, eine Nuance dunkler, aber weit entfernt von Grau. Unmittelbar über ihm hatte sie eine andere Beschaffenheit als der Schnee zu seinen Füßen. Weiter oben, in einer für das Auge nicht abschätzbaren Entfernung, löste sich die Grenze auf. Kein Unterschied zwischen festem Boden und nasser Luft.

Er stellte sich vor hineinzufallen – nicht in das, was dort war, sondern in das, was seine Augen ihm vorgaukelten: schwerelosen Raum aus Licht. Die Wolken verteilten es gleichmäßig. Nichts und niemand warf Schatten. Der Schnee reflektierte die Helligkeit ohne erkennbaren Intensitätsverlust. Ein Hin und Her wie zwischen zwei Spiegeln, nur daß nicht die Gestalt eines vierzigjährigen Mannes mit Kamera ins Unendliche wiederholt wurde – kein »Ich«. Statt dessen Leere, Formlosigkeit.

Er schaltete auf Unterbelichtung, löste aus, kontrollierte erneut, schüttelte den Kopf.

Was unter diesen Bedingungen funktionierte oder nicht funktionierte, würde er erst zu Hause feststellen. Sein Studio lag zweieinhalb Autostunden von hier entfernt. Um diese Jahreszeit konnte die Fahrt doppelt so lange dauern. Schon deshalb mußte er alles tun, damit sich das, was er mitbrachte, als Arbeitsgrundlage verwenden ließ.

Färber wußte nicht, wie die Bilder am Ende aussehen sollten. Es gab keine Botschaft, die irgendein Werbekunde mit ihnen transportieren wollte, es gab gar keinen Auftrag, nur etwas in seinem Innern. Er hätte es nicht »Vision« genannt, obwohl das Wort sogar passend gewesen wäre:

Er hatte etwas gesehen, das es nirgends zu sehen gab, und von dem er weder wußte, wie es sich herstellen ließ, noch was seine konkrete Gestalt war. Etwas wie den Kern einer Sichtweise, die er mittels Versuch und Irrtum am Rechner herausfiltern würde.

Was die Bilder auf keinen Fall vermitteln durften, wußte er hingegen genau: weder Wintersportsgeist noch Après-Ski-Laune, kein Bergsteigerpathos, kein Naturidyll, keine alpine Volkstümelei.

Er probierte jetzt Überbelichtungen, um aus den Durchschnittswerten herauszukommen, die der Apparat wählte. Fehlbelichtungen ließen später verschiedene Korrekturmöglichkeiten zu, wenn in den Dunkelheiten jedoch überhaupt keine Daten waren, konnte er auch nichts verstärken. In unmittelbarer Nachbarschaft des Schnees sah das Programm die Felsformationen als reines Schwarz. Tatsächlich bildete der Fels aber komplexe Linienstrukturen, ein Geschiebe aus schweren Farben und Grauschattierungen. Das aufgeworfene, zerborstene, in sich verkeilte Gestein bezeugte Verwerfungen, die vor Jahrmillionen stattgefunden hatten, während einer erdgeschichtlichen Epoche, die vorbei gewesen war, lange ehe es Menschen gegeben hatte, um sie zu bezeugen. Was sich vor ihm erhob, war der Brustkorb eines Riesenorganismus, der den Atem anhielt. Natürlich wurde in Wirklichkeit überhaupt nichts angehalten, der menschliche Wahrnehmungsapparat war nur einfach unfähig, das allmähliche Heben und Senken zu erkennen. Selbst eine Zeitrafferkamera wäre an ihre Grenzen gestoßen: ein Bild pro Jahr, um zweieinhalb Zentimeter Absacken des Bergrückens festzuhalten. Fünfundzwanzig Bilder pro Sekunde verrechnete das Gehirn zu einer flüssigen Bewegung. Vier Sekunden Film in hundert

Jahren, während derer das komplette Massiv etwa zweieinhalb Meter an Höhe verlor. Das Auge erfaßte nur einen winzigen Ausschnitt aus dem Spektrum der Geschwindigkeiten. Es konnte auch nicht folgen, wenn eine Knospe sich allmählich entfaltete: Sie war geschlossen, sonst nichts. Dann einen Spalt weit geöffnet, ganz still. Schließlich das Stadium der Blüte: *Eine-Rose-ist-eine-Rose-ist-eine-Rose*. Das einzige, dem er zuschauen konnte, war das Fallen eines welken Blütenblatts, wenn er Glück hatte oder lange genug wartete.

Färber kehrte aus Sekundenbruchteilen Unendlichkeit zurück. Der Wind nahm an Härte zu, riß die mechanischen Rhythmen der Liftanlagen auseinander, wehte Halbsätze zu ihm herüber, die nicht ihm galten. Sein rechter Zeigefinger wurde steif. Ohne Handschuh zu photographieren war aussichtslos. Er zog ihn wieder an, büßte sein Fingerspitzengefühl ein, überlegte, das Ganze zu verschieben, in die nächste Sitzschale zu steigen und zurück ins Tal zu fahren. Im Frühjahr konnte er wiederkommen.

Statt abzubrechen und zu flüchten, wickelte er sich den Schal um den Kopf, so daß nur noch ein Schlitz für die Augen freiblieb. Kurz darauf stellte er fest, daß die feuchte Luft aus Mund und Nase in der Strickwolle zu einer eisigen Nässe wurde, die sich ekelhaft anfühlte und stank. Er schob den Schal zurück unters Kinn.

Im Grunde verabscheute er Natur. Fragte jemand danach, sagte er, sie interessiere ihn nicht, weder beruflich noch privat. Doch letztlich war es Abscheu, und an dessen Grund Angst, eine wahnsinnige, nur mit Mühe in Schach gehaltene Angst vor dem Unbeherrschbaren. Er ging auch nicht gerne zu Fuß. Für das kurze Stück Weg zwischen seiner Wohnung und dem Studio nahm er den Wagen und verwandelte sieben Minuten Gehen in zwei Minuten zum Aus- und Einparken, ein bis drei Minuten vor roten Ampeln und viereinhalb für die eigentliche Fahrt. Das Wetter hatte mit dieser Gewohnheit nichts zu tun. Zu Fuß war jedes Wetter schlecht. Wenn es regnete, wurde er naß, bei Eis und Schnee konnte man sich das Genick brechen. Abgesehen davon fror er, sobald er die eigenen Räume verließ, es sei denn, draußen herrschten über dreißig Grad Sommerhitze.

Der Wind ließ die Flaggen an den Aluminiummasten knallen: Europa blau mit gelbem Sternkreis; Österreich rot-weiß, drei Streifen; Tirol rotweiß, zwei Streifen. Die obere Wolkendecke wurde auseinandergetrieben, so daß Licht-kegel durchbrachen, obwohl sich kein blauer Himmel zeig-te. Ein Anstieg, der aus Schichtungen schwarzen Gesteins bestanden hatte, leuchtete in Ocker und Ziegeltönen. Auf Schneehängen überlagerten sich die Schatten von Felsvor-sprüngen und dichteren Wolken, wurden mit großer Ge-schwindigkeit ineinandergetrieben.

Färber machte Bild auf Bild, kontrollierte die Ergebnis-se. Für zweite Versuche blieb nie Zeit, denn im nächsten Augenblick erstarrte der Ausschnitt, der gerade noch belebt gewirkt hatte, statt dessen geriet ein Stück tote Steilwand in Bewegung. Neben hellen randlosen Schwaden erschienen dunkelgraue mit sauber zerfetzten Konturen.

Der Sturm verschärfte sich weiter. Das Windrad auf dem Dach der Station rotierte, als wollte es mitsamt Ge-bäude abheben. Die Aufheiterung war längst verflogen, es verfinsterte sich. Färber schaute auf die Uhr, sie zeigte fünf nach drei. Unwahrscheinlich, daß es bereits dämmerte. Die Sesselschalen an den Drahtseilen schaukelten bedenk-lich. Weiter oben peitschten Schneeböen Slalomtore. Dann plötzlich ein Abbruch, ein kurzer Moment, in dem alle Geräusche verstummten, um sich neu zu sortieren: verschiedene Stimmen des Windes im Fels, bremsende Skikufen, Gelächter. Etwas fehlte, er sah es jetzt: Beide Lifte standen still.

Aus den Lautsprechern, die am Gebäude montiert waren, meldete sich ein Knacken, ehe eine für hiesige Verhältnisse hochdeutsche Stimme sagte: »Verehrte Gäste, da die Sicherheit der Anlage infolge der Windstärke nicht mehr gewährleistet ist, wurde der Liftbetrieb eingestellt. Wir bitten um Ihr Verständnis. Die Seilbahn von der Sommeralm verkehrt weiterhin.«

Färber merkte, wie ihm trotz Kälte der Schweiß ausbrach, unmittelbar gefolgt von Panik. Er lief zum Stationsgebäude, warf die Schwingtür auf, stürmte hinein, hielt inne, sah sich um. Der Kiosk, an dem man vorhin noch Tee, Schnaps und Wiener Würstel hatte kaufen können, war geschlossen. Er klopfte an die Scheibe, obwohl dahinter kein Licht mehr brannte. Die zuständige Person war bereits gegangen. Er schlug gegen Türen, rief »Hallo« und »Entschuldigung!« Nirgends ein Mensch, der für die Steuerung der Anlage zuständig war, auch sonst keiner. Bei den Toiletten fand er eine Gegensprechanlage, darüber ein Schild mit der Aufschrift *Notruf.* Neben einem größeren Kreis aus gestanzten Löchern und einem kleineren, hinter dem das Mikrophon steckte, zeigte ein grünes Lämpchen an, daß das Gerät eingeschaltet war. Färber drückte die Sprechtaste, hörte Knistern und Rascheln, dann eine unfreundliche Männerstimme: »Was gibt es denn?«

»Daß der Lift aus ist«, sagte Färber, »wegen des Wetters, aus Sicherheitsgründen wurde gesagt, das kann ja sein, aber wie kommen die Leute jetzt wieder runter?«

»Wie sonst auch: auf die Ski.«

»Aber wenn man keine Ski hat?«

»Dann müssen S' halt laufen.«

»Wissen Sie, was hier oben für ein Wind geht?«

»Eben darum ist der Lift aus.«

»Und wann wird er wieder eingeschaltet?«

»Heut' nimmer.«

»Aber wenn sich eine Lawine löst, während ich dort bin?«

»Lawinen hat's da herunter keine.«

»Ich meine: Wenn doch?«

»Dann kommt die Bergrettung mit'm Hubschrauber.«

Der Mann lachte schadenfroh, sagte: »Grüß Gott«, und brach den Kontakt ab.

Färber starrte den Lochkreis an, hinter dem es jetzt toten-still war, zog reflexartig sein Mobiltelephon aus der Hosen-tasche. Es hatte Empfang, wenn auch schwachen. Seine Stimmung hob sich kurz, bis er einsah, daß das Telephon ihm nichts nützte. Er könnte allenfalls versuchen, irgend-wie an die Nummer der Bergrettung zu gelangen – die deut-sche Auskunft funktionierte hier nicht –, und dann tatsäch-lich den Hubschrauber rufen. Das würde ihn an die 10 000 Euro kosten, die keine Versicherung übernähme.

Er schloß die Augen, lehnte sich gegen die eisige, mit rot lackierten Stahlblechen verkleidete Wand, dachte, seine Knie hätten alles Recht nachzugeben, entschied sich dann aber, stehenzubleiben.

Er stellte sich seinen Tod im Eis vor. Gestorben für die Kunst, bei dem Versuch, eine neue Sicht auf die Berge zu finden. Immerhin nicht für ein Luxushotel oder einen Campingausstatter. Er hatte sich eigens Skiunterwäsche gekauft, ein Himalaja-erprobtes Mikrofaser-Hemd sowie eine textiltechnisch optimierte Version der Daunenjacke.

Die Sachen würden ihn im Ernstfall nicht retten. Wenn er stürzte, sich den Knöchel brach, würde er liegen bleiben und erfrieren. Morgen früh hätte der Neuschnee ihn zugedeckt. Er wäre ein Hubbel oder eine Schanze, die für kleinere Sprünge taugte.

Färber trat hinaus. Von der oberen Piste kam eine fünfköpfige Gruppe Skifahrer heruntergerast. Sie verlangsamten das Tempo, fuhren einen eleganten Bogen um das Gebäude herum, schwenkten in den nächsten Abschnitt ein. Die beiden vorderen nahmen mit ein paar kräftigen Stößen der Stöcke neue Fahrt auf, gingen in die Hocke und schossen davon, während die hinteren in lässigen Schwüngen folgten.

Nicht nur als Photograph fehlte ihm jede Erfahrung im Schnee, er hatte auch keine Vorstellung, wie lange er zu Fuß für den Abstieg benötigen würde. Die Station auf der Sommeralm, wo der Gondelbetrieb trotz des Windes fortgesetzt wurde, lag hinter einem Hang, inmitten einer Wolke. Färber hielt die Kamera umklammert, als wäre sie sein einziger Halt, schaute an sich hinunter: Er trug Halbschuhe, die zwar Profilsohlen hatten, aber nicht über die Knöchel reichten. Nach wenigen Schritten würde Schnee von oben eindringen, die Socken durchnässen. Er dachte an den Bergsteiger Messner, den er vor einigen Monaten photographiert hatte. Wenn es ganz schlecht lief, konnten die Zehen erfrieren und müßten amputiert werden.

Es war jetzt zwanzig nach drei, in anderthalb Stunden würde es stockdunkel sein. Er ging los, folgte den Stangen, den orangen Quadern, die die Piste markierten. Der Sessellift nahm einen anderen Weg, über schroffe Felshänge, nacktes Gestein. Die Strecke wäre kürzer gewesen, ließ sich aber zu Fuß kaum bewältigen. Weitere Skifahrer überholten ihn. Das Geräusch der Bretter im vereisten Schnee hatte etwas Gewalttätiges, wie Schwertstreiche, nur daß kein Kopf rollte. Es war glatt, er rutschte aus, ruderte mit den Armen, um die Balance zu halten, fiel dann doch, konnte den Sturz nicht abfangen. Mehr als alles andere mußte die Kamera vor Stößen geschützt werden. Ein stechender Schmerz am Steißbein schoß bis in seine Brust, nahm ihm den Atem. Er saß da, sammelte sich. Ein Snowboarder raste haarscharf an ihm vorbei, schrie etwas, das er nicht verstand, wedelte mit dem Mittelfinger. Färber dachte einen Moment, wie es wäre, einfach liegenzubleiben und das Ende abzuwarten. Das Erfrieren – hatte er in einem Buch über den Selbstmord gelesen – sei eine der angenehmsten Erscheinungsformen des Todes, vor allem, wenn man vorher eine Flasche Whisky getrunken habe. Bei dem Gedanken schüttelte es ihn. Auch wollte er jetzt heute nicht unbedingt sterben. Meistens ging es ihm gut oder zumindest nicht schlecht. Nur manchmal brach er ein, dorthin, wo kein Grund hielt – dann sah alles anders aus. Doch da waren die Bilder. Sie würden nichts ändern, weder am Zustand der Welt, noch an dem seines Innenlebens, aber sie wollten gemacht werden und sie hatten bestimmt, daß er dafür zuständig sei. Färber rappelte sich auf, ging weiter. Vor ihm zog eine weitere Wolke aus dem Abgrund über den Hang. Er entfernte sich einige Schritte von der Piste, um nicht von einem der Ski-Irren zum Krüppel gefahren zu werden. Auf den mit Neuschnee überzogenen Firnflächen, die weder planiert noch festgefahren waren, fand er besseren Halt. Das Licht bekam jetzt eine Schwere, die er nie zuvor gesehen hatte. Seine Schritte knirschten. Das Geräusch hallte im Kopf nach, es erinnerte an etwas Bestimmtes, das ihm nicht einfiel.

Zu seiner Rechten trat ein mächtiger Grat aus der Nebelwand. Er stieg steil an und mündete in eine glatte, schroff
aufragende Felsspitze. Der Schnee hatte dort kaum Halt
gefunden. Sie stand da als ein klar geschnittener Winkel aus
blankem Fels, schwarzviolett, von schmalen geometrisch
ineinandergefügten Eiskanten geordnet. So sah ein Gipfel
aus, auf dem nie ein Bergsteiger gewesen war – keiner
hätte es gewagt. Einen Augenblick lang versuchte Färber
an dieser Illusion festzuhalten: Frühere Generationen hatten gewußt, daß Dämonen dort hausten, die der Mensch
nicht stören durfte. Andernfalls brach Unglück über die
Bewohner des Tals herein. Beispiele gab es genug, sie waren
zu Geschichten geronnen, die in Winternächten erzählt
wurden, den Kindern zur Warnung. Die geschnitzten Wur-
zelholzmasken, Waldschratfiguren mit Strohbärten in den
Souvenirläden zeugten davon, sonst nichts mehr.

Färber vertraute weder auf überirdische Schicksalsmäch-
te, noch glaubte er an Berggeister. Aber er hätte es gern
gehabt, wenn ein paar Orte übriggeblieben wären, die nach
Geheimnissen aussahen, selbst wenn dort keine waren. Der
Mensch gehörte hier nicht her. Weder weil das Edelweiß
geschützt werden mußte, noch wegen der Steinbockpopu-
lation. Hier war die Todeszone. Nackter Fels, Eiswüste,
Ödnis. Skifahrer hatten hier nichts zu suchen. Auch er
hatte hier nichts zu suchen. Er starrte die Bergspitze an,
deren Namen er nicht kannte, und ahnte, worauf die Bilder
hinauswollten. Es befand sich außerhalb oder jenseits der
Begriffe. Das, was für sich war, sich selbst genügte, dem er
nichts hinzufügen konnte, vor dem die Leute der Vergangenheit sich niedergeworfen hatten, auf die Knie gefallen
waren. Das andere, das Unbekannte. Es wandte all seine
Macht auf, um ihn fernzuhalten. Ihn und die Sportler, die

Touristen, die sich keinen Deut darum scherten. Deshalb gab es gelegentlich Tote.

Wieder und wieder photographierte er die Bergspitze, wartete neue Wolkenbänke ab, änderte die Belichtung, den Ausschnitt, die Brennweite. Erneut kamen zwei Skifahrer auf ihn zugerast, machten unmittelbar vor ihm eine scharfe Kehre, so daß ihm der Schnee bis an die Hüfte spritzte, jagten Richtung Sommeralm davon. Er schrie ihnen etwas nach, kein Wort, einen ungeformten Laut aus vollem Hals, der wie ein Fluch klang und verhallte.

Färber schnaufte, stolperte mehr als er ging den Hang hinunter. Rechterhand die dunkle Spitze, die mit jedem Schritt, den er abwärts tat, höher aufragte. Links, durch ein steiles Geröllfeld unerreichbar fern, öffnete sich jetzt eine breite Abfahrt, in der ein Slalom-Parcours gesteckt war, bunte Stangen, die ebenso lächerlich wie bösartig wirkten, dazwischen eine Gruppe Skifahrer, offenbar ein Kurs. Sie lernten gerade, wie man quer zur Steigung hinaufstapfte. Auf der gegenüberliegenden Seite sah Färber weitere Sesselliftstrecken vor einer gewaltigen Steilwand. Sie standen ebenfalls still. Der Schnee auf Felskanten, natürlichen Terrassen zeichnete ineinandergezwungene Strukturen nach, schälte gegenstandslose Formen heraus, die mal klar und hart, dann wieder wie verwischt aus dem Weiß traten. Inmitten des Geschiebes die ansteigende Gerade des Stahlseils mit im Wind schaukelnden Sesselschalen. In regelmäßigen Abständen setzen Stützpfeiler einen Taktstrich, an dem das Seil geknickt wurde. Die Plateaus, auf denen sie standen, waren in den Grund gesprengt, eingeebnet, die Fundamente und Sockel aus Beton. Färber photographierte auch das. Nicht nur die Erhabenheit des unbezwingbaren Berges, auch die Nadelstiche des Zwergenvolkes, dem er selbst angehörte. Das Gegeneinander der Rhythmen, die aus unterschiedlichen Sphären stammten. Keine Anklage, kein Vorwurf, bloße Formen, die einander kommentierten, ohne eine Meinung zu haben. Und hinter all dem Entsetzen. Er schwitzte, seine Knie zitterten, aber er photographierte weiter. Der Atem schmerzte in der Lunge, die Füße krampften vor Kälte, jeder Schritt war ein Schritt, der noch vor ihm lag, dann ein Schritt, der ihn der totalen Erschöpfung nähergebracht hatte. Das Heulen des Sturms trieb ihn vorwärts, als stammte es von Wölfen. Er zweifelte, ob es überhaupt zu schaffen war, ob er es schaffen könnte. Der Windgriff in seinem Genick wollte ihn zu Boden zwingen, ihn in den Schnee werfen, sein Gesicht hineinpressen, ihn ersticken. Seine Jacke wurde von den Böen gestaucht wie unter Schlägen. Färber dachte jetzt nichts mehr, er stolperte, taumelte, fing sich mal mit dem Knie, mal mit der Hand, schaute gleichzeitig durch den Sucher und drückte ab, drückte ab, drückte ab. Die Kamera war sein Auge, sie hielt alles fest, sah, was er selbst nie gesehen hatte und nie sehen würde. Sein Auge aus Fleisch und Blut war längst blind. Es brannte, produzierte unkontrolliert Tränen, hinter denen alles verschwamm. Der nächste Skifahrer, der von oben käme, müßte Hilfe schicken, doch es kam keiner. Färber photographierte wie im Wahn. Es sicherte sein Überleben. Deshalb hatte er seinerzeit damit angefangen: um nicht unterzugehen. Solange er photographierte, konnte ihm nichts passieren. Die Bergformationen wurden zu Ausschnitten, Fragmenten, die keine Ähnlichkeit mit Landschaftsbildern, mit Naturdarstellung mehr hatten. Was auf dem Chip war, würde überdauern, ganz gleich, wie dieser Abstieg endete. Spätestens morgen fände man ihn. Und neben ihm läge die Kamera.

Ohne daß er ihn hatte kommen sehen, begann plötzlich ein Anstieg. Färber zweifelte an seinem Gleichgewichtssinn, traute den eigenen Füßen nicht. Er erstarrte, weil er dachte, daß er sich verlaufen hätte. Doch links waren immer noch die Stangen, die die Abfahrt markierten. Ein unfaßbarer Gedanke platzte in seinem Kopf: Die Skifahrer hatten sie umgesteckt, um ihn in die Irre zu führen. Man wollte ihn umbringen, einfach so, aus Spaß. Er mußte die Kuppe erreichen, um sich neu zu orientieren. Das würde er schaffen. Vielleicht gewänne er von dort einen Überblick. Seine Oberschenkel schmerzten bei jedem Schritt, die Versuchung wuchs, einfach stehenzubleiben, zu verweigern wie ein Springpferd vor dem Hindernis. Es war weniger ein Gedanke, als ein körperlicher Impuls. Dann plötzlich konnte er über den Scheitelpunkt der Kuppe hinwegschauen. Es dauerte einige Sekunden, bis er die Höhen- und Größenverhältnisse des Raums um sich herum wieder begriff. Das unüberwindliche Geröllfeld, das ihn von der Schulpiste getrennt hatte, war, nachdem er es aus dem Blick verloren hatte, immer schmaler geworden, schließlich in einem spitzen Winkel ausgelaufen. Färber ging geradewegs auf die Teilnehmer des Skikurses zu, die in ihren albernen Leuchtwesten Rechts-Links-Schwünge übten, anschließend wieder ein Stück Hang hinaufkraxelten, und so fort. Hinter dem Ende der Slalompiste, nur noch zwei-, höchstens dreihundert Meter weit entfernt, sah er jetzt auch den aberwitzigen Gebäudekomplex der Sommeralm: Eine grausilberne Metallkapsel, in der sich die Seilbahnstation befand, hatte sich wie ein Raumschiff in einen alten Tiroler Berggasthof gebohrt. Färber erreichte den Höhenwanderweg, auf dem die Urlauber während des Sommers zur Alm gelangten. Er traf wiederum auf ein Kreuz, kein

Gipfel-, ein Wegkreuz diesmal. Es hatte ein kleines Ziegeldach, und ein geschnitzter, farbig gefaßter Kruzifix hing daran. Das Blut aus den Wunden schimmerte frisch. Unmittelbar dahinter war einer der orangefarbenen Quader aufgestellt, damit kein Skifahrer aus Versehen hineinraste. Eine Gondel schwebte aus dem Stationsgebäude hinunter Richtung Tal.

Färber atmete durch, ohne zu begreifen, was geschehen war – weder jetzt, wo er sich in Sicherheit befand, noch während der vergangenen Stunde. Er betrat die Terrasse, auf der bei Sonnenschein die Skifahrer unter Wolldecken lagen und tranken. Der ebene Boden unter seinen Füßen irritierte ihn einen Moment. Anders als sonst hatten die rotweißen Fensterläden, die geblümten Vorhänge nichts mit Alpenkitsch zu tun.

Er öffnete die Tür zum Schankraum, hörte Gelächter und Schlagermusik. Von der gegenüberliegenden Wand starrten ein Mufflon und ein Gamsbock ihn unverwandt an. Darunter hingen gerahmte Auszeichnungen mit Goldsiegeln, Postkarten bekannter Persönlichkeiten, die schon hier gewesen waren. Ein Dutzend Menschen, hauptsächlich Männer, saßen an blank gescheuerten Holztischen, hatten Tassen, Bier- und Schnapsgläser vor sich, Teller mit Wurst oder Kuchenresten.

»Die Seilbahn fährt noch?« fragte Färber den Wirt, ehe er sich setzte.

Der Wirt nickte, ohne von seiner Zeitung aufzuschauen.

»Eine heiße Zitrone.«

Färber streifte Handschuhe und Mütze ab, öffnete die Jacke, ließ sich auf einen Stuhl beim Fenster fallen. Das Gespräch der Männer am Nachbartisch verstummte. Sie schauten ihn an, tauschten Blicke, denen zu entnehmen war, daß sie ihn für einen Idioten hielten: »Ah, der Herr Bergwanderer ...«

Färber schaute auf.

»'s ist kein Spaß ohne Ski heute, oder?«

Er sah aus dem Fenster und antwortete nicht.

Tanzveranstaltungen, junge Liebe, ein Hund

Deine Spuren im Sand, die ich gestern dort fand. Wir üben Foxtrott zu toter Musik. Ich mit Kerstin, die mir vollkommen gleichgültig ist. Herr Stelzer diktiert Schrittfolgen ins Mikrophon. Seine Frau flüstert ihm etwas zu. Er schaut in unsere Richtung, bricht ab. Ich soll die Dame fester halten, heranziehen: »Nicht so schüchtern, der Herr.«

Er tritt näher, nimmt meine Hand von ihrer Hüfte, drückt sie in die Mitte des Rückens, schiebt uns zusammen: »Und etwas mehr Begeisterung, Sie haben keinen Sack Kartoffeln im Arm.«

Ringsum Gelächter.

Schöne Maid, hast du heut für mich Zeit? Sie heißt Svea. Unsere Blicke treffen sich. Nicht zufällig, nicht zum ersten Mal. Ihr Gesicht hat einen asiatischen Schnitt, die Augen mit Lidfalte, schwarz umrandet, der obere Strich zu den Schläfen verlängert, breite, hoch ansetzende Wangenknochen. Sie ist aber blond, glattes schulterlanges Haar, und bewegt sich wie eine Ginsterkatze nachts auf der Jagd durch die Steppe.

Wir sind weder freiwillig hier, noch wegen des Foxtrotts. Das Collegium Gregorianum hat mit der Ursulinenschule im zwanzig Kilometer entfernten Zülpen ein Abkommen, daß deren zehnte Klasse mit unserer zwölften Tanzen lernt. Zwanzig Kilometer sind weit auf dem Land, wenn keiner ein Auto besitzt, nicht mal ein Moped. Im Prinzip steht es jedem frei, dem Kurs fernzubleiben, aber wo sonst sollte man Mädchen treffen. Rund um das Gregorianum liegen Äcker und Wald, durch den die Kerpe fließt. Dahinter beginnt Holland. Drei Monate lang werden wir mittwochs per Bus zum *Hubertushof* gebracht, nach zwei Stunden wieder zurück, jedes Mal um eine Hoffnung ärmer. Darüber wird der Frühling Sommer, für die meisten allein, wie in den Jahren zuvor. Die Mädchen sind auf uns nicht angewiesen. In Zülpen gibt es neben der Ursulinenschule ein Jungengymnasium und ein normales. Viele haben feste Freunde, mit denen hätten sie lieber getanzt.

Kerstin ist zur Zeit mit niemandem zusammen. Sie hat es mir gesagt, in vielversprechendem Ton. Auch Svea nicht. Das weiß ich von Lamme, der sie als Partnerin für den Abschlußball gewinnen konnte. Ich saß zu weit von ihr entfernt und hörte Herrn Stelzers Gequatsche nicht zu, als plötzlich alle auf die andere Seite rannten, um ihre Favoritin aufzufordern. Dabei kam es zu Rangeleien, die für viele mit einer Enttäuschung endeten. Nachher hätte ich mit Smeetz Kerstin gegen Anja Fischer tauschen können, aber die langweilt mich genauso. Immerhin hat Vince Maren gekriegt, Sveas beste Freundin. Das bedeutet, ich werde sie treffen: außerhalb des *Hubertushofs*.

»Meine Damen, meine Herren, ich hoffe, Sie erinnern sich an letzte Woche: Der langsame Walzer. Bitte nehmen Sie Position ein.«

Die kleine Kneipe in unserer Straße, da wo das Leben noch lebenswert ist. Lamme tanzt so innig er kann. Man sieht, daß ihm jegliches Rhythmusgefühl fehlt. Er rechnet sich trotzdem Chancen aus. Ich gebe ihm keine. Svea ist zu hart für ihn. In der Pause steht sie mit Maren abseits. Sie rauchen selbstgedrehte Zigaretten, *Javaanse Jongens*. Lamme stellt sich dazu, versucht witzig zu sein. Svea lacht nicht, antwortet knapp, schaut an ihm vorbei. Lamme folgt ihrem Blick, trifft meinen, wendet sich ab. Kerstin sagt: »Svea hält sich für was Besseres. Wir mögen sie nicht.«

Ich nicke, überlege, ob ich Svea mit der Andeutung eines Lächelns antworte oder unnahbar bleibe.

Nach der Pause ruft Herr Stelzer Damenwahl aus. Svea bewegt sich in meine Richtung, keinen Schritt schneller als sonst. Eine, deren Namen ich nicht kenne, kommt ihr zuvor: »Darf ich bitten?«

Ich schlucke das »Nein« hinunter. Svea dreht ab, fordert Ansgar auf, den Jahrgangstrottel.

Bevor wir den Saal verlassen, lädt Kerstin mich für Sonntag zu sich nach Hause ein. Ich habe wenig Lust, doch sie ist nicht so unerträglich, daß ich sie kränken müßte.

»Maren fragt, ob du Svea kennenlernen willst?« sagt Vince auf der Rückfahrt, »Svea hat seit anderthalb Jahren keinen Freund. Sie findet dich nicht schlecht. Maren glaubt, daß da mehr ist.«

»Ich weiß.«

»Woher?«

»Seh' ich.«

»Maren und ich treffen uns Sonntag, wenn du mitfährst, wird Svea auch da sein.«

Anderntags rufe ich bei Kerstin an, habe die Mutter am Apparat, zum Glück: »Leider kann ich die Einladung nicht wahrnehmen, wir schreiben einen Physiktest, das weiß ich erst seit heute, grüßen Sie Kerstin.«

Zülpen hat an die siebentausend Einwohner. Die Wahrscheinlichkeit, ihr dort über den Weg zu laufen, ist hoch. Schlimmstenfalls tausche ich sie doch gegen Anja Fischer.

Sonntags regnet es in Strömen. Vince und ich sind die ersten an der Straße. Trampen ist verboten, aber abgesehen vom Fahrrad die einzige Möglichkeit wegzukommen. Meistens nimmt einen schnell jemand mit. Die Leute wissen, daß wir vom Gregorianum ungefährlich sind. Zurück wird es schwieriger. Vince sagt: »Scheiß Wetter.«

Ich: »Am Zoll steht ein VW-Bus, mit dem bin ich schon mal gefahren.«

Der Bus hält, ein Mann mit Zopf und Latzhose öffnet: »Wohin?«

»Nach Zülpen.«

»Ich muß nach Uedem.«

»Das ist schon die halbe Strecke.«

»Steigt ein.«

In Uedem halten wir eine Stunde den Daumen in die Luft, dann erbarmt sich der Kaplan. Um Viertel vor vier steigen wir durchnäßt am Ortsschild Zülpen aus, suchen eine Telephonzelle. Vince ruft Maren an. Svea ist bei ihr, muß aber vorher noch kurz nach Hause. Wir sollen ins *Eulenspiegel* gehen. Im Gregorianum heißt es, daß sie dort Drogen verkaufen. »Frag, ob das auch Kerstins Kneipe ist?«

»Aus ihrer Schule trifft man da keinen sonst.«

Es riecht nach Räucherstäbchen, feuchtem Holz. Die meisten Tische sind besetzt, hauptsächlich Freaks. In portugiesischen Weinflaschen stecken Kerzen, an denen Wachs heruntertropft. *Hey there people I'm Bobby Brown/ they say I'm the cutest boy in town.*

»Nicht schlecht, der Laden«, sagt Vince. Er bestellt Tee, ich Alt. Alle Männer starren zur Tür, als Svea und Maren hereinkommen. Svea hat einen schwarzen Pudelmischling bei sich, der paßt zu ihr wie Marmelade auf Pommes frites.

Ehe sie sich setzt, holt sie ein Handtuch aus der Tasche und trocknet ihn ab: »Das ist Frieda.«

»Es freut mich, Sie kennenzulernen, Fräulein Frieda«, sagt Vince.

»Du klingst wie Stelzer.«

Svea nimmt auch Bier, obwohl sie noch fünfzehn ist, Maren Kaffee. Wir reden über den Tanzkurs, Eltern, Musik, das Gregorianum. Svea spricht wenig, statt dessen schaut sie mich an. Es fällt mir schwer, ihrem Blick standzuhalten. Als Vince Maren in den Nacken greift, weiche ich aus. Sie hat die erste Runde gewonnen. »Und was machst du sonst so, Svea?«

Diese Augen schlucken alles andere.

»Meistens langweile ich mich.«

Nach dem dritten Alt erzähle ich persönlicher: »Weißt du, ich bin Künstler. Ich male gegen den Schmerz, wenn du verstehst, was ich meine.«

Sie nickt. Vince streichelt Marens Schenkel, Maren schlingt ihm die Arme um den Hals, ihre Zungenspitzen berühren sich. »Alle Kunst entspringt einer offenen Wunde.«

Svea tätschelt unterm Tisch ihren Hund, hebt ihn auf den Schoß, läßt sich das Gesicht lecken. Sie stimmt auch zu, als ich sage: »Das Leben ist eine Zumutung. Niemand hat uns gefragt, ob wir wollen.«

Vermutlich weiß sie noch nicht, ob sie in mich verliebt ist. Ich kann warten, gebe mich eine Spur desinteressierter. Maren und Vince haben sich in die dunkelste Ecke zurückgezogen, liegen mehr als sie sitzen, er hat ihr seine Hände unter den Pulli geschoben. *If looks could kill they probably will / in games without frontiers – war without tears.* »Ich denke über Selbstmord nach.«

»Klar.«

»Andererseits sehe ich ein Werk vor mir.«

»Malen kann ich überhaupt nicht.«

Um halb acht gehen Vince und ich zur Straße. Nach neun sind alle Türen des Gregorianum geschlossen, man muß die Dachrinne hinaufklettern und durch ein Oberlicht steigen. Es regnet nicht mehr. Zum Abschied küßt Svea mich auf die Wange. Maren und Vince können sich kaum auseinanderreißen. Nach fünf Minuten hält ein Wagen. Der Mann fährt einen Umweg eigens für uns.

Wir sind rechtzeitig im Kolleg, essen Tütensuppe mit Toast. Anschließend schreibe ich Svea einen Brief. Vince sitzt auf dem Boden und spielt Gitarre: »Ich sage dir, Svea ist kompliziert.«

»Sie versteht mich ziemlich.«

Bis Mittwoch sind es drei lange Tage.

Tanze Samba mit mir, Samba, Samba die ganze Nacht. Ich bin an Kerstin vorbeigelaufen, habe ihr lediglich »Hallo« zugerufen und Svea aufgefordert. Es ist kein Gesetz, daß man den ersten Tanz mit der Ballpartnerin macht. Wir sind eng, es geht mühelos trotz der Musik für halbverweste Tankwarte. Während der Pause stehen Vince und ich bei Svea und Maren. Als Lamme kommt, sage ich: »Schade, daß du mitten in ein sehr privates Gespräch platzt.«

Er wird rot, sonst fällt ihm nichts ein. Da Svea ihn nicht zu bleiben bittet, haut er ab.

Herr Stelzer beendet die Pause mit einer Erklärung: »Meine Damen, meine Herren. Es wurde mehrfach der Wunsch geäußert, ausländische Popmusik zu spielen. Ich sage dazu nur: Wir leben in Deutschland, hier wird deutsch gesungen!«

Der Puppenspieler von Mexiko, war einmal traurig und

einmal froh. Kerstin bewegt sich steif wie immer. Offenbar weiß sie nicht, daß ich am Sonntag in Zülpen war. Sie will mich für eins der nächsten Wochenenden einladen. Leider habe ich anderweitige Verpflichtungen, familiäre, schulische, und Pfingsten fahre ich mit Vince zum Jazzfestival. Ich verabschiede mich hastig, um noch ein paar Sätze mit Svea zu wechseln. Wir stehen am Rand des Parkplatzes. Es dauert von Mal zu Mal länger, bis alle im Bus sind. »Wie sieht es Sonntag aus?« frage ich.

»Weiß ich noch nicht, ruf mich übermorgen an.«

»Samstag ginge auch.«

»Da kann ich auf keinen Fall.«

Sie wirkt gereizt.

»Schreib mir, wenn du Lust hast.«

»Ich schreibe nie Briefe.«

»Warum?«

»Keine Ahnung.«

Als fast alle im Bus sitzen, greift sie mir ins Haar, preßt ihre Lippen auf meine, schiebt mir die Zunge in den Mund, so tief, daß mir der Atem stockt, so warm, daß mir Schweiß ausbricht. Sie hört nicht auf, als ich versuche, mich zu lösen. Nicht, weil mir Küssen keinen Spaß macht. Ich bin der letzte draußen, habe Angst, den Bus zu verpassen. Das falsche Gefühl für den ersten Kuß. Sie soll es nicht merken. Natürlich merkt sie es. Die anderen johlen, schlagen von innen gegen die Scheiben. Der Fahrer hupt zum zweiten, zum dritten Mal. Ich reiße mich los: »Schätzungsweise kann ich nicht bei dir übernachten?«

»Nein.«

»Wir telephonieren morgen.«

»Morgen bin ich nicht da.«

»Freitag.«

Beim Einsteigen drehe ich mich noch einmal um, da ist sie bereits fort.

Jetzt bin ich mit Svea zusammen, alle haben es gesehen. »Wurde langsam Zeit«, sagt der Fahrer. Ich zucke bloß mit den Schultern. Drinnen tobt der Mob. Pfiffe, Geschrei. Der Neid der Besitzlosen. Ich verziehe keine Miene, ignoriere Lammes Haß, lasse mich auf den Platz neben Vince fallen, schließe die Augen: »Ein Hammer, die Frau.«

Am Sonntag hat sie keine Zeit. Was sie macht, verrät sie mir nicht. Vince fährt allein nach Zülpen, während ich auf dem Zimmer sitze und mir den Kopf zerbreche, hoffe, daß er früh zurückkommt. Maren weiß sicher, was Svea vorhatte. Ich versuche einen weiteren Brief, auch wenn sie nicht antwortet. Soll ich »Liebe« oder »Liebste Svea« schreiben? Ich entscheide mich für: »Meine über alles geliebte Svea, schmerzlich getrennt sind wir durch endlose Räume, entleerte Zeit.«

Wie ernst sie das nimmt, ist ihre Sache.

Vince kommt erst kurz vor Mitternacht. Er hatte einen wunderbaren Tag: »Maren ist wahnsinnig süß.«

Natürlich hat er sie nach Svea gefragt: »Svea wollte allein sein, um nachzudenken.«

»Und weiter?«

»Nichts weiter.«

»Scheiße.«

»Kompliziert. Sag ich ja.«

Am Mittwoch läßt sie mich nur los, wenn es unbedingt sein muß. Wir schaffen es, drei Mal zusammen zu tanzen. Kerstin stört nicht, daß ich mit Svea zusammen bin. Wahrscheinlich lag ihr weniger an mir, als ich dachte.

Donnerstag ist Christi Himmelfahrt, und Svea hat Zeit. Wir treffen uns bei Maren. Ihre Eltern haben damit kein

Problem. Zwei Tage nach ihrem sechzehnten Geburtstag war Maren mit ihrer Mutter beim Frauenarzt. Auch die Mutter sieht toll aus. Noch bevor Maren Vince umarmt, sagt sie: »Svea hat angerufen, bei ihr wird es später, der Hund benimmt sich komisch. Was wollt ihr trinken? Ich nehme Sherry.«

»Warum nicht mal Sherry?«

»Apfelsaft.«

Ihr Zimmer ist riesig, die Wände hat sie mit afrikanischen Tüchern verhängt, auf die Photos von Patty Smith und Bob Marley, Südseepalmen, Buckelwalen gesteckt sind. Sitzsäcke liegen herum. Chinesische Papierschirme dämpfen das Licht. Vince schiebt Maren eine Hand in den Hosenbund. Ohne Svea bin ich hier völlig fehl am Platz. Maren sagt: »Sie liebt dich, glaub mir.«

»Kann ich Musik machen?«

»Such dir was aus.«

Ich lege *The Wall* auf, rutsche zum Bücherregal, ziehe den einzigen Kunstband heraus: Salvador Dalí. Es ist so dunkel, daß ich mich unter die Lampe setzen muß, um etwas zu erkennen: »Laßt euch von mir nicht stören.«

Nach anderthalb Stunden klingelt das Telephon. Svea will mich sprechen: »Ich schaffe es höchstens kurz, Frieda hat Durchfall.«

»Mir geht es auch schon ganz schlecht.«

»Sei nicht sauer.«

»Sauer macht lustig.«

»Vielleicht kommt meine Schwester früher, dann kann sie mit Frieda raus.«

»Die Frage ist, welche Gesellschaft du vorziehst.«

Darauf antwortet sie nicht. »Wir verschwinden um acht, jetzt ist es fünf.«

»Bis später. Wahrscheinlich.«

Maren und Vince liegen auf dem Bett, schauen nicht einmal auf, als ich die Sherryflasche umstoße. Glücklicherweise steckt der Korken fest. Vince brummt etwas Unverständliches. Ich schütte mir noch ein Glas ein.

Um zwanzig nach sieben stürzt Svea ins Zimmer. Sie fällt mir um den Hals, reißt mich zu Boden, flüstert Entschuldigungen, Liebesschwüre, beißt mir ins Ohr, in den Nacken. Ich schiebe ihr das T-Shirt hoch, sauge mich an ihr fest, sie atmet schon schwer, dann kreischt sie plötzlich auf, reißt sich los, rennt zur Toilette, ich höre sie »Scheißescheißescheiße« schreien, Türen knallen: »Bist du völlig übergeschnappt?«

»Wieso?«

»Soll ich eine Woche lang mit Schal rumlaufen?«

»Ein geheimes Mal unserer brennenden Leidenschaft.«

»Du bist irre im Hirn!«

»Reg dich doch nicht so auf.«

Sie will fort, ich halte sie fest. Sie schlägt um sich, kratzt: »Laß los!«

»Entschuldige.«

»Nein!«

»Es tut mir leid.«

»Mach das weg!«

»Gänseblümchenöl soll helfen, haben sie neulich im Radio gesagt, aber ich weiß nicht, ob …«

»Dann besorg Gänseblümchenöl.«

»Heute ist Feiertag.«

»Dein Pech.«

Ich schaue mich hilfesuchend um, Maren und Vincent sind miteinander beschäftigt. Erst als ich auf den Sitzsack falle, das Gesicht in die Hände grabe, zusammensinke, klingt Sveas Zorn ab. Sie setzt sich neben mich: »Tu das nie wieder.«

Wir drehen uns gegenseitig Zigaretten, rauchen. Nach langem Schweigen sagt sie: »Gib mir einen Kuß.«

Es geht über Wochen so: Wir verabreden uns, und in letzter Minute hat Svea keine Zeit. Oder sie hat von vornherein keine Zeit, doch dann muß ich sofort kommen, egal wie. Ihren sechzehnten Geburtstag will sie alleine feiern. Wann und wo wir uns auch treffen, immer ist der Hund dabei.

Einmal kündigt sie mir feierlich ihren ersten Brief an. Am nächsten Tag öffne ich einen zerknitterten Umschlag, aus dem Asche rieselt. Auf einen angesengten Zettel hat sie mit Tesafilm Kippen, getrocknete Blüten, einen rotweißgestreiften Strohhalm geklebt. Oben steht »Hallo«, mein Name fehlt. Aus dem Häkchen des »o« windet sich eine Linie, die zu Gekrakel rund um den aufgeklebten Müll wird und in den Schluß »mehr ist mir nicht eingefallen, aber ich hab dabei an dich gedacht, Svea« mündet.

Beim Abschlußball verursachen wir einen Skandal: Svea und ich bleiben während des Disco Fox mitten auf der Tanzfläche stehen und küssen uns. Wir kümmern uns auch nicht um den anschließenden Cha-Cha-Cha, lassen die Rumba Rumba sein, während sich um uns herum die Paare drehen. Das Zischen mehrerer Mütter, ihre bösen Blicke interessieren uns nicht. Wir stehen einfach da, Mund an Mund, mit geschlossenen Augen, bis die Band eine Pause macht. Am Ende des Abends nennt Frau Dr. Pasewalk, die Vorsitzende des Fördervereins, unser Verhalten stellvertretend für alle Menschen mit Anstand »obszön« und droht ein Nachspiel an, das jedoch ausbleibt.

Dann ist das Schuljahr zu Ende.

Ich male. Svea verbringt die ersten beiden Ferienwochen mit ihrer Familie in der Nähe von Rimini. Anschließend ist sie mit ihrer Schwester und dem Hund eine Woche allein zu Hause, weil die Eltern Verwandte im Schwarzwald besuchen. Trotzdem läßt sie vier Tage verstreichen, bis ich sie sehen darf. Als ich am Telephon nach dem Grund frage, sagt sie: »Ich muß erst wieder ganz hier sein.«

»War es so schön da?«

»Besser als in Deutschland.«

»Trauerst du einem Italiener nach?«

»Nein«.

Damit ist für sie die Sache vom Tisch, während ich zerfressen werde. »Komm Donnerstag. Ich hab ein Geschenk für dich. Aber erst abends.«

Von N., dem Ort, wo wir wohnen, sind es neun Kilometer bis Zülpen. Ich fahre mit dem Rad. Die Sonne scheint. Es hat viel geregnet in letzter Zeit. Das Gras leuchtet sattgrün. Leichter Wind läßt die Pappeln silbrig flirren. Ich klingele um Viertel nach sechs. Frieda bellt, kratzt von innen an der Tür. Im Schwarzwald hätte sie es besser gehabt. Svea öffnet in einer Küchenschürze voll roter Flecken. Darunter trägt sie ein kurzes himmelblaues Kleid, das ich noch nie gesehen habe. In der rechten Hand hält sie ein Messer, in der linken eine Zwiebel. Ihre Schultern sind nackt und braun. Der Hund springt kläffend an mir hoch. Svea küßt mich über ihn hinweg. »Ich koche.«

»Du siehst schön aus.«

Der Rücken ist bis knapp über dem Hintern frei. Kein heller Streifen da, wo das Bikinioberteil säße. »Spaghetti al pomodoro.«

»Dauert das lange?«

34

»Italien ist so toll, du glaubst es nicht. Ich will später da leben.«

»Auf die Dauer würde unser Regen mir fehlen.«

Achselzuckend wendet sie sich der Zwiebel zu. Ich stehe hinter ihr, streichle ihr über den Bauch, das stört jetzt. »Ißt deine Schwester mit?«

»Die wohnt bei ihrem Freund.«

Als Svea mit den Vorbereitungen fertig ist, muß Frieda ausgeführt werden. Wie vergiftet man *Frolic*, ohne daß der Hund es merkt? Wir spazieren durch die Stadt, trinken Bier auf dem Markt, danach will sie Eis. Ich frage mich, was für ein Geschenk sie hat und wann ich es bekomme? Ihre festen kleinen Brüste zeichnen sich unter dem dünnen Stoff ab. Sie wirkt ausgelassen, albert herum. Zwei Mädchen aus dem Tanzkurs kommen uns entgegen, grüßen nicht. Am alten Wassergraben setzen wir uns auf eine Bank, werfen Steine, während der Himmel erst gelb, dann rot wird. Frieda schläft unter uns ein. Um zehn sind wir wieder zu Hause. Svea hat keine Lust mehr zu kochen. Die Nudeln kann sie auch morgen essen. Wir gehen ins Wohnzimmer, nicht hinauf in ihres – wie sonst. Die Einrichtung ist geschmacklos, wie bei allen Eltern: Schrankwand in Eiche rustikal, verschwommene Blumenaquarelle, Perserteppiche. Svea hat Platten heruntergebracht, legt *Ghost in the machine* auf, dimmt die Stehlampe niedriger. Wir sitzen Arm in Arm auf dem dicken Ledersofa, legen die Füße auf den Couchtisch, starren an die Decke, nippen an unserem Wein. *Every little thing she does is magic / everything she does just turns me on / even though my life before was tragic …*

»Erzähl von Italien.«

»Keine Lust.«

Sie spielt mit ihrem Haar.

»Was habt ihr gemacht?«

»Nichts Besonderes.«

Draußen ist es jetzt dunkel. Manchmal gleiten die Scheinwerfer eines vorbeifahrenden Autos über die Porzellanvitrine. »Irgend etwas müßt ihr doch gemacht haben, wenn es so toll war.«

»Rumhängen, Roller fahren, Campari …«

»Seit wann kannst du Roller fahren?«

»Ich saß hintendrauf.«

»Bei wem?«

»Mal bei dem, mal bei dem.«

»Aber es waren Kerle.«

»Die kenn' ich seit Jahren.« Sie lacht: »Du bist eifersüchtig.«

»Und wenn?«

Sie steigt mit einem Bein über mich hinweg, setzt sich auf meinen Schoß, hält mir mit beiden Händen die Augen zu. Ihr Mund berührt meinen ganz leicht, ganz kurz. Der Saum ihres Kleides rutscht in die Leiste. Sveas Schenkel fühlen sich trocken und seidig an. Das Seidige kommt von hauchfeinem hellem Flaum. Sie drückt meinen Kopf gegen das Polster. Natürlich bin ich stärker als sie, wehre mich aber nicht. Ich streiche blind ihre Hüften, die Taille, die Rippen hinauf. Dann endet das Kleid. Unter ihren Armen ist es ungewohnt glatt. »Seit wann rasierst du dir die Achseln?«

»Italiener finden Achselhaare eklig.«

Wer hat ihr das gesagt, bei welcher Gelegenheit? Ihre Brüste passen genau in meine Hände. Sie fühlen sich nicht anders an als vor drei Wochen. Berührungen hinterlassen keine Spuren. Svea seufzt leise. Ein Schauer läuft ihr den Rücken herunter. Sie öffnet meinen Gürtel, den Knopf, den Reißverschluß. Ich kann wieder sehen. Klein wie Püppchen spiegeln wir uns im Fenster. Ein Schleier senkt sich herab. Ich reibe sie durch den Stoff. Der Stoff ist naß. Sie schiebt ihre Hand in meine Hose. Die Standuhr schlägt elf. Hör nie wieder auf, Svea. Vor dem Urlaub war sie Jungfrau. »Mangel an Gelegenheit«, hat sie gesagt. Meine Finger spüren: Sie ist es noch. Das bedeutet nichts. Mir wird schwindlig. Ich vergehe vor Glück. Fast. Sie will mit mir schlafen. Sie will mich von innen spüren. Heute. Jetzt. Sie verhütet nicht. Ich will das auch. Und wenn sie schwanger wird? Sie rutscht ein Stück höher. Bloß kein Kind machen. Ich atme tief durch. »Woran denkst du?«

»An nichts, wieso?«

Ich höre den falschen Unterton selbst. Der Schleier zerreißt. Svea lächelt ironisch, läßt mich los, rollt zur Seite, trinkt einen Schluck, steht auf, öffnet den Plattenspieler, dreht die Platte um. Ich hatte nicht bemerkt, daß sie zu Ende war. Einen Moment lang schaut sie aus dem Fenster, ehe sie zurückkommt, mir ohne Umschweife in die Hose greift, fragt: »Was würdest du tun, wenn ich dir eine Ohrfeige gebe?«

Ich weiß nicht, wie sie das meint: »Wie meinst du das?«

»Ganz einfach: Was du tun würdest, wenn ich dir eine knalle.«

»Keine Ahnung.«

»Dann überleg.«

Ich kann mich nicht konzentrieren: »Was soll der Unsinn?«

»Ein Spiel.«

»Ich hab keine Lust zu spielen.«

»Aber ich.«

You will see light in the darkness / you will make some sense of this. Sie rückt ein Stück weg, legt meine Hand auf das Sofa, preßt ihre Knie zusammen. *If you make your secret journey/you will find the love you miss.* »Sag, was du tun würdest.«

»Du schlägst mich nicht.«

»Und wenn doch?«

»Laß es lieber.«

»Weich nicht aus.«

»Ich würde es an deiner Stelle lassen.«

»Sag, was, wenn.«

»Versuch's doch.« –

Svea schlägt so fest zu, wie sie kann. Meine linke Backe brennt. Sie lächelt, als ob sie mich liebt. Ich schaue ihr ins Gesicht, sehe, wie sie erschrickt, meinem Blick ausweicht. Dieses Mal hat niemand gewonnen. Ihr Schrecken verwandelt sich in Fühllosigkeit. Sie vergißt, was geschehen ist. Warum stehe ich nicht auf und fahre nach Hause? Wir sitzen eine Weile da, stumm, ohne daß sich einer bewegt. Sie hat noch einen Bildband von mir, Francis Bacon. Dann fange ich an zu lachen. Weil es gekünstelt klingt, höre ich wieder auf. Svea legt mir ihren kühlen Handrücken auf die Wange: »Du machst gar nichts.«

»Es hat weh getan.«

»Ja. Mir hat es auch weh getan.«

Sie küßt mich. Die Standuhr schlägt zwölf. Wir könnten von vorn beginnen, wir haben die Nacht noch vor uns. Ich streichle ihre Schenkel, sie fühlen sich anders an. Heute werden sie fremd bleiben. »Es ist spät. Ich fahre allmählich.«

Svea nickt. Wir stehen auf, sie bringt mich zur Tür, ich hatte keine Jacke dabei, wir umarmen uns. Alles ist wie immer. »Ich rufe dich an, vielleicht sehen wir uns vor Sonntag noch mal«, sage ich und steige aufs Rad.

Im Gegenwind spüre ich mein Gesicht glühen. Die Straßen sind leergefegt. In den Häusern brennt kein Licht, läuft kein Fernseher mehr. Kurz hinter Zülpen enden die Laternen. Meine Lampe wirft einen gelben Kegel auf den Asphalt. Die Bäume stehen als Scherenschnitt vor dem wenig helleren Nachthimmel. Auch zu Hause ist alles still. Mein Zimmer riecht nach Terpentin. Ich schlafe schlecht.

Es hat sich nichts verändert. Es war nur ein Spiel. Svea und ich sind nach wie vor ein Paar. Was mich betrifft, kann das so bleiben. Die Frage ist, ob ich sie anrufe oder sie mich. Ich melde mich nicht als erster. Sie hat noch ein Buch von mir.

Sven Hofestedt sucht Geld für Erleuchtung

Vergangenen Winter bewohnte Sven Hofestedt zusammen mit seiner letzten Freundin Alicia ein winziges Büro in Neuhausen, Parterre. Er war fünfunddreißig Jahre alt. Das Loft über den Dächern von Schwabing hatte er wenige Wochen zuvor aufgeben müssen, den Maserati, den Alfa Romeo verkauft. Er arbeitete nach wie vor an einem Investitionsprojekt für Ferienanlagen in Costa Rica, obwohl sein Teilhaber, mit dem zusammen er die Sondierungen vorgenommen hatte, samt aller Pläne und Adressen zu einem amerikanischen Reiseveranstalter übergelaufen war. Die genaue Höhe von Svens Schulden kannte niemand. Sie verteilten sich auf Banken, ehemalige Geschäftspartner, Verwandte und Freunde. Er schien jedoch zuversichtlich.

Als ich Sven kennenlernte, war er achtzehn und verschickte selbstgedruckte Photopostkarten seines unbekleideten, perfekt austrainierten Oberkörpers an ehemalige Schulkameradinnen, die zweihundert Kilometer entfernt auf seine Rückkehr warteten. Er kam in unser Internat, weil sein Vater, ein Ingenieur und Erfinder, nach Jahren erfolgloser Selbständigkeit in einer türkischen Textilfabrik Anstellung gefunden hatte und mit der Mutter in die Gegend von Ankara ziehen mußte. Sven sah bereits damals aus, als führe er Sportwagen und schliefe mit reichen Erbinnen. Trotzdem wirkte er schüchtern, sprach wenig, im Unterricht gar nicht. Sommers wie winters trug er T-Shirts, die seine

Muskulatur betonten. Wenn er sich nicht im Fitneßraum aufhielt, aquarellierte er Frauenakte oder schrieb bedeutungsschwere Gedichte.

»Es geht nicht um das Ergebnis«, sagte er, »sondern um den Prozeß. *Der Weg ist das Ziel!*«

Dieser Satz wurde damals häufig zitiert.

»Ich brauche zwanzigtausend Mark, dann fahre ich nach Japan in ein Zen-Kloster und übe die Erkenntnis der Leere. Alles ist im Grunde leer.«

Auch davon hatten wir gehört.

»Und womit willst du das Geld verdienen?«

»Ich werde es bekommen.«

Er erzählte von Bogenschießen, Pinselzeichnungen, Steingärten, und daß man tagelang im Schnee vor der Pforte des Klosters ausharren müsse, um überhaupt eingelassen zu werden. Der Meister sei befugt, den Schülern ihr Ego mit jeder Art von Demütigung, Schlafentzug und Prügel eingeschlossen, zu zertrümmern. Beim Eintritt müsse man eine Erklärung unterzeichnen, die das Kloster von jedweder Haftung für gesundheitliche Schäden oder den Tod infolge der Mißhandlung entbinde. Für diese Prüfungen härte er sich ab, damit er vorbereitet sei, wenn das Geld komme. Daß es komme, stehe außer Zweifel: Sein Vater habe ein neuartiges Garn entwickelt, das im Winter Wärme speichere und im Sommer Luft durchlasse. Auf der Haut fühle es sich angenehmer an als Seide. Zur Zeit arbeite er an den Webstühlen, die eine industrielle Fertigung ermöglichen würden. Allerdings habe sein Vater von jeher Schwierigkeiten gehabt, sich und seine Erfindungen zu präsentieren: Im Gespräch verkaufe er sich schlecht, wirke konfus, und schon die Vorstellung, als Geschäftsmann auftreten zu müssen, verursache ihm nervöse Überreizungen und Angstzustände. Dabei sei der Erfolg des Unternehmens, wenn man den Markt anschaue, zu hundert Prozent garantiert. Wer sich an der Finanzierung beteilige, könne sich, noch ehe fünf Jahre vergangen seien, für den Rest seines Lebens zur Ruhe setzen. Er, Sven, traue sich zu, die geeigneten Investoren aufzutreiben und von dem Projekt zu überzeugen.

Nach dem Abitur verloren wir uns für eine Weile aus den Augen. Als ich Sven wieder traf, wohnte er in Bielefeld bei einer schönen, allerdings deutlich älteren Frau namens Angelika, die ihn gerne geheiratet hätte. Da er jedoch noch immer damit beschäftigt war, das Geld für die Japanreise zu beschaffen, sah er keine Möglichkeit, sich darauf einzulassen. Er vertröstete sie auf ein unbestimmtes *Danach*, wenn es denn ein *Danach* gebe, doch einstweilen seien sie im *Davor*, und das bestehe aus unendlich vielen Augenblicken das Glücks. Seine ersten Versuche, Geldgeber anzuwerben und staatliche Fördermittel einzutreiben, waren gescheitert. Kurzfristig hatte es so ausgesehen, als würde er im Alter von fünfundzwanzig Jahren einen Offenbarungseid ablegen müssen. Doch dann war ein geheimnisvoller Orientale aufgetaucht, der einen deutschen Partner gesucht hatte, um am Zoll vorbei antikes Porzellan aus China zu importierten. Sven machte allerhand kryptische Andeutungen über die Seidenstraße und ihre Bedeutung als Transportweg für Güter und Ideen von Asien nach Europa. Seinen Lieferanten bekam nie jemand zu Gesicht. Die Geschäfte wurden mit Hilfe codierter Zeitungsanzeigen und über Schließfächer abgewickelt, deren Schlüssel er mit der Post erhielt.

»Es gibt Privatsammler«, erklärte Sven, »die wirklichen Kenner, die nur an den Stücken und nicht an Ausfuhrbescheinigungen oder Echtheitszertifikaten interessiert sind.«

»Und wie steht es um die zwanzigtausend?«

»Zur Zeit brauche ich sechzigtausend, aber mit dem Porzellan ist es ein Kinderspiel.«

»Kann ich ein paar Sachen sehen?«

»Schwierig.«

»Woher weißt du denn, was *wirklich* echt ist? In China fälschen sie doch alles.«

Er wies auf einen Stapel Bücher, den er durcharbeiten wolle, außerdem sei sein Mittelsmann zu hundert Prozent vertrauenswürdig.

Sven trug sein Haar jetzt länger, dazu einen kurzen Bart. Eigentlich hätte er in Stulpenstiefeln mit Degen an der Seite auf ein prächtiges Pferd gehört, statt dessen saß er auf einem fetten Plüschsofa vor einem Couchtisch mit Glasplatte und Deckchen, die Angelikas Großmutter gehäkelt hatte. In der linken Ecke des Wohnzimmers, neben der rustikalen Schrankwand, hing ein Sandsack mit roten Boxhandschuhen; vor den hüfthohen Lautsprechern der Stereoanlage lagen Hanteln. Während Angelika Kaffee kochte und Kuchen schnitt, schenkte Sven Whisky aus und erklärte, zur Zeit besitze er nichts außer ein paar Kleidern, alles andere gehöre Angelika. Sogar die Trainingsgeräte habe sie bezahlt, sie sei wirklich eine wunderbare Frau. Als sie mit dem Tablett kam, sagte er: »Das Universum ist Liebe, und es spiegelt sich in deinen Augen.«

Sie lächelte einen Moment, als gäbe es irgendeine Hoffnung. Dann sagte sie: »Leider reicht das nicht.«

»Auch Geld kann ein Zen-Weg sein«, sagte Sven. »Man muß es nehmen und loslassen, dann wird es nicht zur Gefahr.«

»Du hast keinen Pfennig.«

»Das bedeutet nichts. Geld ist nur ein belangloser Teil der sich ewig wandelnden Welt. Blumen sind genauso belanglos. Steine, Wasser. Vielleicht machen Bogen und Pfeile oder ein Schwert mehr her, aber niemand kämpft mehr damit: Spielzeug für Erwachsene – wie Geld.«

Drei Jahre später war Sven Millionär und nach München übergesiedelt. Von Angelika hatte er sich getrennt. Die Frühstückseinladung, die mir durch einen privaten Kurierdienst zugestellt worden war, hatte er mit goldener Schrift auf handgeschöpftes Bütten drucken lassen. Er bewohnte ein Schwabinger Loft im siebten Stock mit Blick auf St. Kajetan und die Frauenkirche. Der Fußboden war aus Marmor, Türklinken und Badezimmer-Armaturen aus poliertem Messing. Seine neue Freundin hieß Vanessa, trug schwarze Netzstrümpfe und einen sehr kurzen Lederrock. Der BH hielt ihre Brüste nur mühsam. Außer mir erwarteten sie niemanden. Sven sammelte jetzt Sportwagen, und im Wohnzimmer stand ein weißer Flügel, obwohl weder er noch Vanessa Klavier spielte.

Nachdem die sechzigtausend zusammengewesen waren, hatte er den Porzellanhandel aufgegeben. Er war nicht nach Japan abgereist, weil er sich auf dem Zen-Weg des Geldes noch nicht weit genug gefühlt hatte. Statt dessen war er einige Monate lang Gasthörer in betriebswirtschaftlichen Vorlesungen und Seminaren gewesen, hatte sich teure Anzüge und ein gebrauchtes Jaguar-Coupé gekauft, um für die Gespräche mit möglichen Geschäftspartnern auf jeder Ebene gewappnet zu sein. Er hatte eine Hochglanzbroschüre über das Garn seines Vaters herstellen lassen, die Expertise eines renommierten Textilingenieurs zu den Eigenschaften des Gewebes eingeholt, dazu ein Finanzierungskonzept entwickelt und einen bekannten Unternehmensberater gefunden, der mit seiner Unterschrift dafür einstand. Damit war er von einer Bank zur nächsten gezogen, hatte sich Termine bei privaten Investoren geben lassen und alle Textilmessen in Europa besucht. Schließlich war es ihm gelungen, eine Landesbürgschaft zu bekommen. Fortan standen ihm alle Türen offen. Bei ersten Tests erwies sich die neue Faser aus Gründen, die noch untersucht werden mußten, als wenig strapazierfähig, was einstweilen jedoch kein Problem darstellte, da das Garn nur eines von vielen Produkten war, die auf Grundlage der Patente des Vaters zur Marktreife gebracht werden sollten. Sven konnte die Anteilseigner überzeugen, andere Erfindungen vorzuziehen: saugfähigeres Pflastervlies, ein spezielles Verfahren zum Walken synthetischer Filze. Der Vater war voller Optimismus, weil es ihm mit Hilfe seines Sohnes nun endlich gelingen würde, Visionen aus Jahrzehnten erfinderischer Tätigkeit Wirklichkeit werden zu lassen, er arbeitete Tag und Nacht.

Sven erzählte das alles ruhig lächelnd und öffnete eine Flasche Champagner. Nachdem wir angestoßen hatten, suchte er die passende Musik für ein festliches Sonntagsfrühstück. Vor mehreren Buddha-Statuen aus Bronze, Holz und Stein brannten Räucherstäbchen. Sven sagte, während er CD um CD in den Spieler schob: »Vergiß alles, was du hier siehst. Ich weiß nicht, warum es da ist, es verschwindet auch wieder, selbst die Buddhas.«

Er entschied sich für barocke Lautensonaten. Vanessa beteiligte sich kaum an der Unterhaltung, strich gelegentlich ihre schwarzen Haare hinters Ohr, zupfte den Rock zurecht und lachte nicht immer an den richtigen Stellen. Sven sagte: »Das Entscheidende spielt sich auf der Energieebene ab«, entschuldigte sich und ging mit ihr in die Küche, um das Essen herzurichten.

Ich öffnete die Balkontür, schaute über den englischen Garten und die zahlreichen Kirchtürme, bis der Horizont im Dunst verschwamm. Glocken läuteten, in meinem Rükken spielte der Lautist perlende Triller.

Zehn Minuten später brachten sie Platten mit italienischem Aufschnitt, französischem Käse, Wildlachs; dazu Trauben, Feigen, Erdbeeren, französische Konfitüren, australischen Honig.

Bis zu diesem Zeitpunkt war niemand mit der konkreten Planung irgendeiner Fabrik beauftragt worden. Sven verhandelte mit verschiedenen Städten um bestmögliche Bedingungen für den Kauf des Baulands. Seine Arbeit sei ohnehin beendet, sobald er das veranschlagte Investitionsvolumen zusammengetragen habe. Die Firma würden später andere aufbauen. Vanessa schaute sehr glücklich: »Wir fahren dann in die Karibik. Vielleicht wandern wir sogar aus.«

Sven nickte und holte eine Kiste Havannas aus dem Humidor.

»Hast du dein Japan-Experiment eigentlich aufgegeben?« fragte ich.

»Im Augenblick bin ich reich, in drei Jahren besitze ich vielleicht nichts mehr. Jeden Frühling schlagen die Bäume aus, jeden Herbst fallen die Blätter. Nimmst du eine *Cohiba*? – Sind echte.«

Inzwischen war es halb zwei und wir zündeten uns Zigarren an. Sven servierte fünfzehn Jahre alten Rum, Vanessa kämpfte mit ihrem Rock, der immer wieder hinaufrutschte, so daß der nackte Schenkel über den Strumpfsäumen zu sehen war.

Im nächsten Herbst fielen die Blätter: Sven schaffte es nicht, ausreichend Kapital aufzutreiben, aber er hatte alle Verträge so aufsetzen lassen, daß er seine Provisionen behielt, und flog mit Vanessa nach Costa Rica. Der Vater schlug sich mit den Anteilseignern herum, die ohne seine Mitarbeit ebenso machtlos waren, wie er ohne ihr Geld. Im Prinzip wäre die neue Faser reif für die Produktion gewesen, inzwischen kursierten in Finanzkreisen jedoch Gerüchte, das Hofestedt-Projekt stehe kurz vor dem Aus. Keiner wollte mehr einsteigen, die ersten zogen bereits ihre Gelder ab, und am Ende hatten wegen ein paar lächerlichen zehntausend Mark, die nicht aufzutreiben gewesen waren, alle viel verloren.

Nachdem er sicher sein konnte, daß ihm kein Verfahren wegen Anlagebetrugs oder Konkursverschleppung drohte, kehrte Sven aus Costa Rica zurück – ohne Vanessa. Sie war nach drei Wochen abgereist, weil er, statt an ihrer Seite den ewigen Urlaub anzutreten, mit einem deutschen Makler namens Arnold Huber auf der Suche nach einem geeigneten Platz für den Bau einer Ferienanlage durchs Land gefahren war. Arnold Huber hatte beste Kontakte zu den costaricanischen Behörden, allerdings keine nennenswerten Rücklagen. Sobald sie wieder in München waren, gründeten sie mit Svens Geld eine GmbH unter dem Namen *Ka-Zen International*. Sie stellten zwei Sekretärinnen, eine Fremdsprachenkorrespondentin, eine Reisekauffrau, einen Buchhalter sowie einen technischen Zeichner ein, der im Dialog mit Sven dessen Vision einer spirituell fundierten, japano-karibischen Architektur umsetzen sollte. Gleichzeitig beauftragten sie ein bekanntes Graphikdesignstudio, aus Kartenmaterial, Photos, Plänen und Kostenschätzungen einen Prospekt zu gestalten, der potentielle Anleger überzeugen würde. Sven ließ riesige Schreibtische anfertigen und stellte zwischen Computer und Telephon jeweils einen Miniatursteingarten samt kleiner Harke auf. Er bat seine Mitarbeiter, sich während der Arbeit hier und da freie Minuten zu gönnen, und ihren Garten zu gestalten: davon werde ihr Geist ruhig und frei.

Ende Februar gaben Sven und Arnold anläßlich der offiziellen Einweihung der Büroräume ein Fest. Der Zeitpunkt hätte nicht günstiger gewählt sein können: Der Winter hatte die Stadt seit Silvester in eisigem Griff, alle träumten von Wärme, Sonne und Cocktails am Pool. Während draußen Schneeflocken durch die Lichtkegel der Straßenlaternen und Scheinwerfer stoben, hielt Sven eine kurze Rede, so leise, daß ihn kaum jemand verstand: Mit der Ferienanlage in Costa Rica solle eine einmalige Idee verwirklicht werden, nämlich die Vereinigung der geistigen Traditionen des Zen-Buddhismus mit kreolischer Sinnenfreude. Er habe inzwischen Kontakte zu einem japanischen Architekten aufgenommen, der willens und imstande sei, ausgehend von den bereits erarbeiteten Entwürfen, Gebäude in Anlehnung an die dortige Klosterarchitektur mit dem Komfort internationaler Spitzenhotels zu entwickeln. Er selbst werde in Kürze nach Japan fliegen, um Handwerker, Köche und vor allem einen Meister zu gewinnen. Der Meister solle ein Kursangebot konzipieren, das Menschen auf der Suche nach der tieferen Dimension ihres Daseins ebenso wie erschöpften Leistungsträgern, die den Blick für das Wesentliche noch nicht verloren hätten, den Einstieg in die Kunst der Kalligraphie, des Bogenschießens oder der Meditation ermögliche. Svens Ansprache endete mit einem Haiku:

*»Die Welt im Schnee. Laß uns
die schönste Aussicht suchen,
bis wir taumeln, stürzen.«*

Anschließend reichten asiatische Studentinnen warmen Sake, grünen Tee und Sushi.

Arnold Huber verbrachte den größten Teil des folgenden Jahres in Costa Rica. Die Nachrichten, die er anfangs übermittelte, klangen äußerst vielversprechend. Elf Monate später, Mitte Januar, schickte er ein Fax, in dem er mitteilte, daß es ihm geglückt sei, die Option auf den Kauf eines unberührten Areals an der Ostküste zu erwerben. Da die finanziellen Engpässe von *Ka-Zen* die Investition jedoch unmöglich machen würden, habe er sich an die amerikanische *WorldSpiritTravel-Company* gewandt, die ihm eine führende Position beim Aufbau der Anlage angeboten habe. Leider sei es ihm nicht gelungen, die Amerikaner davon zu überzeugen, *Ka-Zen* in die weitere Planung mit einzubeziehen. Er gehe davon aus, daß Sven die notwendigen konzeptionellen Änderungen ohnehin nicht akzeptiert hätte.

Sven wirkte ruhig und heiter, nachdem er das Fax zu Ende gelesen hatte, und warf es wortlos in den Papierkorb. Seine Lage war mit einem Schlag ernster denn je. Als er Verständnis für Arnolds Entscheidung äußerte, hielten seine Mitarbeiter ihn endgültig für verrückt, ohne ihn deshalb weniger zu mögen. Der Buchhalter rechnete ihm vor, daß *Ka-Zen* vom nächsten Monat an weder in der Lage sein werde, Gehälter zu zahlen, noch die Büromiete aufzubringen. Soweit er Einblick in die Konten habe, könne Sven auch seine Privatwohnung kaum halten. Die Kündigungsschreiben seien aufgesetzt, sein eigenes eingeschlossen, Sven müsse nur unterzeichnen.

»Zen ist ein Leben von sieben Schritten und achtmal Fallen«, sagte Sven.

Wenige Tage zuvor hatte er sich erneut unsterblich verliebt und so blickte er trotz allem optimistisch in die Zukunft. Seine neue Freundin hieß Alicia. Ihr Vater stammte aus Argentinien, sie sprach fließend Spanisch, was für die Auseinandersetzungen im Zusammenhang mit dem Costa-Rica-Projekt äußerst hilfreich war. Sie erledigte die Korrespondenz, führte zahllose Telephonate über mögliche Alternativen mit Verbindungsleuten, die *WorldSpiritTravel* ebenfalls ausgebootet hatte, ohne sie für ihre Dienste zu entlohnen.

Obwohl Alicia sich, ausgehend von Svens äußerer Erscheinung, einen verschwenderischen Lebensstil versprochen hatte, willigte sie ein, mit ihm in ein kleines Ladenlokal zu ziehen, das gleichzeitig als Büro und Wohnung diente. Allabendlich holten sie einen Futon aus der Abstellkammer, rollten ihn auf dem Boden aus, liebten sich und schliefen eng aneinandergedrängt ein. Sven lachte viel und arbeitete wenig. Er verkaufte die Autos, den Flügel, einen Großteil seiner Antiquitäten. Kleine Bronzeplastiken, kostbare Füllfederhalter und die Buddhas brachte er ins Leihhaus. Er verwandelte alles, was andernfalls gepfändet worden wäre, in Bargeld, das weder auf Konten noch in Unterlagen auftauchte. Seine Verbindlichkeiten waren so hoch, daß es keinen Sinn gehabt hätte, mit dem Abtragen zu beginnen, ehe sich nicht neue Verdienstmöglichkeiten aufgetan hatten.

In diesem Jahr kam der Winter spät. Krähenschwärme kreisten über der verschneiten Stadt. Die Frauen auf den Straßen trugen Pelze, in den Cafés roch es nach Mottenpulver.

Sven borgte sich kleinere Summen bei Freunden, dem Bruder, sogar bei ehemaligen Geliebten, die ihm wohlgesonnen waren. Alicia, die vor Sven ausschließlich vermögende Liebhaber gehabt hatte, verließ ihn wider Erwarten nicht, im Gegenteil: Je weniger er sich um seine Projekte kümmerte, desto härter arbeitete sie selbst.

Sven fuhr jetzt tagsüber immer häufiger hinaus ins Umland. Er trug seinen langen braunen Ledermantel, der mit Chinchilla gefüttert war, dazu einen breitkrempigen Filzhut. Ganz gleich, ob die Sonne schien, neuer Schnee oder Regen fiel, wanderte er durch die freundlichen Gegenden vor den Alpen und kehrte erst am späten Abend in die Stadt zurück. Er aß kaum und hörte fast vollständig auf zu sprechen. Wenn Alicia ihn fragte, was er eigentlich vorhabe, sagte er Sätze wie: »Ich folge der Spur, die ich im Schnee hinterlasse«, oder: »Gestern haben meine Schritte die Berge am Horizont bewegt«, und lächelte. Wegen dieses Lächelns vertraute sie ihm.

Mitte März begann es zu tauen. Flüsse und Bäche traten über die Ufer, die Wege weichten auf. Sven war stark abgemagert. Seine Haut wirkte wächsern, die Wangenknochen warfen harte Schatten. Alicia bemerkte diese Veränderung erst jetzt, völlig unvorbereitet und mitten in der Nacht: Sie hatten sich bis zur Erschöpfung geliebt, zum Schluß war Sven über ihr gewesen, doch anders als früher hatte sein Oberkörper sie nicht vollständig bedeckt. Leicht wie ein Blatt war er ihr auf einmal erschienen. Nachdem sie sich voneinander gelöst hatten, erschrak sie derart über seine Magerkeit, daß sie beschloß, ihm heimlich auf einer seiner Wanderungen zu folgen, selbst wenn das einen Vertrauensbruch bedeutete. Von einer Freundin lieh sie sich Mantel, Schal, Pelzkappe und Sonnenbrille, damit er sie nicht erkannte. Als Sven am Morgen darauf zur Tür hinaus war, warf sie sich hastig in die fremden Kleider, wickelte den Schal bis unter die Nase und lief zur U-Bahn-Haltestelle. Sie stieg in denselben Waggon, allerdings am entgegengesetzten Ende. Am Hauptbahnhof nahm er die S-Bahn Richtung Tutzing. In Starnberg verließ Sven den Zug und ging zum See. Er wandte sich nach Osten, folgte der Uferpromenade, vorbei am Yachtclub, einem Schwimmbad, den Villen vermögender Leute. Der See lag ruhig da. Vor dem Schilf ließen sich Bleßhühner treiben, ein Reiher stand dort wie erfroren. Nebelschwaden stiegen die Hänge hinauf, man ahnte die Sonne dahinter. Sven folgte dem Pfeil mit der Aufschrift *Schloß Berg, Leoni*. Weder schlenderte noch hastete er. Alicia hielt ausreichend Abstand, so daß er sie nicht erkennen konnte, falls er sich umdrehte. Aber Sven drehte sich nicht um. Trotz oder wegen des riesigen Mantels, wirkte er zum Erbarmen dürr. Sie fragte sich, wie sie seine Verwandlung wochenlang hatte übersehen können, und fand keine Erklärung. Kopfschüttelnd lief sie zu nah auf, hielt abrupt an, wartete einige Sekunden. Im flachen Wasser stand ein dunkelbraunes Holzkreuz ohne Kruzifix auf einem metallverkleideten Sockel, an dem sich kleine Wellen brachen. Es wirkte unsinnig, doch sie wunderte sich nicht. In dieser Gegend nahmen an jeder Ecke Heiligenfiguren und Marienschreine die Stoßgebete der Wanderer entgegen. Ein gutes Stück später bog Sven in den steil ansteigenden Weg ein, der zum *Bismarckturm* führte. Weiße Schwaden krochen zwischen den Bäumen hindurch, verdichteten sich mit zunehmender Höhe. Weiter unten verloren die Umrisse des Sees an Schärfe. Man hätte die graue, matt schimmernde Fläche ebensogut für ein Felsplateau, ein Geröllfeld halten können. Es schien, als ob

Sven mit jedem Schritt schmaler würde, als ob schon der Luftdruck reichte, ihn immer mehr zusammenzupressen. Der Wald öffnete sich auf eine verhangene Wiese hin, an deren höchstem Punkt ein massiger Turm in den Dunst ragte, gekrönt von einem steinernen Adler, der seine Schwingen ausbreitete, um davonzufliegen. Ein überdachter Wandelgang umschloß den Turm. Hier oben war außer ihnen niemand. Es gab nirgends Deckung. Alicia blieb zurück, verharrte im Schutz der Bäume. Die feuchte Kälte zog durch ihre Kleider, in Wellen überfiel sie ein Schlottern. Sven war beinahe nur noch ein senkrechter Strich, der sich fortbewegte und hinter dem Denkmal verschwand. Nach einigen Minuten wagte sich auch Alicia auf die Wiese. Sie fragte sich, weshalb sie Angst gehabt hatte, von Sven entdeckt zu werden: Einen sanfteren Menschen als ihn kannte sie nicht, er verzieh jedem alles. Auf der Rückseite löste sich der Weg nach wenigen Metern in der Nebelwand auf. Sie rannte in diese und jene Richtung, doch Sven war nirgends zu sehen. Sie lief trotzdem weiter, schneller als zuvor. An der ersten Gabelung entschied sie sich, rechts abzubiegen. Zehn Minuten später gelangte sie wiederum an eine Kreuzung. Hier stand sie vor einer Entscheidung zwischen drei Möglichkeiten. Sie überschlug die Wahrscheinlichkeit, mit der sie sich danach, ganz gleich, wohin sie sich wandte, noch auf demselben Weg wie Sven befände, hielt inne. Nachdem sie eine Weile dagestanden hatte, ohne die geringste Vorstellung, was nun werden würde, brach sie die Verfolgung ab und kehrte um.

Trotz der Kälte saß sie noch lange am Bahnhof, ehe sie in die S-Bahn stieg. Am Abend öffnete sie die Tür des Wohnbüros, kochte Tee, in den sie einen Rest costaricanischen Rum schüttete, und weinte. Weder in dieser Nacht noch an einem der folgenden Tage kam er nach Hause. Alicia rief bei keinem seiner Freunde an, um zu fragen, ob er sich gemeldet habe. Auch später hörte man nie ein Wort des Zorns oder der Enttäuschung über Sven aus ihrem Mund.

Der Tesbih

Der Sheikh trug heute einen Turban aus hellblauem Baumwollstoff. Er saß im Schneidersitz auf dem Teppichboden, seine Augen überflogen die Reihen der Gläubigen rechts, hielten kurz inne. Ein vielstimmiges Lächeln glitt über sein Gesicht, ehe er mit einer schnellen Bewegung, als wollte er den entscheidenden Punkt in einem imaginären Spiel machen, seinen Tesbih vor Wolfgang Janssens Knie warf. Das aus hundert kleinen, ununterscheidbar zusammenfallenden Einzelteilen bestehende Geräusch öffnete einen schmalen Spalt im Fluß der Zeit, zu kurz, um etwas erkennen zu können.

Wolfgang Janssen schaute nun seinerseits in alle Richtungen, um sicher zu sein, daß niemand sonst Anspruch auf die Gebetskette erhob. Eigentlich konnte es keinen Zweifel geben, daß sie für ihn bestimmt war, doch der Sheikh galt als heiliger Mann, und diese Kette aus seiner Hand, unmittelbar nachdem er mit ihr dreiunddreißig *Subhan Allah*, dreiunddreißig *Alhamdulillah* und dreiunddreißig *Allahu akbar* abgezählt hatte, war von unschätzbarem Wert: Viele warteten ihr Leben lang vergeblich auf solch ein Geschenk.

Neben Wolfgang Janssen zuckte trotzdem nicht ein Finger, im Gegenteil: Zwei Männer, beide Türken, einer mit umgedrehter Schirmmütze, der andere mit Kinnbart und Fez, schauten ihn ermutigend, vielleicht sogar achtungsvoller an als noch eben, so daß er sich vorbeugte und den

Tesbih behutsam vom Boden nahm. Sein Herz tat einen Sprung, auf den von weit her ein Schmerz folgte. Jenseits aller Gedanken drehte er die Perlen, eine nach der anderen, zwischen Daumen und Zeigefinger. Er spürte die Vorstufe eines Lachens, die Anspannung in seinen Muskeln ließ nach.

Als Händler und Sammler antiker Orientteppiche waren ihm die Riten des Islam einigermaßen vertraut. Er wußte, wie ein Tesbih üblicherweise benutzt wurde, und ahnte, daß es dahinter Geheimnisse gab, von denen er nichts wußte. Lange bevor er in die Dergah des Sheikhs gekommen war, hatte er sich teils aus beruflichen Gründen, teils aus persönlichem Interesse mit Derwisch-Orden und Sufi-Bruderschaften beschäftigt, wissend, daß man mit dem, was aus Büchern zu erfahren war, wohl kapitalkräftige Sammler zum Kauf erstklassiger Konya-Teppiche bewegen konnte, selbst aber keinen Schritt vorankam.

Seit er vor über zwanzig Jahren erstmals in Istanbul gewesen war, hatte er sich eine solche Gebetskette gewünscht. Dort wurden sie an jeder Straßenecke verkauft, aber er war überzeugt gewesen, daß ihm Ärger seitens fundamentalistischer Eiferer drohte, wenn sie ihn, einen ungläubigen Europäer, mit einem Tesbih in der Hand sähen. Wehmütig hatte er den Männern in Cafés und Ladenlokalen, auf Plätzen und Busbahnhöfen zugeschaut, wie sie das ewige Warten auf nichts zwischen Perlen und Fingerkuppen zerrieben. Den Jüngeren hatte der Tesbih als eine Art Spielzeug gedient, mit dessen Hilfe sie ihre notorische Übererregung in einen entspannten Auftritt verwandelten, bei den Älteren war vielleicht über Jahrzehnte das Bewußtsein gewachsen, daß mit jeder Perle ein Gebet oder zumindest eine Segensformel einherging. Wolfgang Janssen hatte zu dieser Zeit immer entweder eine Zigarette gehalten oder an seinen Fingern geknibbelt, und die Vorstellung, daß seine Hände mit Hilfe eines Tesbih endlich Ruhe fänden, war ihm überaus anziehend erschienen. Der Rosenkranz, den er als Kind gehabt hatte, war aus schwer faßbaren Gründen weder für den Gebrauch auf der Straße noch zur Demonstration gesteigerter Lässigkeit tauglich gewesen. –

Zum Ende des Nachtgebets erhoben sich nun alle und stellten sich in einer Reihe an, um dem Sheikh zu danken, daß er es geleitet und ihr Bemühen auf dem Weg Gottes durch seine Segensmacht erhöht hatte. Sie taten dies in Form eines orientalischen Handkusses, mit dem auch den Älteren – Frauen wie Männern – Respekt erwiesen wurde. Wolfgang Janssen hatte sich drei Wochen zuvor in Erinnerung an seine früheste Begegnung mit einem Bischof, dessen Ring von den Frommen im Dorf damals ebenfalls mit einem Kuß bedacht worden war, dazu durchgerungen, diese althergebrachte Demutsgeste zu übernehmen, aber der Sheikh hatte seine Verneigung auf halber Strecke gestoppt und statt dessen einen dreifachen Wangenkuß mit ihm getauscht.

Weil Wolfgang Janssen vermutete, daß es nicht angemessen war, den Tesbih zwischen gebrauchten Papiertaschentüchern, Schlüsselbund und Münzgeld in der Hosentasche zu verstauen, hielt er ihn fest umklammert, als er vor den Sheikh trat, allerdings in der linken Hand, was vermutlich ebenfalls falsch war. Er hatte aber nur zwei Hände, und die Rechte reichte er jetzt dem Sheikh.

»Und, Wolfgang?« sagte der Sheikh. »Alles klar?«

Wolfgang Janssen hatte das dringende Bedürfnis, ihm den innigsten Dank auszusprechen, dessen sein grundundankbares Herz fähig war, doch außer einem zerhackten

Brummen, das er im zunehmend lauten Stimmengewirr selbst kaum mehr hörte, brachte er nichts heraus.

Er behielt den Tesbih in der Hand. Nur während des Essens und wenn er Zucker in seinen Tee rührte, legte er ihn auf den Oberschenkel. Erst spät nachts, als er nach weiteren, mit jeder Stunde sublimeren Unterweisungen des Sheikhs die Dergah verließ, steckte er ihn in die Innentasche seines Sommermantels. Während der Taxifahrt tastete er alle Augenblicke danach, weil er die Gewißheit, daß der Tesbih noch da war, unmittelbar nachdem er ihn unter dem Baumwollstoff gespürt hatte, wieder verlor. Zu Hause angekommen, rollte er seinen liebsten Timuri-Teppich aus, auf dem er immer saß, wenn er etwas begreifen wollte, und sah sich die Kette genauer an: Augenscheinlich war sie alt – wahrscheinlich nicht antik, vierzig, fünfzig oder achtzig Jahre vielleicht. Wobei die gedrechselten Perlen und das geschnitzte Schlußstück, das die Schnur einige Zentimeter vor den Enden zusammenfaßte, deutlich älter zu sein schienen als die Schnur selbst. Perlen aus hellem und dunklem Holz wechselten sich ab. Einige von den hellen waren zu dunkel und einige von den dunklen zu hell, so daß der Rhythmus ein wenig durcheinandergeriet und eine unterschwellige Irritation verursachte. Wolfgang Janssens Augen sprangen hin und her, um Strukturmerkmale zu entdecken, die auf tieferen Ebenen eine Ordnung bildeten, aber er fand nichts. Hinter der elften Perle zweigte eine kurze Schnur mit zehn winzigen Perlchen ab. Den Abschluß bildete jeweils ein kichererbsengroßer Filzbömmel.

Er hatte den Eindruck, daß der Sheikh niemand war, der Dinge dauerhaft besaß. Wie die Leute in seiner Kindheit dem Pfarrer alle Arten von Devotionalien gebracht hatten, damit er sie weihte, erhielt der Sheikh bei nahezu jedem Gemeinschaftsgebet einen anderen Tesbih, damit er ihn durch seine Benutzung mit jener Segenskraft auflud, die von jenseits der Grenze zwischen Zeit und Ewigkeit durch ihn hindurchfloß. Heute abend hatte er allerdings einen eigenen bei sich gehabt, den er entweder bereits zu Hause für Wolfgang Janssen ausgewählt oder ihm spontan zugedacht hatte.

Mit den Perlen, die reichlich ungelenk durch Wolfgang Janssens Finger glitten, zogen Bilder seines türkischen Kollegen Oktay Yolcu in dessen Istanbuler Lager an seinem inneren Auge vorbei. Undurchdringlich klare Ornamente auf Teppichen, Fliesen, Handschriftenseiten kreuzten sich mit dem Witz im Blick des Sheikhs und der Schönheit der jungen Frau, die ihm zu Beginn des Abends den ersten Tee gebracht hatte.

Angesichts des Alters der Kette kam ihm der Gedanke, daß sie früher vielleicht einmal dem Großsheikh oder einer anderen hochstehenden Persönlichkeit des Ordens gehört hatte und noch weitaus mächtiger wäre, als er es sich überhaupt vorstellen konnte. Plötzlich blieb er jedoch an zwei helleren Perlen unmittelbar nebeneinander hängen. Sie verursachten eine sonderbare und nachhaltige Störung. Wolfgang Janssen schaute wiederum das gesamte Rund der Kette an. Er untersuchte die Stellen, an denen drei dunkle Perlen aufeinanderfolgten, bemühte sich, die aus der Logik eines binären Codes folgenden Zwangsläufigkeiten zu begreifen: An den anderen Stellen fanden sich drei und nicht zwei gleiche nebeneinander. Der Unterschied war entscheidend. Auch stellte er fest, daß dort die mittlere jeweils geringfügig heller war als die äußeren, also lediglich eine Ungenauigkeit vorlag.

Wolfgang Janssen wurde rot, ihm brach der Schweiß aus und er begann zu zählen: Dreimal dreiunddreißig Hauptperlen mußten es sein, dazu zwei Zwischenglieder in Form stilisierter Gewürznelken, außerdem das längliche Schlußstück und die zehn Miniaturperlchen, mit deren Hilfe man sich die gebeteten Runden merkte.

Er zählte dreiunddreißig Perlen im ersten Abschnitt, zweiunddreißig im zweiten. Vor lauter Nervosität hatten seine Finger Schwierigkeiten, immer nur eine Perle zu greifen, es schlichen sich Fehler ein. Er begann den zweiten Abschnitt von neuem. Diesmal kam er auf dreiunddreißig – so war es richtig. Es folgte der fragwürdige dritte Abschnitt mit dem hellen Doppel. Bei der ersten Zählung enthielt er lediglich einunddreißig Perlen. Wolfgang Janssen begann ganz von vorn, landete bei zweiunddreißig im ersten Segment, der Mittelteil blieb bei dreiunddreißig, der letzte hatte jetzt ebenfalls zweiunddreißig. Er überlegte, ob man die beiden Zwischenglieder mitzählen mußte? Dann käme man insgesamt auf neunundneunzig Perlen. Die nächste Zählung des ersten Teilstücks endete wieder mit dreiunddreißig, das zweite blieb dabei, und ganz gleich, wie oft er auch nachzählte, der letzte Abschnitt gelangte nicht über zweiunddreißig Perlen hinaus. Rechnete man die beiden Zwischenglieder hinzu, erhielt man in der Summe einhundert, ohne sie achtundneunzig. Eins stimmte so wenig wie das andere. Weder auf diese noch auf jene Weise ließ sich der Tesbih zur Anrufung der neunundneunzig heiligen Namen Gottes benutzen. Für die dreimal dreiunddreißig Kurzgebete eignete er sich ebenfalls nicht.

Wolfgang Janssen fühlte sich wie jemand, der nach einem Keulenschlag auf den Kopf mit einer schweren Gehirnerschütterung aufwachte. Offensichtlich war er wiederum einem orientalischen Taschenspielertrick aufgesessen. Wenn der Sheikh die Kette gebetet hatte ohne zu merken, daß ihm die falsche Anzahl der Formeln über die Lippen gekommen war, eine Zahl, die ohne Zweifel Sinn und Wirksamkeit hatte – haben mußte –, konnte er kaum ein echter Meister sein. Unter anderem basierte die Vorstellung des aus göttlichem Geist geordneten Universums, des Aufbaus der Welten in vollkommener Harmonie, auf Zahlenverhältnissen und deren Bedeutung. In diesem System war die Dreiunddreißig nicht irgendeine nachrangige Zahl, wie die Siebenundzwanzig oder die Fünfundvierzig, bei denen es vielleicht nicht genau darauf angekommen wäre: Dreiunddreißig war die Zahl der Vollendung. Es gab dreiunddreißig buddhistische Lichtwesen, Jesus hatte dreiunddreißig Jahre auf Erden verbracht, David dreiunddreißig Jahre lang regiert, dreiunddreißig war das vollkommene Alter der Seligen im islamischen Paradies. Die dreifache Dreiunddreißig umfaßte alle Namen, die der Mensch seinem Schöpfer zurufen konnte. Die Zweiunddreißig, mit der Wolfgang Janssen es hier statt dessen zu tun hatte, mochte für sich genommen weder bedeutungslos noch ungünstig sein, doch an dieser Stelle führte sie zu einem abgrundtiefen Durcheinander. Der Tesbih verursachte falsche Gebetseinheiten. Bestenfalls blieb der Fehler ohne Wirkung, womöglich brachte der Gebrauch der Kette sogar mehr Schaden als Nutzen.

Wolfgang Janssen fühlte eine tiefe Traurigkeit in sich aufsteigen. Bis vor wenigen Minuten hatte er geglaubt, daß mit dem Sheikh erstmals ein Mensch in sein Leben getreten war, der nicht theologische Meinungen oder fromme Sprechblasen von sich gab, sondern das uralte Wissen um die Kräfte und Zusammenhänge des Sichtbaren wie des

Unsichtbaren in sich trug. Der Sheikh war ihm in allem als Verkörperung dessen erschienen, was er sich unter einem wahrhaftigen Sufi-Meister vorgestellt hatte.

Auf die Enttäuschung, daß er einem Scharlatan aufgesessen war, folgte Wut. Es fehlte nicht viel, und er hätte den Tesbih zerrissen und in den Müll geworfen. Irgendeine Lähmung hinderte ihn daran. Statt dessen breitete sich Beklemmung in seiner Brust aus, ein Kloß schnürte ihm die Kehle zu. Er saß zusammengesunken auf dem Teppich, in seinem Kopf herrschte Nebel, während draußen die Sonne aufging. Als er sich schlafen legte, war es halb fünf.

Vier Stunden später erwachte er ungewöhnlich gut gelaunt. Dann fiel ihm der Tesbih wieder ein, und seine Stimmung verfinsterte sich. Noch bevor er Kaffee kochte, zählte er in trotziger Verzweiflung oder verzweifeltem Trotz die Perlen herauf und herunter, jedes Mal mit demselben niederschmetternden Ergebnis: Das letzte Segment bestand aus zweiunddreißig statt dreiunddreißig Holzperlen, die gesamte Kette dementsprechend aus achtundneunzig statt aus neunundneunzig. Es gab verschiedene Möglichkeiten: Er konnte zum Sheikh gehen und ihn fragen, was das zu bedeuten habe? – Nein, das konnte er nicht, ausgeschlossen. Wenn er den Tesbih nicht vernichten wollte, wäre es das einfachste, ihn in eine verschließbare Schublade des Sekretärs zu legen, den Schlüssel abzuziehen und in den Kanal zu werfen. Theoretisch könnte er den Tesbih natürlich auch benutzen, er müßte nur immer, wenn er an das dritte Teilstück käme, in Gedanken und mit einem Doppelgriff die fehlende Perle ersetzen. Allein die Vorstellung verursachte ihm Übelkeit, und ein automatisierter Gebrauch, wie er zum Beispiel bei buddhistischen Gebetsmühlen üblich war, wäre ausgeschlossen. Schließlich überlegte er, ob es in seinem Bekanntenkreis jemanden gab, der ihm einen Ersatz drechseln konnte?

Erneut ließ er die Perlen durch seine Finger gleiten. Ein absurdes Lachen stieg in ihm auf. Er lachte tatsächlich. Das Lachen wurde von den Wänden zurückgeworfen, und Wolfgang Janssen fiel in die Traurigkeit der vergangenen Nacht. Für eine Weile trieb er in ihrem Fahrwasser dahin. Ehe die nächste Welle Zorn heranbrandete, stand er auf, ging zum Telephon und rief seine Freundin Cemile an, die als Kunsthistorikerin und Teppichspezialistin am Museum für Islamische Kunst arbeitete. Cemile entstammte einer deutsch-türkischen Familie, in der die Beschäftigung mit dem Islam hauptsächlich wissenschaftlicher Natur gewesen war, so daß sie in religiösen Fragen einerseits weitreichende Kenntnisse, andererseits aber ihren Verstand beisammen hatte. Natürlich wußte sie, wozu ein Tesbih gut war, und auch, was es bedeutete, ihn aus der Hand eines hochrangigen Sheikhs zu bekommen.

Zunächst einmal war sie nicht der Ansicht, daß man wegen einer fehlenden Perle ernsthaft an der geistigen Kraft des Sheikhs zweifeln müsse.

»Geh doch in einen dieser Läden, wo es Utensilien für Modeschmuck zum Selberbasteln gibt«, sagte sie. »Da findest du bestimmt eine Holzperle, die genauso aussieht, wie die, die dir fehlt.«

»Aber wie soll ich sie auf den Faden bekommen, ohne das Ding zu zerschneiden.«

»Ich denke nicht, daß das ein Problem sein wird – weder handwerklich noch spirituell. Ich habe schon eine ganze Reihe Tesbihs aufgefädelt. Es ist Fummelei, aber ich glaube, du schaffst das. Wenn du auf Nummer sicher gehen willst, behältst du einfach genau die Reihenfolge bei, die die Perlen jetzt haben.«

»Ich weiß nicht …«

»Du kannst es jedenfalls nicht bei zweiunddreißig belassen. Damit kommst du in Teufels Küche.«

»Das dachte ich mir …«

»Sei mutig, besorg dir eine Ersatzperle und fädele den Tesbih neu auf. Du hattest doch sowieso den Eindruck, daß die Schnur jünger ist als der Rest. Ansonsten kauf in Gottes Namen zwanzig Perlen, die kosten ja nichts, und versuche, eine von ihnen so sauber zu spalten, daß du sie an der entsprechenden Stelle einsetzen kannst – einfach mit einem Tröpfchen Leim …«

Wolfgang Janssen spürte, wie seine Knie weich wurden und daß er sich hinsetzen mußte, jetzt sofort, hier auf den Boden: »Ich weiß …«

»Einfach mit einem kleinen Beitel, oder du nimmst ein scharfes Küchenmesser.«

Er saß jetzt, hatte trotzdem das Gefühl wegzukippen: »Ist klar«, sagte er. »Ich habe schon verstanden. Mir fällt nur gerade … Jetzt, wo du diesen Vorschlag machst, fällt mir ein … Das ist über dreißig Jahre her, und so etwas kann man zwischenzeitlich auch vergessen – jedenfalls der Rosenkranz, den ich von meiner Patentante zur Erstkommunion geschenkt bekommen habe, und mit dem ich als Kind … Also dieser Rosenkranz hat irgendwann in meiner Hosentasche einen Schlag abbekommen, und dabei muß eine Perle zerbrochen sein, in vier Stücke, von denen ich aber nur drei wiedergefunden habe, das letzte fehlte. Als ich versucht habe, sie zusammenzuleimen – da war ich vielleicht zehn oder elf –, paßten sie natürlich nicht, und alles wurde immer schlimmer, ganz furchtbar schlimm, weil ich die Nachbarperlen und auch die Schnur mit Leim versaut habe, ohne daß die Perle gehalten hätte ...«

»Dann hast du es ja schon mal gemacht und weißt zumindest, wie es nicht geht.«

Als Wolfgang Janssen aufgelegt hatte, dachte er, daß er weder eine Perle spalten und einsetzen, noch den Tesbih auseinandernehmen und neu auffädeln würde. Andererseits schien es ihm angesichts des Nachdrucks, mit dem Cemile auf einem vollständigen Perlensatz bestanden hatte, und wegen der Ordnung der Welten aus Geist und Form unmöglich, nichts zu tun. Er begann, den alten Rosenkranz zu suchen, schon um sicher zu sein, daß er die Geschichte nicht geträumt hatte, und um nachzusehen, in welchem Zustand er war, wenn er ihn überhaupt noch hatte. Es gab eine Reihe Vergangenheitskisten und -fächer in der Wohnung, wo der Rosenkranz liegen konnte, sie quollen über vor Kleinkram in jeder Gestalt, mit und ohne Wert. Nachdem er zwei Stunden lang alles durchwühlt hatte, steckte er auf. Immerhin war er bei seiner Suche auf den Schmerz gestoßen, den er damals angesichts der zerbrochenen Perle empfunden hatte. Noch als Erinnerung war er ins Unerträgliche gewachsen.

Seit Kindertagen haßte er alles Beschädigte, Angekratzte, Unvollständige. Es machte ihn rasend, er warf es weg, selbst wenn es noch funktionierte. Der Haß, den er dabei empfand, ließ einen üblen Nachgeschmack zurück, und doch war er außerstande etwas daran zu ändern. Vollkommenheitszwang war ein Grundbestandteil seines Charakters.

Erstmals dachte Wolfgang Janssen an die Möglichkeit, daß der Sheikh sich nicht verzählt haben könnte. Vielleicht hatte er ihm mit dem unvollständigen Tesbih eine Aufgabe gestellt, ebenso lächerlich und komplex, wie die Rätselsprüche, die Zen-Meister ihren Schülern zur Lösung auferlegten, damit sie sich an ihnen entweder die Zähne ausbissen oder auf eine andere Erkenntnisstufe gelangten. Die Antwort, die gefunden werden mußte, war nie allgemeingültig, hing jedoch immer mit Furchtlosigkeit und Herz zusammen. Gerade als Wolfgang Janssen genau diese Art Entschlußkraft spürte und mit dem Tesbih in der Hand Richtung Schreibtisch marschierte, wo sich die schärfste Schere der Wohnung befand, sah er den Blick des Sheikhs vor sich. Ihm fiel die Unterweisung wieder ein, die er in der Woche zuvor gegeben hatte: Der Schlüssel zu wahrem Frieden und innerer Ruhe liege nicht etwa darin, sich zu beschaffen, was man sich wünsche, sondern dankbar für das zu sein, was man bekomme. Etwas, das einem nicht bestimmt sei, werde man ohnehin nie erhalten, insofern sei es sinnlos, ihm nachzulaufen. Dann hatte der Sheikh eine berühmte Geschichte aus der Zeit des Osmanischen Reiches erzählt: Der Sultan pflegte damals regelmäßig verkleidet durch die Stadt zu streifen, um sich ein unverfälschtes Bild vom Leben seiner Untertanen zu machen. Auf einem dieser Gänge besuchte er ein Teehaus. Dort bediente ein alter Kellner, der von allen mit mildem Spott behandelt wurde, so daß den Sultan Mitgefühl ergriff. Er beschloß, dem Schicksal auf die Sprünge zu helfen, und wies seine Diener an, dem Kellner vierzig Tage lang jeden Morgen ein Blech der allerbesten Baklawa aus der Hofbäckerei bringen zu lassen, und unter jedem Stück sollte eine Goldmünze versteckt sein. Der Kellner freute sich, als er die Baklawa erhielt, im Namen eines Wohlmeinenden, der unerkannt bleiben wolle. Am Abend würde er sie mit seiner Familie teilen. Doch auf dem Heimweg dachte er, daß die Baklawa, hätten sie sie erst gegessen, einfach weg wäre, ohne etwas von Nutzen zurückzulassen. Wenn er sie allerdings verkaufte, konnte er von dem Erlös einige notwendige Dinge für den Haushalt beschaffen. Er stellte sich also an einen belebten Platz und pries lauthals seine Baklawa an. Schon nach kurzer Zeit kam ein Kaufmann aus der Nachbarschaft, der sah, daß es wahrhaft fürstliches Gebäck war, das der Mann anbot, und kaufte das ganze Blech. Zu Hause stieß er schon beim ersten Bissen auf das Gold, dessen Wert den Preis, den er bezahlt hatte, um das Tausendfache überstieg. Er dachte sich, daß der Mann offenbar nicht wußte, was er verkaufte, und als er am nächsten Tag wiederum die Stimme des Kellners hörte, stürzte er hinaus auf die Straße und rief: »Mein Herr, Eure Baklawa ist so köstlich, daß meine Familie gar nicht genug davon bekommen kann. Laßt mich künftig Euer alleiniger Abnehmer sein.«

Nach Ablauf der vierzig Tage wollte der Sultan schauen, wie sich das Leben des Kellners durch das Geschenk verbessert hatte. Er stattete ihm einen Besuch ab, diesmal mit Gefolge und in seiner ganzen Pracht: »Ich war es, der dir die Baklawa hat schicken lassen«, sagte er. »Wie ist es dir seitdem ergangen?«

Der Kellner antwortete: »Oh Herr, ich ahnte ja nicht, daß sie Euer Geschenk war, und so habe ich sie verkauft und von dem Geld Dinge erworben, die meine Familie dringend brauchte.«

Um den armen Mann nicht in Verzweiflung zu stürzen, verschwieg der Sultan die Münzen, die er hatte verstecken lassen. Statt dessen nahm er ihn mit in den Palast. Er führte ihn in die Schatzkammer, wo Berge von Gold und Edelsteinen aufgehäuft lagen, gab ihm eine Schaufel in die

Hand und sagte: »Stoß sie beherzt hinein, und das, was darauf sein wird, soll dir gehören.«

Vor lauter Aufregung nahm der Alte die Schaufel jedoch verkehrt herum, so daß nur eine einzige Münze auf ihr liegenblieb, und weil er am ganzen Leib zitterte, fiel auch die noch hinunter.

Der Sultan konnte kaum glauben, was er sah, und er sagte zu seinen Hofleuten: »Bringt ihn auf meine privaten Ländereien. Laßt ihn einen Stein werfen, so weit er nur kann, und alles Land, über das der Stein fliegt, wird fortan ihm gehören.«

Als sie aber dort angekommen waren, suchte der alte Kellner sich einen mächtigen Felsbrocken, denn er fühlte sich stark wie in jungen Jahren. Auch fand er, daß nur ein Stück Fels dieser Aufgabe würdig sei. Er hob ihn mit also größter Mühe vom Boden auf und gerade als er ihn über den Kopf gestemmt hatte, versagten seine Kräfte, der Stein rutschte ihm aus den Händen und zertrümmerte ihm den Schädel.

Wolfgang Janssen stand vor seinem Schreibtisch, sah die Schere an und schüttelte den Kopf: Wenn er den Tesbih jetzt aufschnitt, vervollständigte und wieder zusammenbaute, handelte er nicht anders als der alte Kellner, der die Baklawa verkauft hatte, um mit dem Geld etwas Nützliches für den Haushalt anzuschaffen. Im Unterschied zu dem Kellner jedoch, der nicht gewußt hatte, von wem die Baklawa gekommen war, konnte Wolfgang Janssen sich nicht auf seine Ahnungslosigkeit berufen, wenn der Sheikh eines Tages fragte, wie es ihm mit dem Tesbih ergangen sei. Er müßte dann sagen: »Dein Tesbih, Sheikh, hatte leider einen Fehler, ich habe ihn erst reparieren müssen, ehe ich ihn benutzen konnte.«

Das wäre nicht nur ein Zeichen von Mißtrauen und Respektlosigkeit, sondern wahrscheinlich eine grenzenlose Dummheit, denn viel sprach dafür, daß der Sheikh genau dieses Tesbih-Fragment für ihn vorgesehen hatte.

In diesem Moment bestand für Wolfgang Janssen kein Zweifel, daß der Sheikh in Tiefenschichten seines Herzens und seiner Vergangenheit vordrang, die ihm selbst verborgen oder entfallen waren. Doch während er zwischen Ehrfurcht und Schrecken schwankte, schlich sich der Verdacht ein, daß er auf dem besten Weg war, in einen ähnlich lächerlichen und gefährlichen Aberglauben zurückzufallen, wie ihn die alten Frauen seines Dorfes gepflegt hatten, die für jedwede Angelegenheit einen eigenen Schutzpatron beschworen: Vor dem Ersticken an verschluckten Fischgräten bewahrte der Heilige Blasius, verlorene Zahnprothesen und Portemonnaies fanden sie mittels Fürsprache des Heiligen Antonius wieder. Sie hielten die absonderlichsten Reliquien für wundertätig, und wenn gar nichts mehr half, pilgerten sie zur Muttergottes von Lourdes oder Fatima und tranken dort Wasser aus heiligen Quellen. Offensichtlich ging er gerade in die alte Falle des Götzendienstes. Wenn dem so war, dann hätte der Sheikh Wolfgang Janssens übersteigertes Vertrauen in seine beinahe schon gottähnliche Wirkmächtigkeit mit dem fehlerhaften Tesbih auf die denkbar feinsinnigste Weise hintertrieben. Die einzig angemessene Reaktion darauf wäre, die Gebetskette entschlossen und furchtlos zu vervollständigen, sie auf die mit den Proportionen und Ordnungsverhältnissen des Universums übereinstimmende Weise zu gebrauchen, und dem Sheikh für seine Lektion zu danken. Eine Gedankendrehung weiter jedoch fiel ihm sein alter Rosenkranz wieder ein, und all dies wurde zu einer derart vielschichtigen Unterweisung und zu einer so unfaßbaren Machtdemonstration des Sheikhs, daß es ein Zeichen blinden Größenwahns gewesen wäre – kaum weniger aberwitzig als die Idee des Kellners, statt mit einem Steinchen mit dem Felsen um sein Land zu werfen –, das Geschenk nicht genauso anzunehmen, wie es ihm vor die Knie gefallen war.

Wolfgang Janssen brach seine Überlegungen gewaltsam ab, da er fürchtete, in einen Strudel zu geraten, der ihn erst wieder loslassen würde, wenn er den Verstand verloren hätte.

Es war früher Nachmittag. Er räumte seine rechte Hosentasche leer, steckte den Tesbih hinein, zog sich Schuhe an und verließ das Haus. Draußen schien die Sonne. Er ging zügig, rannte fast, um das Drehen in seinem Kopf zum Stillstand zu bringen. Er hatte kein Ziel und spürte doch Widerwillen, als wäre er unterwegs zu einem Kreditgespräch mit ungewissem Ausgang. Nachdem er sich so weit aus seinem Viertel entfernt hatte, daß keine Gefahr mehr bestand, auf Nachbarn zu treffen, nahm er – nicht ohne sich vorher noch einmal umgeschaut zu haben – den Tesbih aus der Hosentasche. Er betrachtete ihn eine Weile, ehe er begann, erst zögernd, dann entschlossener, die Perlen durch seine Finger laufen zu lassen, immer noch unbeholfen. Er achtete auf die Blicke derer, die ihm entgegenkamen. Kaum einer der Passanten bemerkte, daß Wolfgang Janssen überhaupt etwas in der Hand hielt – ein kleines Kettchen mit achtundneunzig Holzperlen, hellen und dunklen, ohne Kreuz, die sich stockend drehten. Er sah den Tesbih vor seinem inneren Auge wie eine Kreislinie, die ein Loch hatte, aus dem Sand rieselte, der nicht weniger wurde. Mit jeder Perle, die ihm zwischen die Finger kam, löste sich ein weiteres Bruchstück

aus der Verkeilung, in der sich die Trümmer seiner Gewiß-
heiten befanden, und fiel in das Sandmeer. Darüber breitete sich eine Heiterkeit aus, die er bis jetzt nicht an sich
gekannt hatte.

Im Morgengrauen Venedig

»Wenn wir schon hier sind, können wir auch Venedig mit-
nehmen«, sagte Vincent, warf seinen Rucksack ab, lehnte
den Gitarrenkoffer gegen die Bank und trottete zum Fahr-
plan.

»Hier« hieß Bern, aber das bedeutete nichts, es hätte auch
Wien, Milano, Grenoble heißen können oder einfach nur
Bahnhof, Abend, kein Geld für ein Zimmer.

»Dort sterben wir dann an der Cholera«, sagte ich, um
auszudrücken, daß es nicht ernst war.

*Mit siebzehn hat man noch Träume/da wachsen noch alle
Bäume/in den Himmel ...* hatte der Mann, der mein Vater
ist, gesagt, zwei Wochen zuvor, als wir in den Zug Richtung
Amsterdam gestiegen waren, und sich nicht geschämt, in
zweiundfünfzig Jahren Leben kein bißchen begriffen zu
haben – nicht einmal den Unterschied zwischen einem
Lied und einem Scheiß.

»Um Viertel nach sechs fährt der nächste«, sagte Vincent.

Bis dahin waren es anderthalb Stunden. Während wir
dasaßen, redeten und schwiegen, rieselten sie in sich zusammen, dann stiegen wir in ein und bewegten uns fort: Nässe
hing über der Stadt, Häuser flogen davon, alte und neue,
Lagerhallen, Industrieanlagen. Die Bäume wuchsen nicht
in den Himmel, sie steckten in Nebelbänken, waren krank,
starben, würden abgeholzt werden für Feuer, Berghütten,
Papier – Zeitungspapier, Klopapier, Gedichtpapier: der einzige akzeptable Verwendungszweck. Die Gedichte faltete

ich zu Fliegern, ließ sie aus dem fahrenden Zug segeln, um dem Schicksal Möglichkeiten zu eröffnen. Es könnte in Gestalt unwahrscheinlicher Luftverwirbelungen die Zeile *Du ahnst mich auf- und untergehend* einem sonnenwarmen Mädchen mit schwarzem Haar und tiefbraunen Augen vor die Füße wehen, das ziellos entlang der Gleise wanderte. Und sie würde sich bücken, lesen, den Rücklichtern des immer schneller immer kleiner werdenden Zuges nachschauen. Man sähe ihre Lippen stumm den Schluß *während der Horizont einschwärzt* formen, aber sie schaute in offenen Himmel, weites Land, verstünde, daß die Zeilen ein Wink waren. Wenn sie dem Wink nicht folgte, würde sie es für den Rest ihrer Tage bereuen, deshalb schlüge sie jetzt von einem Moment auf den anderen alles, aber auch wirklich alles, was man ihr beigebracht hatte, in den Wind, liefe zur Straße, um das erstbeste Auto anzuhalten, einen roten Alpha Spider mit offenem Verdeck. Sie würde den Namen der nächsten italienischen Stadt sagen und »Schnell!«, dann flatterten ihre Haare wie im Sturm am Meer. Der Wagen bretterte über Serpentinen. Den Fahrer, einen pomadisierten Lackaffen, würde sie nicht beachten: Er sollte nur steuern, das Gas durchtreten, Abkürzungen kennen. Ohne die Wagentür zu öffnen, spränge sie auf den Bahnsteig, der Schaffner hätte bereits in seine Trillerpfeife geblasen, doch hier würden die Regeln offener ausgelegt, und mit der Liebe ließe sich alles entschuldigen. In letzter Sekunde würde sie den Zug erwischen, und dann passierten all diese Dinge, die nie passieren. Deshalb sollte das Leben kurz sein. Aber selbst in Venedig war die Cholera ausgemerzt.

»Anschließend können wir Rom versuchen«, sagte ich.

»Es gibt *Feuertopf* und *Pichelsteiner*«, sagte Vincent.

Mit Dialektik kannten wir uns aus.

Hinter den Schweizer Bergen ging die Sonne unter, das Licht wurde eingeschaltet, Neon, scharf und grün, der alte Schweiß, Wäsche, die nach kaltem Rauch stank. Vincent zog den Gitarrenkoffer aus der Gepäckablage, stimmte die Saiten und sang: »*Come gather 'round people where ever you roam / and admit that the waters around you have grown ...*«

Dabei wußte er, daß nie einfach Leute zusammenkamen und daß es, wenn doch, immer die Falschen waren, Schnorrer, Nervbacken, Labersäcke, abgesehen davon änderten sich die Zeiten seit einer Ewigkeit nicht.

»Wir haben Wein«, sagte ich.

»Du«, sagte Vincent. Er trank aus Prinzip nicht.

Auch heute würde keine Schöne die Abteiltür öffnen, ihr Gesicht erwartungsvoll oder wenigstens offen hineinstecken – statt dessen der Fahrkartenkontrolleur. Diese Art Mensch war uns sattsam bekannt. Wir gefielen ihm nicht, und er gefiel uns nicht, aber er hatte keine Handhabe: Unsere Tickets galten noch volle zwei Wochen im ganzen Westen Europas bis nach Marokko auf den meisten Strecken und in fast allen Zügen. Bis jetzt brannte kein verbotenes Feuer, und eine Suppenkonserve war kein Verstoß gegen Bestimmungen. Wenn die Nacht käme, würden wir jenseits der Grenze sein, im Land, wo die Zitronen blühen, darauf hoffte er schon lange nicht mehr.

»Merci vielmals.« –

Vincent fing wieder an zu singen, die Schläge der Räder auf den Schweißnähten der Gleise arbeiteten gegen sein Lied, er kam aus dem Takt.

»So ist es immer«, sagte ich: »Entweder stimmt der Rhythmus oder die Melodie.«

Das war im übertragenen Sinne gemeint, aber Vincent

interessierte sich von jeher mehr für die Welt als für ihre Deutung und wiederholte dreiundzwanzig Mal »*if your time to you is worth savin'*«, bis seine Finger rund liefen. Ich hätte ihm einen Vortrag über das Gesagte und das Gemeinte, das Mögliche und das Wirkliche halten können, doch wir waren übereingekommen, uns den Tiefsinn abzugewöhnen, hinzunehmen, daß das Leben ein Witz, eine Aneinanderreihung von Witzen war, guten und schlechten, deshalb fuhren wir von hier nach da und von dort wieder anderswohin, bewegten uns weiter und warteten – nicht die Rede von hoffen –, daß sich irgendwann eine Übereinstimmung von Raum und Zeit ergäbe, und wir bleiben könnten, wenigstens ein paar Tage.

»Was wollen wir überhaupt in Venedig?« fragte ich.

»Muß man gewesen sein«, antwortete Vincent.

»Warum?«

Er zuckte mit den Achseln, zupfte ein paar Töne als Ein- oder Überleitung: »Wegen des guten Bahnhofs.«

Auf guten Bahnhöfen konnte man sich niederlassen, Musik spielen, sich fragen, was all die Reisenden für Ziele vor oder hinter sich hatten, man konnte an Frauen denken, die sich dazusetzten, um über wer-weiß-was zu reden, oder man zerbrach sich den Kopf, warum sie nichts dergleichen taten. Wenn endgültig wieder alle achtlos weitergegangen waren, rollten wir die Matten und Schlafsäcke aus und schlugen uns ein. Auf den schlechten Bahnhöfen machten faschistoide Aufseher sich einen Spaß daraus, uns mit Fußtritten zu traktieren und in die Nacht hinauszujagen, selbst wenn es aus Kübeln schüttete wie in Paris, wo ein aufgeblasener Wachmann seinen aus dem Maul stinkenden Hund die Zähne direkt neben meinem Ohr hatte fletschten lassen. Mir wäre fast »Heil Hitler, Monsieur collaborateur« herausgerutscht, aber vor scharfen Hunden habe ich Angst.

Ein Zöllner öffnete die Abteiltür, verglich Bilder mit Gesichtern, kniff die Lippen kritisch zusammen, die Differenz reichte nicht für Aus- oder Einreiseverbote. Lichter von Dörfern, Kleinstädten schossen vorbei. Der Zug hielt, wir lehnten uns aus dem Fenster, zwei Frauen stiegen ein, mit Rucksäcken, sicher auch auf dem Weg nach Venedig, weil es diesen Ruf hatte und einen Bahnhof ... – und plötzlich der scharfe Hoffnungsschmerz, der durchschlägt wie ein Armbrustbolzen. Ich riß die Vorhänge zum Gang auf, um deutlich zu machen, daß sie willkommen waren. Sie gingen weiter, ohne uns zu beachten, obwohl Vincent ziemlich ausdrucksstark *»I am searching for a heart of gold«* sang. Mein verrutschtes Gesicht spiegelte sich in der von Haarfett und Fingern beschmierten Scheibe, es sagte: ›Schau dich doch an!‹

Der letzte, diesmal italienische Kontrolleur prüfte die Fahrkarten. Hinter ihm zogen wir abermals die Vorhänge zu. Vincent kramte den Esbit-Brenner heraus, die letzte Aldi-Büchse *Mexikanischer Feuertopf* und den Dosenöffner, hielt ihn hoch: »Wir können die Dosenöffnernummer versuchen.«

Steckte ihn in den Rucksack.

Ich nickte: »Du oder ich?«

»Gerade oder ungerade?«

»Ungerade.«

»Zicke Zacke, Zicke Zacke, hai hai hai.«

»Sieben: du.«

Vincent ging hinaus. Auf dem Gang wurde eine Tür nach der anderen aufgerissen und wieder zugeschoben, dazu »Sorry« oder »Excuse me«.

Ich schaute die Weinflasche an und dachte: ›Ob Vincent mit oder ohne Dosenöffner zurückkommt, spielt keine Rolle, aber daß er sich weigert, nach einem Korkenzieher zu fragen, ist eine echte Schikane.‹

Mir blieb nur, den Korken mit dem stumpfen Ende des Messers in die Flasche zu drücken. Er wehrte sich, dann spritzte es. Neue Flecken auf der Hose, ich leckte mir Wein von den Fingern, riß ein Päckchen Camel auf, schlug es gegen den Handballen, fischte die erste Zigarette mit den Lippen heraus, blies saubere Kringel, obwohl die Luft vibrierte. Wenn sie uns einen Dosenöffner liehen, bestand die Möglichkeit, sie im Gegenzug auf einen Teller Suppe einzuladen. Bis jetzt hatte die Masche noch nie funktioniert, obwohl Vincent behauptete, vergangenen Sommer, als er mit Gerd durch Deutschland gefahren war, hätten sie immer Erfolg gehabt oder fast immer. Ich klimperte ein paar Akkorde auf seiner Gitarre und traute meinen Augen nicht, als sich die Tür öffnete und Vincent »Das ist Elisa« sagte. »Ihre Freundin Rachel kommt auch gleich. Sie sind aus England und wollen zufällig nach Venedig, genau wie wir.«

»Come in«, sagte ich, »nice to meet you, we have something to eat, not much, but …«

»Du kannst Deutsch sprechen«, sagte Elisa mit diesem starken britischen Akzent, der so selbstsicher klingt, »ich hatte Deutsch in die Schule.«

Sie sah nicht schlecht aus, sommersprossig, kurzes Blondhaar, eher Vincents Typ. Wenn es nach ihr gegangen wäre, hätte es mich hier nicht geben müssen.

»Ist *Feuertopf* in Ordnung?« fragte Vincent. »Sonst wäre da noch *Pichelsteiner*.«

»It's o. k.«, sagte Elisa.

Sie simulierten bereits Vertraulichkeit, als wäre ich gar

nicht da, während Vincent den Brenner vorbereitete, unseren eigenen Dosenöffner nahm – der Idiot.

»You – ihr besitzt doch einen …«, stellte Elisa fest. »Wie heißt das auf Deutsch?«

Sie klang weder erstaunt noch verärgert.

»Dosenöffner«, sagte ich. »Ich habe ihn gerade wiedergefunden, er steckte zwischen den Büchern, mein halber Rucksack ist voll mit Büchern: Gedichte.«

Vincent erzählte, wo wir schon gewesen waren und wo wir noch hinwollten, unterwegs hatten wir die unwahrscheinlichsten Dinge erlebt, komische und verdammt riskante, die komisch ausgegangen waren: »*Life is nothing but a joke* – as we say it with Bob.«

Ob Elisa ihm glaubte, ließ sich schwer einschätzen, alle, die man traf, hatten Lebensgefahren und Großtaten hinter sich. Für Vincent stellte sich die Frage nicht, weil Elisa auf seine Pointen hin lachte. Ich fand ihr Lachen schrill. Ich mag auch von Natur aus keine wäßrig blauen Augen, und Vincents Gerede ging mir auf die Nerven.

»Hi, I'm Rachel.«

Sie stand so unvermittelt in der Tür, als hätte mich ein Eimer Eiswasser aus dem Tiefschlaf gerissen, bloß daß ich nicht geschlafen hatte. »Beautyful« hätte bescheuert geklungen und aus »schön« wäre womöglich »nice« geworden: das grundfalsche Wort.

»Ihr fahrt auch nach Venedig?«

»Exactly.«

»Und wo kommt ihr her?«

»Aus London.«

»Ich meine …«

»Wir sind erst seit gestern unterwegs und wollen zuerst nach Venedig – such a romantic place, isn't it.«

»Bestimmt.«

Vincent sagte: »Es gibt nur zwei Löffel. Ihr dürft anfangen.«

Beim Umrühren hatte er die Dose schon zu einem Viertel geleert.

»Wir können unsere eigenen holen«, sagte Elisa, und dann verschwanden beide, so schnell und unerwartet, wie sie gekommen waren.

»Paßt doch«, sagte Vincent.

»Wenn wir sie wiedersehen.«

»Wieso nicht? Wir haben Essen.«

»Das reicht für dich vielleicht als Grund.«

»Das reicht für alle Menschen.«

Ausnahmsweise hatte er recht: Nach wenigen Minuten waren sie zurück, mitsamt Gepäck.

»Drüben sitzt ein – wie sagt man … annoying Italian«, sagte Rachel.

»Aufdringlich.«

»Penetranter Italiener.«

»Er *glotzt* – is that right?« ergänzte Elisa.

»… likes to grope.«

Zu Demonstrationszwecken tätschelte Rachel meinen Arm, wie der Italiener ihren getätschelt hatte.

Neulich hatte ich in einem Magazin von einer wissenschaftlichen Untersuchung zu der Frage gelesen, in welchen Stufen sich Menschen aus unterschiedlichen Ländern einander annäherten.

In England bedeutete eine flüchtig-flüchtige, eine gezielt flüchtige und eine eindeutig gezielte Berührung etwas anderes als in Italien, Amerika oder bei uns. Die Japaner hatten ganz andere Absprachen. Leider konnte ich mich beim besten Willen nicht erinnern, auf welche Geste hin man zum Beispiel welchen nächsten Schritt bei einer Engländerin machen durfte.

Den Wendepunkt wieder verpaßt, kein Erkenntnisgewinn.

Schwebezustände im Dunkel der Nacht, die als schwarzer Streifen vor dem Fenster vorbeirast, Gestirne verwischen, Langzeitbelichtungen in Sekundenbruchteilen, kein Mond, nur sein bleicher Schein auf dramatisch beleuchteten Rändern zerfetzter Wolken. Das Wort »Firmament«. Noch ist nirgends Licht an keinem Horizont zu sehen, doch vielleicht bricht weiter im Osten bereits die Dämmerung über dem Meer an. Bald wird das Morgenrot die dunkle, norditalienische Ebene in den See der Erinnerung stürzen lassen, ihren flachen, weichen, mit winzigen Härchen überzogenen Bauch – jetzt noch nicht. Sie windet sich heraus oder dreht sich hinein, alles Festhalten ist ein Fehler, die Flüchtigkeit lieben lernen: ein nutzloser Gedanke aus Büchern. Es muß etwas von außerhalb des Kopfes, des Abteils sein, gewesen sein, von jenseits des Zuges, des Tunnels, durch den er rast, gerast ist. Irgendwo hinter uns im Gestern liegen die Alpen, aufgetürmte Vergangenheiten aus glühender Vorzeit, abgekühlt, erstarrt, dicht besiedelt von Ziegenhirten, Geldschefflern, Eidgenossen. Stimmen im Hintergrund: Vincent flüstert, Elisa flüstert, wie weit sie entfernt sind von uns auf dem Weg nach Venedig, der Stadt, die den Liebenden und den Todkranken gehört, oft sind es dieselben, von alters her, *es ist die Nachtigall und nicht die Lerche*, soweit wird es nicht kommen, diesmal, unter anderem deshalb haben wir unsere Familien verlassen, und Verona liegt hinter uns, da springt nichts mehr auf den fahrenden Zug. Ich fasse dich an, behutsam, zu zögernd womöglich, zu entschlossen vielleicht, grabe mein Gesicht in dein Haar, es duftet schwer und fremdländisch, aber nach Norden, Moos und Flechten, nicht nach Rosmarin und Adriaküste. Was verraten Körpergerüche und Parfümwahl über die Art und Weise zu lieben? Ich erzähle dir aus meinem Leben, es wird wild und gefährlich gewesen sein, später, ich bin fahrendes Volk, mythisch und unstet, nur mein Herz schwört Treue, kennst du dich aus mit Geliebten?

»What are you telling me?« murmelst du, lächelst, als wärst du erfahren, als gerietest du öfter in diese verwandelten Lagen, die immer wie keine zuvor sind, keine je wieder, die Ewigkeit bricht jetzt an, es könnte mich stören, es stört mich nicht, ich will es nicht wissen, und wenn ich es wüßte, wäre da immer noch dein Geruch, der aus anderen Tiefen steigt, frischer Schweiß, Lockstoffe, Äthersubstanzen, die Fingerkuppen gleiten dahin, Gedanken, Worte und Werke. Unsere Mundräume fügen sich nahtlos zusammen. Atem wie Wind über offenem Grasland, ohne daß Fenster geöffnet werden, Ströme gesättigten Wassers winden sich durch Lößboden, führen Partikel aus dem Mahlwerk der Gletscher den Weltmeeren zu: »Du hast es nicht gelesen, aber du könntest es gelesen haben, ich meine theoretisch.«

Ein Flüstern, mein Flüstern, dem gleichförmigen Dröhnen des Zugs, den harten Schlägen untergespielt: »Ich meine, was ich geschrieben habe, dort, wo du warst, gestern Abend, es hätten dort Verse gelandet sein können, von mir an dich, natürlich wußte ich nichts von dir, daß wir uns treffen würden, aber ich hatte diese Ahnung, weißt du, ich habe sie aus der Luft gegriffen, bildlich gesprochen, zusammengefaltet, dem Schicksal übergeben, für dich, glaubst du mir das – das kannst du ruhig glauben.«

Du lachst, ich lache, vielleicht meinen wir beide dasselbe. In diesem Moment zweifle ich nicht daran, »*Du ahnst mich auf- und untergehend / während der Horizont einschwärzt*«, das habe ich heute nachmittag geschrieben auf dem Weg hierher: »Do you like poetry?«

Dein Finger auf meiner Lippe, ein Zeichen, das es auch in England gibt, es kann ernst oder unernst gemeint sein, möglich, daß du recht hast, auch wenn Worte mehr sind als geformte Schallwellen, hast du recht. Dein Mund auf meinem Mund, während sich unsere Beine unter den auseinandergefalteten Schlafsäcken ineinander verschränken, verkanten, wehrhaft und flüchtig im Spiel, mein Knie zwischen deinen Schenkeln, die Wärme von innen, während meine Seele ihre Schwingen ausbreitet und dort hinfliegt, wo die stillen Lande waren, nur nicht nach Haus', allenfalls in eine andere, vollkommen andere Art dessen, was zu Hause war. »It's pretty warm«, sagst du und streifst deine Hose ab.

Es ist eindeutig der Morgen, der da draußen das Licht gibt, halb fünf zeigt die Uhr an, wir haben noch so viel Zeit, beinahe anderthalb Stunden bis nach Venedig, das ist gnadenlos bald, wenn du mich fragst.

Vincent und Elisa schlafen, Stille in ihrer Ecke, kein Flüstern, keine Seufzer. Das ist ihre Sache, meinethalben können sie einander verpassen, ich brauche Elisa an Vincents Seite nicht, andererseits: Wenn sie nicht zusammen weiterziehen, werden auch wir uns in Venedig trennen. Soweit denke ich nicht, soweit denkt kein Mensch. »Ich bin Dichter, weißt Du. I am a poet, I write poems.«

Wieder sind zehn Minuten von gleich über jetzt ins vorhin gerutscht, von diesem Stück Leben, das wir teilen, es ist wenig, es wird wenig gewesen sein, es war verdammt wenig. Du murmelst, ich verstehe nichts, es sind sprachlose Laute oder Worte, gehaucht oder halb schon im Schlaf. Die Bewegung, die durch dich hindurchläuft: Kommt sie von der unbequemen Lage oder ist es ein Räkeln in schwerere Empfindlichkeiten. Langweile ich dich? Dein Atem klingt satt, »Do you like it this way?«

Was bedeutet, daß du schon wieder lachst, mit diesem Klang, als wäre das alles ein Spiel und ein Zeitvertreib, der Spott um deinen Mund. »Ich denke mehr in Bildern: That's why I write poems.«

Hätte ich mir die wissenschaftlich beschriebenen Unterschiede in den Annäherungsweisen von Männern und Frauen bei den verschiedenen Völkern gemerkt, wüßte ich jetzt, was du meinst, was dein Lachen bedeutet.

»Why don't we just do it?«

Hast du das gesagt? Vernuschelt, mit geschlossenen Augen, so daß ich nicht einmal deinen Blick lesen konnte: »Sorry?«

»It's too late anyway.«

»Wir könnten, also ich meine …«

»It's too late.«

Es nützt nichts, wenn ich die Zeiger der Uhr anhalte, selbst wenn ich das Gehäuse der Uhr am Türrahmen zertrümmerte und den Zeiger herausbräche, was eine Geste wäre, die sich sehen lassen könnte, würde es nichts nützen. »Von mir aus können wir doch noch …«

Ich höre meine Stimme so halbherzig, daß ich meinen eigenen Gedanken bezweifle.

»You are a nice guy, I like you.«

Sie lacht wieder. Am Anfang hat sie nicht gelacht. Ich lache zur Sicherheit mit. Bestimmt versteht sie die Untertöne nicht, sie ist Engländerin, da hat man andere Klänge im

Ohr. Bilde ich mir das Bedauern, den Anflug von Vorwurf, der ihre Stirn kräuselt, ein? Auf den Ellbogen gestützt, seitlich, schlucke ich Seufzer hinunter, schüttle den Kopf in meiner Hand, während sie sich zurücksinken läßt in eine Geste von Schlaf.

Die Linie der Stadt in den Gewässerbändern, ein Geschlechterturm ragt auf, Kirchensilhouetten im steigenden Dunst, Grau, das zu fahlem Grün sich wandelt, zusehends verstärkt durch das eindeutige Rot – wie es sich langsam in das Nichts des Himmels schiebt. Geruch von Wasser und Schmutz, vielleicht dichte ich mir die Nuance Fäulnis hinzu, weil ich weiß, wie es hier riechen muß, aus den Büchern und Filmen, in denen die Stadt stirbt. Das fahle Licht, jetzt, während der Zug seine Geschwindigkeit drosselt. Sie lächelt, schaut an mir vorbei, in sich hinein. Die Tür wird geöffnet, wieder steht da einer von diesen Menschen, die in der Todeszone hausen und Uniform tragen. Selbst hier, im Land, wo die Zitronen blühen, finden sie allenfalls sauere Äpfel und trockenes Brot: »Billetto per favore. – Ticket!«

Ein sicherer Griff nach oben, das Neonlicht ist schon eingeschaltet. Sie schießt hoch, streift ihre Kleider über, packt hastig Sachen zusammen. »Rachel« – so heißt sie doch –, ich tu es ihr nach.

Schilder nennen wirkliche Orte dort draußen, Masten bezeugen elektrischen Strom und Fernverbindungen. Von allen Seiten rücken Häuser näher. Bremsen quietschen, es riecht nach verbranntem Gummi. Elisa gibt Vincent einen Kuß auf die Wange und tritt auf den Gang. »Here we go …«

»Bye«, sagt sie – Rachel – in den Ruck des Stillstandes und ist längst auf dem Bahnsteig im Gedränge der Leute, die von überallher gekommen sind in diese Stadt, um ein

Gefühl zu haben, das sie von früher oder sonst woher kennen. Ich drehe mich im Kreis, habe sie aus den Augen verloren, so schnell geht das, so schnell geht das doch nicht, sehe Vincent hinter mir. Er stellt den Gitarrenkoffer auf den Bahnsteig, zieht die Schultern hoch, hebt die Hände wie ein Tramp im Stummfilm und sagt: »Venedig ist auch nicht mehr, was es mal war.«

Rissige Welten

Mit einem Mal schlief Hermann Krause schlecht. Grund dafür war nicht die übliche Art nächtlicher Unruhe, wie Geldsorgen, Liebeskummer oder Sommerhitze sie nach sich zogen. Weit vor dem Morgen wurde er vom eigenen Schrei geweckt, fand sich senkrecht und schweißnaß im Bett, ohne die leiseste Erinnerung an den Alp, dem das Entsetzen hätte entsprungen sein können. Statt dessen spürte er Leere und ein Ziehen in der Brust, als wäre eine fremde Hand kurz davor, sein Herz anzugreifen. In anderen Nächten sah er sich inmitten endloser Steinwüsten vor einem düsteren Berg, der in den Himmel ragte wie eine enthauptete Pyramide. Dahinter teilte eine Felswand bis zu den Rändern seines Gesichtsfeldes ein Schattenreich ab. Es ereignete sich nichts in dieser Szene, nur daß er dort stand, den Blick starr nach vorn gerichtet, wissend, daß es keine Möglichkeit zur Umkehr gab. Er war von einer fremden Macht verurteilt worden, den Berg zu überwinden, allein, zu Fuß, unter der unerbittlichen Äquatorsonne und ohne einen Tropfen Wasser. Dieses Bild blieb eingebrannt, wenn er erwachte, begleitet von Lähmung und Mutlosigkeit. Anders als Landschaften und Geschehnisse aus Träumen, rutschte es nicht ins Vergessen, wurde auch nicht von den Eindrücken des neuen Tages überlagert, sondern nahm an Klarheit noch zu. Sobald er die Augen schloß, befand er sich diesem Berg gegenüber, den er nie gesehen hatte. Die Feindlichkeit der Geröllfelder und Steilhänge erschien ihm bald wirklicher als sein Schreibtisch, der Computer oder die Teetasse vor ihm, wirklicher als der ganze, von kleinen Fluchten unterbrochene Alltag, der sein Leben darstellte. Hermann Krauses Müdigkeit nahm solche Ausmaße an, daß er sich fürchtete, die Wohnung zu verlassen. Er war nicht länger in der Lage, eine Straße zu überqueren, ohne sich und andere in Gefahr zu bringen. Zwischen der freien Fahrbahn jetzt und dem in letzter Sekunde bremsenden Wagen einen Moment später verschwanden unübersehbare Zeitspannen in bewußtlosem Schwarz. Schlafeinbrüche, Ohnmachtsanfällen gleich, rissen tiefe Löcher in das, was um ihn herum geschah. Dazwischen blitzte das Bild des Berges auf, vermischte sich mit dem Geschmack von Steinstaub und brackigem Wasser. Er hörte Stimmen in einer unbekannten Sprache, die auf ihn einredeten, mal fordernd oder wutentbrannt, dann wieder schmeichelnd und zart, als wäre sein Kopf zum Schauplatz einer Auseinandersetzung geworden, die ihn in Wahrheit nichts anging. Oft fand er seine Stirn auf der Tischplatte, ohne daß er sich erinnerte, dem Schlaf nachgegeben zu haben. Seine Hand lag dann auf der Tastatur und war über irgendeinem Zeichen so schwer geworden, daß es sich seitenweise fortgeschrieben hatte, ehe er von Druckschmerz oder einem Krampf hochgerissen wurde.

Er versuchte, sich mit Hilfe starken Tees wach zu halten, doch anders als früher wirkte der Tee kaum noch, schmeckte nach Fäulnis oder giftigen Metallen und hinterließ im Mund einen Schmier wie von verrottenden Pflanzenfasern.

Er glitt in einen Zustand der Stumpfheit, in dem er nicht einmal mehr Verzweiflung oder Existenzangst spürte, obwohl er einige seiner besten Kunden, die auf Umbau oder Aktualisierung ihrer Internetauftritte warteten, auf unbestimmte Zeit vertrösten mußte. Als Entschuldigung nannte er eine Infektion mit der *Sichuan-Grippe*, die ohnehin gerade Schlagzeilen machte. Einen wirklich dringenden Auftrag leitete er an Wallers weiter, der seit Studientagen sein bester Freund war und zum selben Webdesigner-Netzwerk gehörte. Hermann Krause stellte nur noch mit Mühe die Grundversorgung seiner Körperfunktionen sicher – mehr nicht.

In diesem Zustand fiel ihm, ohne daß es dazu eines weiteren Grundes bedurft hätte, auf dem kurzen Stück zwischen Herd und Teekanne sein Kessel aus der Hand, randvoll mit sprudelndem Wasser. Es tat einen Donnerschlag, als das Kupfer auf die Fliesen traf, so gewaltig, daß er unmöglich vom Aufprall eines mittelgroßen Gegenstandes auf einen gewöhnlichen Küchenfußboden herrühren konnte. Mit einem reflexartigen Satz schaffte er es gerade noch, zur Seite zu springen, ohne daß es ihm Schenkel oder Füße verbrühte. Er hörte ein Zischen, als würde Feuer gelöscht, und der Geruch würzigen Kohlenrauchs zog in seine Nase, obwohl auf dem Herd gewöhnliches Haushaltsgas gebrannt hatte. Während der Deckel über den Boden rollte, seitlich kippte und in ein nicht enden wollendes Trudeln fiel, schob sich wiederum das Bild des Bergs zwischen Hermann Krauses inneres Auge und die Welt. Diesmal war es gesplittert, einem zerbrochenen Spiegel gleich. In seinen scharfen Zacken flirrte ein Meer aus Luftspiegelungen über glühendem Sand. Plötzlich waren Stimmen ganz nah, unterhielten sich unmittelbar hinter ihm – zwei Männer, die beschwichtigend klangen, und eine Frau, die scharf widersprach. Er wandte sich um, sah jetzt weder den Berg noch die Felswand. Die Landschaft hatte sich seitlich geöffnet, in kurzen Schnitten geriet eine weite Ebene aus Schotter vor das Weiß der Fliesen. Der Deckel des Kessels schaukelte noch immer wild hin und her, wie ein Irrer im Schub. Hermann Krause meinte energische hellblaue Handgriffe zu erkennen und bunt gemusterte, die ruhiger wirkten. Vage Gestalten machten sich an einem bleichen Konstrukt aus Holz und Tauen zu schaffen. Er hörte Gurgeln und gepreßte Laute. Aus dem verwitterten Grau des Untergrunds schälten sich wärmere Nuancen Farblosigkeit, wurden Körper, bekamen Blicke, hellwach und verschlagen, daneben die dunklen Öffnungen geweiteter Nüstern. Für Sekundenbruchteile verfestigten sich die Schemen zu Konturen eines Dromedars, weitere Tiere traten aus dem Hintergrund, eine kleine Herde, dazwischen ihre Treiber oder Führer, kraftvolle Arme, aufrechte Haltungen. Aus einem übervollen Ledersack ergoß sich Wasser in eine Rinne, die einem Einbaum ähnelte. In diesem Moment kam der Deckel mit einem letzten Scheppern endlich zur Ruhe. Hermann Krause fand sich in seiner Küche auf dem Boden sitzend, die Beine weit von sich gestreckt, am Rand einer Pfütze, die hier und da dampfte. Er starrte den Kessel an, streckte die Hand aus, besann sich dann aber und zog sie zurück.

Daß der Kessel in Hermann Krauses Besitz gekommen war, verdankte sich einer Reihe wenig bemerkenswerter Zufälle. Seit der Trennung von seiner Freundin Susanne drei Monate zuvor, hatten er und Wallers darüber nachgedacht, eine geführte Karawanenreise durch die Sahara zu unternehmen: Sie wollten einer alten Handelsroute für Salz oder Weihrauch folgen, jeder mit einem Kamel, für das er selbst verantwortlich wäre. Seit dem Ende des Studiums vor beinahe zehn Jahren waren sie infolge beruflicher Anspannung und zivilisationssüchtiger Frauen nicht mehr über Ibiza hinausgelangt. Hermann Krause hatte deshalb des öfteren im Netz nach Informationen und Buchungsmöglichkeiten für diese Art Abenteuertouren geschaut. Einmal war er dabei auf der Seite des Internet-Auktionshauses gelandet, hatte spaßeshalber die Begriffe *Tuareg* und *Sahara* ins Suchfeld getippt und war nach einer Motorradjacke, mehreren Ausgaben des Romans von Alberto Vázquez-Figueroa sowie diversen silbernen Armreifen auf den Kessel gestoßen, dessen Versteigerung am späten Nachmittag endete und für den noch niemand geboten hatte. Den miserabel ausgeleuchteten Photos war zu entnehmen gewesen, daß es sich beim Anbieter weder um einen professionellen Händler noch um Antiquitäten-Fälscher handelte. Die Verkäuferin hatte sich *»Wüstenrose64«* genannt und geschrieben: »Leider muß ich mich aus privaten Gründen von einigen Dingen trennen, die ich in über zwanzig Jahren des Reiselebens rund um den Globus gesammelt habe. Dieser Kupferkessel stammt von Tuareg-Nomaden aus dem Ténéré-Gebiet. Er ist von Hand geschmiedet und mindestens 50 Jahre alt. Innen sind Ablagerungen von Sahara-Sand. Ich habe ihn einer Tuareg-Frau abgekauft, die ihn noch zum Teekochen benutzt hat. Garantiert kein Touristennepp!!!«

Auf den Photos hatte der Kessel pechschwarz und verbeult ausgesehen, wobei nicht zu erkennen gewesen war, ob die Beulen von den Hammerschlägen des Schmieds oder von Stößen stammten, die er im Laufe der Jahrzehnte abbekommen hatte. Seine Erscheinung hatte an Rüstungen oder urtümliche Panzer erinnert – ein sonderbar bedrohliches Ding aus einer anderen Epoche, das vielleicht ein Vorgeschmack dessen sein konnte, was sie in der Wüste erwartete. Aus einer Laune heraus hatte Hermann Krause das Mindestgebot von neun Euro neunzig abgegeben, und zwei Stunden später war eine E-Mail mit der Nachricht eingegangen: »Herzlichen Glückwunsch! Der Artikel gehört Ihnen: ›Kupferkessel, original Tuareg, Sahara‹«. Zum Kaufpreis kamen sechs Euro neunzig Versandkosten hinzu.

Anderntags hatte sich *Wüstenrose64* bei ihm gemeldet, die in Wirklichkeit Andrea Kleiber hieß: »Zu spät habe ich bemerkt, daß ich den geistigen Herausforderungen, die der Besitz dieses Kessels bedeutet, nicht gewachsen bin. Deshalb trenne ich mich schweren Herzens von ihm. Etwas in mir läßt mich jedoch sicher sein, daß er bei Dir in guten Händen ist.«

Hermann Krause war diese Art der metaphysischen Überhöhung bei einer Frau, die sich den Namen *Wüstenrose64* gegeben hatte, nicht weiter verwunderlich erschienen.

Nachdem der Kessel eingetroffen war, hatte er über sich selbst den Kopf geschüttelt. Zumindest dem ersten Anschein nach, war er völlig unbenutzbar. Auf einem Geröllfeld hätte er vielleicht fest und gerade gestanden, für ebene Flächen jedoch war sein Boden nicht geeignet. Das Innere wurde von einer dicken, löchrigen Gesteinsschicht aus abgebundenem Wüstenstaub überzogen, auf der Außenseite war fetter Ruß in jahrelangem Feuer fest mit dem Untergrund verbacken.

Trotzdem hatte er Andrea Kleiber eine E-Mail geschickt, daß alles in Ordnung sei, und sie im Bewertungsportal als zuverlässige Verkäuferin eingestuft. Ihre Antwort war erneut reichlich überspannt gewesen – »Danke für Deine positive Rückmeldung: Ich hoffe, daß ich bei meiner Einschätzung keiner Täuschung aufgesessen bin und daß alles gut bleibt.« Da der Kessel zwischen dem gesichtslosen schwedischen Geschirr, den polierten Edelstahl-Töpfen und -Arbeitsplatten auf die Augen außerordentlich erfrischend wirkte, hatte Hermann Krause ihn noch einmal gründlich ausgekocht und mitsamt Gesteinsschicht in Benutzung genommen. Anfangs war der Tee mit dem Wasser aus dem Kessel besser gelungen als je zuvor. Selbst die einfache Ostfriesenmischung hatte auf einmal wie erlesener Mangalam geschmeckt. Hermann Krause war darüber erstaunt gewesen, doch der Ionenaustausch zwischen Wasser, Kupfer und Mineralien hatte ihm als Erklärung gereicht. Dann war der Tee immer ungenießbarer geworden, wobei er die abermalige Veränderung nicht mit dem Kessel in Verbindung gebracht, sondern als Folge seiner Überreizung durch Alpgesichte und Erschöpfung angesehen hatte.

Als er jetzt auf dem Küchenfußboden saß, benommen wie nach einem K.-o.-Schlag und doch zum ersten Mal seit zwei Wochen mit etwas, das einem klaren Gedanken ähnelte, schossen ihm Entsetzen und Erleichterung durch die Brust.

Vorsichtig und jederzeit bereit, alles für Unsinn zu erklären, näherte er sich der Annahme, daß es einen Zusammenhang geben konnte zwischen der Verfassung, in der er sich befand, und dem Erwerb des … Bevor er das Wort »Kessel« dachte, wandte er ein, daß dergleichen ganz undenkbar sei, um sich von anderer Seite abermals der ungeheuerlichen Vorstellung zu nähern, daß womöglich, vielleicht, wahrscheinlich: daß es sich bei den Leuten, die sich mit ihren Kamelen aus dieser sonderbaren Halluzination geschält hatten und eine Geschichte in seinem Inneren ausfochten, um leibhaftige Tuareg und nicht etwa um Projektionen seiner Wünsche oder Ängste handelte, daß der Berg und die ihn umgebenden Wüsten tatsächlich in der Sahara zu finden waren und keineswegs in den Tiefen seines Unterbewußten.

Wenn dem so wäre, dann hätten die sonderbaren Sätze von *Wüstenrose64*, Andrea Kleiber, ihren Grund nicht in esoterischen Überspanntheiten gehabt, sondern in … – und jetzt fiel ihm keine Formulierung ein, die seine über dreieinhalb Jahrzehnte erprobte Weltsicht nicht vollständig in Trümmer gelegt hätte.

Er stand auf, ging in einem Bogen um den Kessel herum zum Schrank, in dem das Putzzeug lag, nahm sich Eimer und Lappen, um das Wasser zu beseitigen, das schon unter Herd und Kühlschrank lief. Nachdem er den Boden gewischt hatte, holte er den Deckel unter dem Tisch hervor, kniete sich vor den Kessel, der auf der Seite lag und aussah wie ein gewöhnlicher, uralter Kessel, den nur ein fanatischer Antiquitätenliebhaber noch zum Wasserkochen benutzt hätte. Er hob ihn auf, die Wandung war heiß. Es tropfte. Er schüttete das verbliebene Wasser fort, und schaute sich das Ding von allen Seiten genau an, diesmal nicht amüsiert, sondern mit dem Argwohn eines Inspektors, der Beweise suchte. Infolge des Aufpralls schimmerte an einer Knickstelle das blanke Kupfer durch, es sah aus, als wäre das Metall gerissen. Er hielt den Kessel schräg Richtung Fenster, entdeckte tatsächlich einen kleinen Lichtpunkt in der schwarzen Fläche, versuchte, etwas von dem betonharten Sand abzubrechen und riß sich den Fingernagel ein.

Einen Moment überlegte er, den Kessel einfach wegzuwerfen, in der Hoffnung, daß sich der Spuk dann in nichts auflöste, doch ein Gemisch aus Furcht, Trotz und Neugier hielt ihn ab. Statt dessen setzte er sich an den Computer und schrieb: »Hallo Andrea, ich habe vor knapp drei Wochen diesen Kupferkessel von Dir gekauft. Ich kenne mich mit den Tuareg nicht aus, aber kann es sein, daß irgend etwas mit ihm nicht stimmt? Schöne Grüße, Hermann Krause.«

Er entschied, es bei dieser vagen Formulierung zu belassen, denn erstens hatte er nichts in der Hand, zweitens war er auf die Kooperationsbereitschaft der Frau angewiesen und drittens wollte er sich nicht lächerlich machen. Eine Minute später zeigte sein Rechner eine automatische Antwort an: »Leider bin ich zur Zeit auf einer längeren Reise und kann Ihre Nachricht weder empfangen noch beantworten. Mit der Bitte um Verständnis, Andrea Kleiber.«

Er spürte einen Anflug von Panik. Die Klarheit, die der Schrecken beim Sturz des Kessels zurückgelassen hatte, war bereits wieder in Auflösung begriffen.

In der darauffolgenden Nacht hatte er erneut eines dieser Bildgesichte, die Träumen ähnelten, jedoch aus einer anderen Sphäre stammten.

Es begann wiederum damit, daß er sich vor dem dunklen, abgeschnittenen Kegelberg befand. Anders als in den Nächten zuvor, spürte er, daß er diesmal nicht zur Säule erstarrt war. Seine Pupillen bewegten sich, er konnte den Grund zu seinen Füßen in den Blick nehmen, zerfallendes Gestein, Überbleibsel von verdorrtem Gras. Ebensogut ließen sich die weiter entfernten Sandwellen scharf stellen, schwarze Skelette von Buschwerk, mächtige Felsabbrüche. Er war in der Lage, den Grat des Steilhangs entlangzufahren, der den Horizont absperrte. Nach einer Weile merkte er, daß jemand bei ihm war. Im nächsten Moment sah er dessen Schatten unmittelbar neben seinem eigenen. Er glich einem Menschenschatten oder vielmehr dem Schatten eines Menschenschattens. Auch wenn Hermann Krause seine Augen jetzt bewegen konnte, langsam und in ihrer Freiheit eingeschränkt, gelang es ihm doch nicht, sich zur Seite zu drehen und die Gestalt, die den Schatten warf, anzuschauen. Sie tat etwas, wie wenn sie seine Hand ergriffe, ohne daß er Finger oder die rauhe Wärme von Haut spürte. Dann entfernten sie sich gemeinsam von dem Berg, bis er ganz außer Sichtweite geraten war. Ein kleiner schwarz-weißer Vogel mit einem sonderbaren Namen in einer unaussprechlichen Lautfolge flog oder hüpfte vor ihnen her von Felsbrocken zu Anhöhen, von Anhöhen zu Büschen. Hermann Krause erkannte die Wasserstelle wieder, an der am Nachmittag zwei Männer und eine Frau ihre Kamele getränkt hatten. Vereinzelt standen dort Bäume, die harte Blätter trugen und also offenkundig am Leben waren. Zwischen graugrünen Ranken lagen Bitterkürbisse. Er sah einen offenen Pferch aus Pfählen und Maschendraht, einen gelblichen Plastikkanister, hörte hinter einer Hügelkuppe das Meckern von Ziegen und aus der entgegengesetzten Richtung menschliche Stimmen. Drei gesattelte Kamele lagerten bei einem Zelt und käuten wieder. Dann stand er im Eingang des Zeltes. Das Licht hier drinnen war warm und leuchtend. Von der Decke hingen gefüllte Beutel, Schläuche, Kalebassen, Plastiksäcke. Ein Mann saß oder lag vielmehr halb zurückgelehnt zwischen Kissen auf einem aus mächtigen Holzachsen zusammengebauten Bett, das mit Strohmatten und gestreiften Webteppichen bedeckt war. Die Laute, die er ausstieß, ähnelten denen der Kamele. Der Kopf, mit einem hellblauen Turban umwickelt, kippte in den Nacken, während seine dunklen Hände sich in die nackten Hüften einer Frau krallten, deren Fleisch fahl weiß und nicht mehr jung war. Sie trug ein weites, kariertes Hemd. Auf dem Boden, um ihre Füße herum, waren ein schwarzer Slip und eine lilafarbene Leinenhose ineinandergerutscht. Die Falten warfen schmale Schatten. Der weiche Hintern der Frau hob und senkte sich über dem Schoß des Mannes in einem ruhigen Rhythmus, der sich allmählich beschleunigte. Sie stieß kehlige Laute aus, griff sich ins Haar, bewegte sich jetzt mit jedem Stoß heftiger, warf sich zurück, warf sich nach vorn, grub ihren Kopf in seinen Hals, faßte ihm hart ins Genick. In diesem Moment tat es unmittelbar hinter Hermann Krause einen Schrei, so laut und schrill, daß er meinte, sein Trommelfell würde zerplatzen. Das Bild fiel in sich zusammen. Wiederum saß er aufrecht und schweißnaß im Bett. Es war kurz vor vier in der Nacht. Draußen schlug ein leichter Regen aufs Fensterbrett. Einen Moment lang war Hermann Krause sicher, daß sich der Schatten des Schattens in der Scheibe gespiegelt hatte. Er schaltete die Lampe ein, stand auf und schaute sich um, als beträte er seine eigene Wohnung zum ersten Mal. Er hatte mit Esoterik nie etwas zu tun gehabt, weniger, weil er ein ausgesprochen vernunftbetonter Mensch gewesen wäre – er interessierte sich einfach nicht für Übersinnliches. Doch in diesem Augenblick, während die Zeiger der Uhr leise klickend die vier hinter sich ließen, begriff er plötzlich und ohne weitere Erklärung, was die Leute meinten, wenn sie von »Aura« sprachen. Etwas oder jemand hielt sich in seinen Räumen auf, daran bestand kein Zweifel. Auch wenn Hermann Krause es nirgends entdecken konnte: Es war da, es verformte die Umgebung durch seine Anwesenheit, so wie eine wütende Freundin im Nebenzimmer die Atmosphäre verwandelte, selbst wenn sie die Tür hinter sich zugeknallt hatte, und ihr Zorn weder zu sehen noch zu hören, noch zu riechen gewesen war. Lichtblasen und Kränze aus Dunkelheit schienen an den Rändern seines Gesichtsfeldes auf. Er wünschte, es würde hell werden, damit wenigstens die Sinnestäuschungen aufhörten, die entstanden, weil seine Augen auf der Suche nach dem Unbekannten abwechselnd in die Lampe, in dunkle Ecken oder die Großstadtnacht draußen schauten. Die Bilder, die das Hirn wie Echos zurückwarf, glichen dem Schatten des Wesens, das ihn im Traum geleitet hatte. Obwohl sein Ausdruck, soweit Hermann Krause es beurteilen konnte, nicht freundlich war, fürchtete er sich nur wenig. Ganz gleich, um welche Seinsform es sich handelte und welches Anliegen es verfolgte, bei ihm war es falsch. Er kannte weder den alten Beduinensack noch die europäische Schlampe, die ihm auf den Schoß geklettert war, aller Wahrscheinlichkeit nach Andrea Kleiber höchstselbst. Er hatte bei ihr einen Kessel gekauft, mit dem man, bis zu dem Sturz, zumindest theoretisch hervorragend Wasser für Tee hatte kochen können und den er reparieren lassen würde – ein Kupferschmied sollte sich finden lassen in dieser riesigen Stadt. Er hörte sich sagen: »Es war keine Absicht, das weißt du und du siehst doch auch, daß ich keine Frau bin, ich bin nicht die, die du suchst.« Einen Moment später strich ihm etwas über den Rücken, das sich wie eine gezielte Berührung anfühlte, eine Hand in Form geballter Luft, dabei stand weder ein Fenster offen, noch gab es Ritzen unter den Türen, durch die der Wind, der gar nicht wehte, hätte eindringen können.

Endlich erschien über den Dächern der schmale Streifen Licht, mit dem die Morgendämmerung begann. Hermann Krause wurden die Lider schwer, er wankte zum Bett zurück und schlief sofort ein. Nach einem Umbruch aus Schwärze fand er sich abermals in einem Zelt. Rechts an seiner Seite spürte er die gleiche Art Anwesenheit, die er zuvor in seiner Wohnung wahrgenommen hatte. Der Beduine und die Europäerin waren nicht mehr hier. Bei näherem Hinsehen stellte er fest, daß es sich nicht um dasselbe Zelt handelte. Dieses schien kleiner und älter zu sein. Es roch streng.

Getrocknete Ziegenfüße samt Fell waren an eine Querstange geknotet. Zwei geschnitzte, nah beieinanderstehende Astgabeln bildeten ein Regal, das mit Matten, Decken und bunten Tuchballen gefüllt war. Im Halbdunkel hockte eine Frau unbestimmbaren Alters, die sich mit spitzen Fingern über die Stirn strich. Vor ihr auf dem gründlich gefegten Boden waren allerlei Dinge ausgebreitet: etwas, das wie eine mumifizierte Kinderhand aussah, Muscheln, trockene Gräser, ein kleiner Flaschenkürbis voller Zeichen, mit Rost überzogene Steine, ein Plastikbecher voll undefinierbarer Flüssigkeit – vielleicht war es nur Wasser. In einer bronzenen Schale unmittelbar vor der Frau glühte ein Stück Holzkohle. Sie krümelte Stückchen eines Harzes darüber, die zu bläulichen Flammen explodierten und ein dünner, zittriger Rauchfaden wurden. Rechts neben dem Kohlebecken stand der Kessel, daneben lag der Deckel. Hermann Krause wußte, daß er sich im Zelt ebender Frau befand, der angesichts des kopulierenden Paares dieser unfaßbare Schrei entfahren war. Sie murmelte vor sich hin, eine Litanei, halb gesprochen, halb gesungen. Er bemerkte, daß sich die Beschaffenheit des Anwesenden neben ihm unter den Formeln veränderte. Zwei ihrer Art nach vollkommen verschiedene Mächte befanden sich in einem Zustand zähen Ringens, wobei kein Zweifel bestand, welche von beiden den Sieg davontragen würde. Der Widerstand des Wesens neben ihm war erbittert, aber vergeblich, nur eine knirschende Verkrampfung im aussichtslosen Versuch, sich dem Griff der Frau zu entwinden. Der Schmerz, den die Zwingformeln ihm bereiteten, war körperlich spürbar. Wie ein Tier, das von Schlingen, die den Hals zuschnürten, in die Gelenke schnitten, zu Boden gezerrt wurde, quälte sich der Schatten eines Menschenschattens, bis der Widerstand schließlich brach, und er zuckend und heftig pulsierend fiel. Er hatte nichts mehr entgegenzusetzen, wurde weich, schmal und fügsam, eine elastische Gestalt ohne feste Form, die sich nun bereitwillig an den Kessel ketten ließ und die Höhlen unter den steinernen Ablagerungen als ihre künftige Behausung hinnahm. Die Frau legte den Deckel auf. Dann schlang sie einige Knoten in einen dünnen Baumwollfaden, nahm etwas vom Boden, das wie Lehm aussah, spuckte sich in die Hand, formte eine kleine Kugel und stopfte sie in die Tülle.

Hermann Krause fühlte sich stumpf wie nach einem Drogenrausch, als er erwachte. Es war früher Nachmittag, draußen schien die Sonne. Unter normalen Umständen hätte er jetzt einen Gang durch sein Viertel unternommen, in einem der zahlreichen Straßencafés eine Limonade getrunken, eventuell eine seiner Bekannten, die ebenfalls gerade ohne Beziehung war, angerufen und sich verabredet. Doch von normalen Umständen konnte keine Rede sein. Er befand sich in einer Situation, die es objektiv nicht geben konnte und über die er folglich mit niemandem reden konnte – allenfalls mit der Wüstenrose Andrea Kleiber, die gerade wieder in einer entfernten Weltgegend umherirrte und neues Unheil anrichtete.

Er schaltete seinen Rechner ein und hoffte, im Internet eine Lösung oder zumindest Erklärungen für die Phänomene zu finden, die ihn heimgesucht hatten. Über parapsychologische Zirkel, schamanische Reise- und Naturgeisterforen, in denen sich professionelle Wahnsinnige austobten, gelangte er in der freien Enzyklopädie zu einem halbwegs verständlichen Artikel über »Dschinn«. Dort hieß es:

Der Dschinn (weiblich: Dschinniya) ist ein Fabelwesen aus der arabischen Mythologie. Im Koran werden Dschinn häufig erwähnt, ihnen ist sogar eine eigene Sure gewidmet (Sure 72). Man unterteilt sie in drei Arten und verschiedene Untergruppierungen:

– Dämonen, die den Menschen Schaden und Schrecken zufügen. Dabei sind die mächtigen die Ghul, die sehr mächtigen die Sila, die noch mächtigeren mit dezidiertem Zerstörungstrieb die Ifrit und die allerstärksten die Marid

– Mittelwesen, die wie die Menschen die Schöpfung bevölkern und nicht besonders in Erscheinung treten und

– Doppelgänger der Menschen.

Darüber hinaus wurden verschiedene historische Ausprägungen des Geisterglaubens in den altorientalischen Kulturen mit wenigen Sätzen zusammengefaßt und verbreitete Ansichten über die Wirkungsweise der Dämonen im Volksglauben dargelegt. Manche Passagen lasen sich, als würde eine Gruppe bekannter Wüstentierarten taxonomisch beschrieben, während andere keinen Zweifel daran ließen, daß es sich bei den Dschinn um reine Hirngespinste handelte. Wie nicht anders zu erwarten gewesen war, fanden sich keinerlei Hinweise, was man im Falle einer wirklichen Konfrontation mit einem solchen Wesen tun sollte, geschweige denn, wie man es wieder loswurde.

Hermann Krause saß vor seinem Rechner, raufte sich die Haare, las und grübelte. Eine ungeheure Last senkte sich auf seine Schultern, ließ seinen Rücken krumm und krummer werden, während er sich mit aller Gewalt zwang, die Augen offenzuhalten. Auch wenn er nach wie vor keine Angst im eigentlichen Sinn verspürte, befürchtete er doch, mit dem nächsten Schlaf noch tiefer in den Strudel dieser Geschichte hineingesaugt zu werden, die eine notgeile europäische Touristin in Gang gesetzt hatte, so tief, daß es vielleicht kein Auftauchen mehr gab. Er kniff sich in die Hand, ohrfeigte sich, riß sich Haarbüschel aus. Doch sobald der Schmerz nachließ, sank sein Oberkörper nach vorn, und es gelang ihm nur mit äußerster Konzentration, das Wegdämmern zu verhindern. Er stand auf, schaltete harte, laute Musik ein, *Load up on guns and bring your friends / it's fun to loose and to pretend*, lief um den Tisch herum, machte Kniebeugen und Liegestütze, um den Kreislauf in Bewegung zu halten. Seine Beine waren unendlich schwer, trugen ihn kaum noch, er stieß mit den Schultern gegen die Wände, hielt sich am Regal fest, lehnte im Türrahmen, fand sich im Türrahmen auf dem Boden sitzend, *Hello, hello, hello, how low?,* zwang sich erneut aufzustehen, weiterzugehen. Der Raum, in dem er sich befand, verschwamm. *Hello, hello, hello, how low?* Er wurde eingehüllt von einem unbewegten Wirbel wie im Zentrum eines Sandsturms, der um ihn herum tobte, tosend lautlos, die Musik erlosch, überhaupt keine Geräusche von außen drangen mehr zu ihm durch. Er hörte seine eigenen Schritte auf den knarzenden Dielen nicht mehr, drehte sich um die eigene Achse, wie in einem ekstatischen Tanz, der in eine andere Sphäre mündete, außerhalb des Zimmers, der Wohnung, außerhalb der Stadt, jenseits des Nachmittags, der Zeit überhaupt. Da war nur dieses Kreisen, in dem er sich befand, das die Richtung bestimmte, dem Himmel zu, nach Süden, über schneebedeckte Gipfel, Gletscher, blühende Almwiesen, Talschluchten, azurblaues Meer, in eine Welt aus abwechselnd wärmerem, kühlerem, lebendigem, vor allem aber totem Grau. Sandfarben, Erdtöne dazwischen, Fels, Asche. Er spürte das Feuer der Sonne, wie es wirklich war, unverhüllt, von keiner Luft- oder Gasschicht gedämpft. Er glühte ohne zu schwitzen, spürte, wie seine eigene Feuchtigkeit verdampfte, sobald sie aus den Poren stieg, bis er nur noch Durst war, unendliche Trockenheit innen und außen. Seine Lippen rissen auf, die Zunge, die Kehle verdorrten, er wollte rufen, doch die Stimmbänder waren verschrumpelt, brüchig wie Mumienfleisch, brachten keinen Ton hervor. Unendlich tief unter sich sah er jetzt die Schattenwürfe von Dünen auf Felsgrund, Geröllhalden, weißliche Salzseen, wasserlose Flußläufe, die sich durch gewelltes Nichts wanden wie Schlangenleiber. Es kam näher: Aus dunkleren Flecken, die sich bewegten, wurden Ziegen und Mädchen, nicht weit davon entfernt wölbten sich braune Kuppen aus Tierhäuten und Strohmatten, zwei Frauen, eine dunkelhäutige Alte, die, die das Mittelwesen bezwungen hatte, mit schwarzem Turban und eine mit blond gefärbtem Haar unter einem locker geworfenen Batikschal, die ein freundliches Gesicht hatte und noch immer die lilafarbene Hose trug, die zwischen ihren und den Füßen des überwältigten Beduinen gelegen hatte. Sie saßen an einer Feuerstelle, gestikulierten, lachten, zwischen ihnen der Kessel. Hände, die etwas anzubieten schienen, Schultern, die sich in gespielter Ratlosigkeit, gleichgültiger Unentschlossenheit hoben, sich in Bereitschaft verwandelten. Die weiße Frau entrollte ein Bündel Geldscheine, zählte zehn ab, reichte sie der Alten, die entschieden den Kopf schüttelte, abwinkte, fünf weitere Scheine wanderten hinüber. Hermann Krause wußte, daß jetzt schon hundertfünfzig Dollar in der Hand der Beduinenfrau waren. Sie verlangte noch mehr und konnte sicher sein, daß sie noch mehr bekommen würde, ohne daß von Verfehlungen, Sühnezahlung auch nur die Rede war. Die weiße Frau hatte nicht die geringste Ahnung, daß die

Alte wußte, was zwischen ihr und ihrem Gatten geschehen war, sie spürte nur, daß sie diesen Kessel besitzen mußte, koste es, was es wolle. Inzwischen hatten bereits dreihundert Dollar ihren Besitzer gewechselt. Hermann Krause wollte die Frau, *Wüstenrose64,* Andrea Kleiber, so hieß sie, warnen, doch jetzt endlich nickte die Alte, willigte ein in den Handel, wedelte sich mit dem Bündel Geld, das sie wie ein Spielkartenblatt aufgefächert hielt, Kühlung zu und schob Andrea Kleiber den Kessel hin. Sie lachte aus einem zahnlosen Mund, während Hermann Krause spürte, daß er jetzt eingreifen mußte, er mußte verhindern, daß dieses Geschäft zustande kam. Er nahm all seine Kraft zusammen, dort oben in der Luft, in einer unbestimmten Höhe kurz vor der Grenze zum All, ausgestattet mit den Augen eines Adlers. Er machte sich schlank und scharf wie ein Geschoß, senkte sich ab, benutzte seine Füße wie mächtige Flossen, nahm Geschwindigkeit auf, stürzte hinab auf den Zeltplatz, auf die beiden Frauen zu, die jetzt nett zu plaudern schienen, mit Händen und Füßen, als wäre ein schöner, für alle Seiten zufriedenstellender Tausch zustande gekommen. Hermann Krause raste hinunter wie auf einer Bahn, etwas trug ihn, es war nicht seine eigene Macht, die ihn hielt und lenkte, so wie es nicht sein eigener Wille gewesen war, der ihn dazu gebracht hatte, etwas für – er wußte nicht für wen – zu tun, er ruderte mit den Armen, schob Widerstände beiseite, begriff nicht mehr, was vor sich ging, um ihn, mit ihm, sah die Straße vor seinem Haus in der Wüste, das Feuer, Fenster, in denen er sich spiegelte, merkte, daß seine Brust plötzlich losgelassen wurde, er strampelte, da war nichts mehr, was ihn hielt, ihn halten konnte, freier Fall, ein mächtiger Schlag, der Kessel wurde in hohem Bogen fortgeschleudert in eine Gegend jenseits von Raum und Zeit. Glas splitterte, Sand spritzte zur Seite, er wurde hart zusammengestaucht, Knochen brachen, es waren seine Knochen. Er fuhr in etwas Weiches, nach neuem Kunststoff Riechendes, das ihn endgültig bremste und verlor das Bewußtsein. Unendlich viel später an einem anderen Ort sah er durch einen Schleier blaue Lichter aufblinken, vernahm hektische Stimmen, Funksprüche. Der Himmel über ihm war hellblau und kühl, er spürte Riemen, die ihn festschnürten, und ein Gefühl unendlicher Erleichterung.

Als Hermann Krause acht Wochen später nach Hause zurückkehrte, fehlte von dem Kupferkessel jede Spur. In den Vernehmungen hatte er sowohl der Polizei als auch den Ärzten erklärt, daß er die Stimme einer Bekannten unten auf der Straße gehört und sich hinübergebeugt habe, dabei müsse sein Kreislauf kollabiert sein, nur so könne er sich den Sturz erklären. Zwar widersprach seine Schilderung den Aussagen zweier Zeugen, die ihn aus vollem Lauf und im Kopfsprung übers Geländer hatten fliegen sehen, doch da er von seiten des psychiatrischen Gutachters weder als suizidgefährdet noch sonst irgendwie verhaltensauffällig eingestuft wurde, durfte er schließlich gehen. Er stellte fest, daß auf seiner persönlichen Seite im Internet-Auktionshaus alle Mitteilungen und Transaktionsdaten, die mit dem Kauf des Kessels in Zusammenhang gestanden hatten, fehlten. Desgleichen waren die Nachrichten an und von *Wüstenrose64*, Andrea Kleiber, verschwunden. Seinen Kontoauszügen zufolge, die zwei Wochen später mit der Post kamen, hatte es allerdings eine Fehlüberweisung von sechzehn Euro achtzig an eine Person namens Azzura Nuhas gegeben, die noch am selben Tag zurückgebucht worden war.

Belladonna

Als angehender Photograph war Vincent sich der ständigen Gefährdung seiner Sehkraft ebenso bewußt wie ein Pianist der Brüchigkeit seiner Finger. Den Gedanken, seine Augen zu versichern, hatte er aus finanziellen Gründen allerdings aufgegeben. Ihm blieb nur stete Vorsicht. Auch sonst achtete er auf jedes Signal seines Körpers und stellte Unregelmäßigkeiten umgehend dem zuständigen Facharzt vor.

Die ersten Anzeichen seiner Erblindung bemerkte er an einem Julisonntag Ende des achten Semesters im ostwestfälischen Safaripark Stukenbrock. Unmittelbar darauf wurde er von einer heiß-kalten Welle überflutet und verstummte, während Steffen und Anja vor Spaß platzten.

Sie hatten die Idee gehabt, Spießigkeit und Enge der Kindheit mit Photos eines nachgestellten Familienausflugs in Szene zu setzen. Elternhäuser und Kleinstädte, die sie mit Beginn des Photodesignstudiums ein für alle Mal hinter sich gelassen hatten, bestanden fernab der Fachhochschule weiter, greller und furchterregender noch als in der Erinnerung. Über all dem wollten sie ein umfassendes Gelächter aufsteigen lassen.

Steffen steuerte den fünfzehn Jahre alten tomatenroten VW-Passat, eine Raumkapsel für Zeitreisen, den seine Mutter ihm beim Umzug nach Bielefeld überlassen hatte. Kurz hinter der Sicherheitsschleuse, im Halbschatten einer offenen Kiefernschonung und noch bevor das erste Wildtier sich zeigte, verstummte Vincent plötzlich. Er verstand auch nicht mehr, was an einem in Spielplatzmanier gestalteten Klettergerüst für weiße Löwen komisch sein sollte. Im Vordergrund des Bildes – nicht des Bildes im Sucher, das er unter normalen Umständen gleich abgelichtet hätte, sondern im Vordergrund dessen, was er sonst gar nicht als Bild, sondern als Blick, als seinen eigenen Blick, für selbstverständlich genommen und nicht weiter bedacht hätte – im Vordergrund dieses Blickes, der sich jetzt vollständig von ihm ablöste und zu etwas ganz und gar Fremdem wurde, trieben dunkle Teilchen wie ertrunkene Fruchtfliegen in Zitronenlimonade. Sobald er den Augapfel drehte, folgten sie der Bewegung, wenn auch mit leichter Verzögerung, als wäre die Limonade zu Sirup eingedickt. Manche besaßen eine begrenzte Eigenständigkeit und rutschten eher halbherzig nach. Bei einzelnen hatte er den Eindruck, daß sie ihre Richtung selbständig änderten.

Zunächst dachte Vincent, beziehungsweise versuchte er sich einzureden, ohne diesem Gerede Glauben zu schenken, es sei eine Trübung, wie sie entstand, wenn tatsächlich ein Insekt oder Blütenpollen ins Auge geflogen und zerrieben worden waren. Dagegen sprach, daß die Veränderung gleichzeitig beide Augen befallen hatte, und daß sie weder tränten noch durch anhaltende Schließreflexe zusammengezwungen wurden.

Unabhängig von Vincents Schock war auch vorn im Wagen die alberne Stimmung plötzlich gekippt: »Sie liegen Tag für Tag in unseren Abgasen und werden schleichend vergiftet«, sagte Anja angesichts des Löwenrudels, das im Schatten der Bäume döste und keine Notiz von den vorbeifahrenden Wagen nahm. »Nicht nur, daß sie vergiftet werden, wahrscheinlich sind sie auch längst verrückt vor

Langeweile und Depression. Und wir tragen Schuld, du und ich, wir alle, als Menschen …«

»Ich hatte gehofft, es spränge uns wenigstens einer aufs Dach wie bei Grzimek«, sagte Steffen. »Vielleicht sollte ich die Tür aufmachen.«

»Bist du irre!« Anjas Stimme überschlug sich. »Wenn du die Scheibe auch nur einen Zentimeter runterdrehst, ist es das Ende von allem, was uns je verbunden hat, und das meine ich ernst.«

Vincent hatte Mühe zu begreifen, worum es ging. Normalerweise hätte er versucht, die aus der Dunkelheit gebrochenen Spannungen zwischen Anja und Steffen mit einem lockeren Spruch in jene höhere Form von Absurdität zu drehen, die den Grund von allem bildete, doch ihm fiel nichts ein. Sein Herz schlug bis zum Hals. Er mußte sich konzentrieren, um keine Fehler zu machen. Mehrere Schweißausbrüche hatten sein T-Shirt durchnäßt. Er meinte außerdem, ein Ziehen im linken Arm zu spüren. Vielleicht erlitt er gerade einen Infarkt. Wer wußte schon, wie sich ein Infarkt im einzelnen anfühlte, bevor er den ersten gehabt hatte? Oder er befand sich in einem Bluthochdruckschub und sah Sternchen, wie früher, wenn er zu lange Kopfstand gemacht hatte. Auf einer anderen, der entscheidenden Ebene war ihm klar, daß keiner seiner Erklärungsversuche die wahre Ursache traf: Er wurde blind.

Vincent preßte Augen und Zähne zusammen, um den ebenso ungreifbaren wie unerträglichen Innendruck in reale Muskelbewegungen umzuleiten. Er hörte das Klacken der Auslöser vorne, das Schaben beim Nachspannen der Kameras. Die Geräusche klangen aus unüberbrückbar weiter Ferne und doch so durchdringend herüber, daß er am liebsten geschrien hätte. Als er die Augen öffnete, hatten sich die Organismen oder Organellen nicht aufgelöst. Das war seine letzte Hoffnung gewesen – auf die er schon nicht mehr vertraut hatte. Vincent versuchte, das Entsetzen hinunterzuschlucken, das sich zu einem Kloß auswuchs, und einen klaren Gedanken zu fassen: ›Ich werde blind, kein Zweifel, aber noch kann ich sehen.‹

Mitten in der dramatischsten Bedrohung seines wichtigsten Sinnesorgans spürte er jenseits von Panik und Fluchtimpuls eine sonderbare Ruhe. Während sein Organismus sich nach wie vor benahm, als stünde er den Löwen dort draußen ohne den Schutz des Wagen-Chassis' gegenüber, begann er das, was so furchterregend in sein Gesichtsfeld eingedrungen war, genauer zu untersuchen. Zuerst wollte er sicherstellen, daß er nicht Zeuge des Ausbruchs einer Psychose wurde. Die Angst, daß der Faden reißen könnte, der sein »Ich« mit den Dingen verband, begleitete ihn seit Jahren. Er benannte die Gegenstände zu seinen Füßen: drei leere Bierflaschen, zwei zusammengequetschte Cola-Dosen, ein halbes Dutzend zerknüllte Zigarettenpackungen, ein *Camera-Austria*-Heft, ein Paar Gummistiefel, Bananen- und Pistazienschalen. Nachdem er auf diese Weise Halluzinationen ausgeschlossen hatte, machte er eine Reihe von Versuchen, um herauszufinden, ob die Partikel in den Bereich der unabhängigen Existenzformen oder der körpereigenen Substanzen gehörten.

Je mehr von dem gleißenden Licht in der deutsch-afrikanischen Mittagshitze er zwischen Wipfeln von Scheinakazien und vermeintlichen Affenbrotbäumen in den Blick nahm, desto schärfer umrissen zeigten sich die Gebilde. Sie ähnelten den Amöben, den Pantoffel- und Strahlentierchen, die er im Biologieunterricht unter dem Mikroskop gesehen und abgezeichnet hatte. Wenn er die Augen leicht schloß, so daß nur ein dünnes Hautläppchen auf den Augäpfeln lag, und sich dann direkt der Sonne zuwandte, zogen sich die Pupillen zum Schutz vor dem Licht bis auf einen Punkt zusammen, und er konnte das fremdartige Leben beobachten, als hätte die Pipette des Lehrers einen Tropfen Heuaufguß samt Einzellern auf seine Netzhaut geträufelt. Sie schwammen umeinander, berührten sich, verschmolzen wie Solisten und Ensemble eines abstrakten Balletts. Sobald er seinen Kopf aber dem dunklen, zur Müllkippe verkommenen Raum zwischen seinen Knien zuwandte und aus dem hellen Gelb ein dumpfes Rotbraun wurde, wandelten sie sich zu vagen Schemen, schwach konturierten Schatten. Manche verschwanden ganz.

Vincent hatte sich in den vergangenen Jahren intensiv mit den Zusammenhängen von Licht und Schärfe, Brennweite und Blende auseinandergesetzt. Er hielt jetzt die Lider geschlossen und begann systematische Experimente mit abrupten Lichtwechseln und unterschiedlichen Fokussierungen, wobei sein Inneres in Wellen von Angst geflutet wurde. Darüber verselbständigten sich die Erscheinungen, wurden Teil eines apokalyptischen Alptraums, so bedrohlich, daß er die Augen aufriß, um nicht ins Reich der Ungeheuer gezerrt zu werden. Eine Weile starrte er dumpf aus dem Fenster, wo die Hochsommerfarben zugleich fahl und grell wurden, wie in Filmen, die nach dem nuklearen Inferno spielten. Er riß sich zusammen, streckte den Zeigefinger aus, hielt ihn fünfundzwanzig Zentimeter vor die Nasenspitze und fixierte mit dieser Vergleichsgröße abwechselnd Horizont, Himmel, Zaunanlagen und Abfälle. Vincent hatte gelernt, daß das Auge im Prinzip wie eine Kamera aufgebaut war – oder umgekehrt – und hoffte, auf diesem Weg die genaue anatomische Position der Fremdkörper zu

bestimmen. Links machte er jetzt zusätzlich eine durch-
gehende Linie aus, die schräg von unten nach oben verlief
und für die beweglicheren Einzelwesen ein unüberwind-
liches Hindernis darstellte. Rechts entdeckte er ein Feld aus
schwarzen Punkten, das an einen Vogelschwarm in großer
Höhe erinnerte.

»Weiße Tiger, ich fasse es nicht«, sagte Anja, deren Stimmung sich auch ohne Vincents Zutun erneut gedreht hatte:
»Als Kind wollte ich immer einen dieser lebensgroßen weißen Tiger haben, wie es sie an Kirmes in den Losbuden gab.
Mit so einem Tiger im Bett braucht man sich vor nichts
mehr zu fürchten.«

»Ich muß sofort in ein Krankenhaus«, sagte Vincent. »Ich
werde blind.«

Es dauerte eine Weile, bis Anja und vor allem Steffen
begriffen hatten, daß Vincent sie weder veralbern wollte
noch eine dieser allegorisch gemeinten Bemerkungen über
Sehen-und-doch-nicht-sehen gemacht hatte, wie sie in den
Seminaren zur ästhetischen Theorie von Dozent Brahm
beliebt waren.

»Die Höchstgeschwindigkeit ist zehn km/h«, sagte Steffen. »Schneller ginge es sowieso nicht.«

»Es muß doch eine Abkürzung geben.«

»Wir sind quasi mitten in der Serengeti«, sagte Anja.

»Sind wir eben nicht.«

»Und genau deshalb kann ich nicht querfeldein fahren.«

Grau waren die Elefanten, die Vincent sah, grau, wenn
auch blendend hell, der Himmel, in den die gefleckten
Giraffenhälse ragten. Die stoßdegenartigen Hörner der
Oryxantilopen setzten ebensowenig eine Empfindung, geschweige denn eine Bildidee frei wie die mächtigen Watus-
si-Rinder, die sich zum Wiederkäuen vor dem kalkweißen

Nachbau einer Wüstenmoschee niedergelassen hatten. Vincents Arme waren zu schwach, die Kamera auch nur vors Gesicht zu heben.

»Ich habe eine Art Tante«, sagte Anja mit gedrückter Stimme, »eine Cousine meines Vaters, ihre Augen sind vor ein paar Jahren von einem Virus befallen worden, das Stück für Stück die Netzhaut zerstört, sozusagen auffrißt. Dagegen kann man absolut nichts machen, es gibt kein Medikament, und eine Operation ist auch nicht möglich. Wahrscheinlich ist sie inzwischen – ich habe sie jetzt länger nicht gesehen, aber ich schätze, daß sie inzwischen auch blind ist. Sie hat erzählt, daß es bei ihr mit genau den gleichen Symptomen angefangen hat …«

»Warte es doch erst mal ab«, zischte Steffen.

»Etwas in der Art wird es sein«, sagte Vincent.

Es fiel ihm zunehmend schwer, auch nur genügend Energie für die eigene Atmung aufzubringen. Wenn er nicht mehr sehen konnte, verlor alles seinen Sinn. Seine gesamte Existenz war auf die Durchbrechung von Sehgewohnheiten, die Entdeckung neuer Sichtweisen mit Hilfe der Kamera ausgerichtet. Er würde aufgeben müssen, bevor er richtig begonnen hätte: sich, seine Arbeit, sein Leben.

Unendlich langsam schob sich der Wagen durch die ausgedehnten Freigehege. Vor ihnen fuhr ein zebragestreifter Jeep, wie man ihn aus Hatari oder Daktari kannte, durch dessen Heckscheibe häßliche Kinder bösartige Grimassen schnitten. Selbst wenn es erlaubt gewesen wäre, hätte Steffen auf der schmalen Asphaltpiste nicht überholen können. Vincent sagte mit schwacher Stimme: »Ich bitte dich als Freund, tu irgend etwas. Fahr durch den Acker, es ist ein Notfall, jede Minute kann entscheidend sein!«

»Wenn ich mich nicht an die Vorschriften halte, kommt

die Parkaufsicht, oder sie holen die Polizei. Der Ärger, den es dann gibt, braucht zehnmal mehr Zeit, als wenn wir uns jetzt halbwegs korrekt bis zum Ausgang vorarbeiten. Und so schnell vermehren sich solche Viren nun auch wieder nicht.«

»Wenn sie sich teilen, mindestens exponentiell: zwei, vier, acht, sechzehn, zweiunddreißig …«

Endlich erreichten sie die letzte Schleuse. Steffen beklagte wortreich, daß sie das morgenländische Märchenschloß, dessen goldene Küppelchen er von fern gesehen hatte, den Dschungelpalast, die Achterbahnen, blinkenden Karussells und den Miniatur-Orientexpreß verpaßten, die im Konzept der Spießersatire als besonders schrille Kulissen eine wichtige Rolle gespielt hätten: »Im Grunde war der ganze Ausflug umsonst.«

»Ich möchte dich mal sehen«, sagte Anja.

Vincent fehlte die Kraft sich zu wehren. Ihm fehlte sogar die Kraft zu denken, daß Steffen ein egozentrischer Idiot war.

Auf der Fahrt nach Bielefeld, die sich unendlich hinzog, weil auf halber Strecke ein Traktor mit zwei Anhängern voll Stroh umgekippt war und den Verkehr kilometerlang staute, saß Vincent nur mit hängendem Kopf da und murmelte in sich zusammengesunken abwechselnd: »O Gott, o Gott, o Gott« und »Scheiße, Scheiße, Scheiße«. Von Zeit zu Zeit schluchzte er auf, fing sich dann aber wieder, bis sie nach fast zwei Stunden auf den Parkplatz der Augenklinik einbogen. Beim Aussteigen schlug er die Hände vors Gesicht. Er hatte das Gefühl, innerhalb der vergangenen vier Stunden bereits einen Großteil seiner Sehfähigkeit eingebüßt zu haben.

Anja hakte ihn unter, redete jetzt davon, daß alles bestimmt gar nicht so schlimm sei, es werde sich wahrscheinlich eine ganz harmlose Erklärung finden. Die Cousine seines Vaters habe sich im übrigen viele Jahre in den Tropen aufgehalten, wo es Zehntausende unbekannter, hochaggressiver Erreger gebe, vermutlich sei sie dort infiziert worden …

»Ich auch«, sagte Vincent. »Im Januar/Februar war ich acht Wochen auf Jamaika, letzten Herbst drei Monate in Ägypten, davor bin ich fast ein halbes Jahr durch Indien gereist. Im Grunde war ich immer unterwegs, meistens im Süden.«

»Aber Tante Iris hatte doch eher …«, setzte Anja noch einmal an, brachte ihren Satz aber nicht zu Ende.

Mit zittriger Hand füllte Vincent Anmeldeformular und Anamnesebogen aus, schob sie der Krankenschwester hin, spürte, wie sich die Leere des Universums mit Leid füllte, gegenwärtigem und künftigem, das ihn aller Voraussicht nach zerschmettern würde.

Unerwartet und forscher als nötig, schlug Steffen ihm jetzt auf die Schulter und sagte im gleichen Ton, den Vincent schon bei seinem Vater gehaßt hatte: »Wir fahren jetzt mal nach Hause, du schaffst das, mein Lieber: Kopf hoch.«

Anjas Blick sprang zwischen beiden Männern hin und her: »Ich meine, wir können auch bleiben, wenn du uns brauchst«, sagte sie. »Das ist selbstverständlich unter Freunden, ich hoffe, du weißt das …«

Vincent nickte, versuchte ein entschuldigendes Lächeln, hob die Hand zum Abschied und folgte der Ärztin, die soeben aus einer der vielen weißen Türen getreten war und ihn hineinbat.

»Eigentlich war sie nett«, erzählte Vincent fünf Stunden später Geza, die er nie zuvor gesehen hatte und auch jetzt, als sie ihm gegenübersaß, nicht sah: »Sie hat halt wenig gesagt.«

Nachdem Anja und Steffen gegangen waren, hatte die Krankenschwester in der Notaufnahme seine Augen mittels einer Substanz, die sie »Belladonna-Tropfen« nannte, für die anstehenden Untersuchungen vorbereitet. Seine Pupillen hatten sich bis zum Anschlag geweitet und waren seitdem im Zustand maximaler Öffnung gelähmt. Heute würden sie sich nicht wieder zusammenziehen, ganz gleich welche Befehle Vincents Hirn gäbe. Alle Welt war zu weichgezeichneten Farbwolken verschwommen. Menschen, Räume, Dinge flossen ineinander, als schaute er durch eine Kamera, die nicht scharf gestellt war.

Als er es nach einer von Verzweiflungsschüben und völliger Hilflosigkeit überschatteten Odyssee durch das nächtliche Bielefeld schließlich von der Klinik bis nach Hause geschafft hatte, war Geza plötzlich und unmittelbar vor ihm aus dem allgemeinen grauschwarzen Nichts in den Kegel der Straßenlaterne getreten. Die unerwartete Bewegung eines Menschen, direkt auf ihn zu, hatte Vincent so sehr erschreckt, daß ihm ein kurzer Schrei herausgerutscht war und er beide Arme wie zur Abwehr eines Schlags vor dem Kopf verschränkt hatte. Geza war einen Schritt zurückgewichen und hatte dann ruhig gefragt: »Bist du Vincent?«

Ihre Stimme war ihm nicht bekannt vorgekommen, aber da sie einer Frau gehörte, fühlte er sich nicht länger bedroht: »Ich wohne hier«, hatte Vincent geantwortet.

»Ich bin Geza, die Bekannte von Gerd. Wir haben telephoniert. Du hattest gesagt, ich könnte bei dir übernachten, weil ich morgen früh Termine an der FH habe. Eigentlich waren wir für acht verabredet gewesen ...«

»Und jetzt ist es?«

»Kurz nach elf.«

»Entschuldigung«, hatte Vincent gesagt, »das tut mir leid. Ich hatte dich völlig vergessen. Nur selbst wenn ich dich nicht vergessen hätte, wäre dasselbe passiert, weil ich nicht gewußt hätte, wo du zu erreichen gewesen wärest, und ich trotzdem nicht früher hätte hier sein können, es ist nämlich so ... – Komm erst mal rein, dann erklär' ich dir alles.«

»Bist du betrunken?« hatte Geza gefragt, denn Vincents Schritte waren unsicher gewesen, er hatte mehrere Anläufe benötigt, um mit dem Schlüssel das Schloß zu treffen, doch ihre Stimme war weder ärgerlich noch vorwurfsvoll gewesen.

»Schön wär's«, hatte Vincent geantwortet und begonnen, während er vorsichtig Stufe um Stufe die Treppe zur Wohnung hinaufgestiegen war, Geza von seiner wenn nicht gerade unmittelbar bevorstehenden, so doch ernsthaft möglichen Erblindung zu erzählen, dem Alptraum eines jeden Photographen, wie sie sich vorstellen könne, wenn sie die Absicht habe, den gleichen Weg einzuschlagen. –

In Vincents Wohnung herrschte jetzt schummriges Licht. Er hatte weder Neonröhre noch Halogenstrahler eingeschaltet, weil seine Augen, sein ganzer Kopf bei Helligkeit von einem scharfen Schmerz zerrissen wurden. Nur im äußersten Nahbereich konnte er Konturen erkennen, dort erschienen ihm die Gegenstände in lupenhaft vergrößerter Überdeutlichkeit.

»Weißt du übrigens, wo der Name ›Belladonna-Tropfen‹ herkommt?« fragte er: »Ich habe mich bei der Schwester erkundigt: Das ist ein uraltes Mittel. Der Wirkstoff heißt Atropin. Er wird aus Tollkirschen gewonnen. Er ist so giftig, daß man sterben kann, wenn man ihn oral … also wenn man es schluckt. In der Renaissance haben sich Frauen und Mädchen damit die Pupillen geweitet, um Liebhaber oder Brautwerber zu beeindrucken. Die Augen werden riesengroß und wunderschön glänzend. Der Nachteil war, daß sie den Mann, den sie damit gewinnen wollten, ihrerseits nicht mehr gesehen haben, was ziemlich unpraktisch ist, wenn man vor der Entscheidung steht, ob man sich in jemanden verliebt oder nicht.«

»Das ist doch keine Entscheidung.«

Vincent machte eine kurze Pause und fuhr dann fort: »Ich frage mich, ob Männer das Zeug auch benutzt haben. Das wäre dann vollends absurd: Zwei Leute weiten sich füreinander die Augen, und anschließend ist keiner von beiden imstande, es am anderen zu sehen. So wie in dieser Geschichte von dem Mann, der seine Uhr versetzt, um seiner Frau, die so wundervolle Haare hat, an Weihnachten einen kostbaren Kamm zu schenken, und dann hat die Frau ihre Haare abgeschnitten und zu Geld gemacht, um ihm eine Uhrkette aus Platin zu kaufen. – Außerdem tut es wirklich weh, selbst in der chemisch gereinigten Form. Die Pupillen wollen sich zusammenziehen, wenn das Licht grell ist. Das Atropin blockiert diesen Schutzmechanismus.«

»Hättest du keine Sonnenbrille aufsetzen können?«

Vincent war einen Moment verwirrt, weil die Frage so nahelag, ihm selbst aber nicht eingefallen war: »Wahrscheinlich ist sie noch in Steffens Auto.«

Er dachte: ›Sie riecht gut. Wenn ich sie sähe, würde es mir gar nicht auffallen.‹

»Die Ärztin hat dann mehr oder weniger kommentarlos

verschiedene Untersuchungen durchgeführt, Netzhaut, Glaskörper, Gesichtsfeld, hat alle möglichen Werte gemessen, Sachen aufgeschrieben, Kurven analysiert. Mein Kopf wurde in Apparate eingespannt, teilweise in regelrechte Horrormaschinen. Man bekommt Panik, wenn so ein dunkler Block auf die völlig schutzlosen Augen zufährt, die sich gegen alle natürlichen Reflexe einfach nicht schließen lassen. Je nachdem, ob ich etwas sehen oder eben nichts sehen konnte, sollte ich irgendwelche Knöpfe oder Tasten drücken – völlig aberwitzig. Zwischendurch hat die Ärztin immer solche komischen Laute von sich gegeben, langgezogene »Mmhs«, die alles und nichts heißen konnten, aber eher besorgt klangen. Gegen Ende hat sie gefragt, ob vielleicht Blitze durch meine Augen zuckten. – ›Da ist etwas wie ein Vogelschwarm in großer Höhe und links eine unüberwindliche Barriere‹ habe ich gesagt, doch damit konnte sie nichts anfangen. Wären da Blitze gewesen, hätte es bedeutet, daß sich gerade die Netzhaut ablöst. Jeder Blitz wäre ein Sehnerv gewesen, den ich unwiederbringlich verloren hätte. Zwischendurch saß ich herum, habe gewartet, und mich für meine ganzen Reisen verflucht. Plötzlich waren die Bilder der blinden Bettler in meinem Kopf, die ich in Ägypten und Indien überall gesehen hatte: die mit den schrecklichen, milchig weißen Augen, die an tote Fische erinnern.«

»Da gibt es ein berühmtes Photo«, sagte Geza.

»Zumindest fürs erste konnte diese Ärztin aber nichts Besorgniserregendes feststellen. Das vorläufige Ergebnis, das sie morgen noch mal mit dem Professor und dem Oberarzt durchsprechen will, ist, daß ich irgendwelche Partikel, wahrscheinlich Pigmente, im Glaskörper habe. Keine Ahnung, woher sie stammen und wie sie da hineingelangt sind. Normalerweise tritt diese Symptomatik erst bei Leuten über Vierzig auf. Es ist aber kein Warnsignal, wenn man es schon mit Fünfundzwanzig hat – ungewöhnlich, aber nicht beunruhigend, wobei sie ganz zum Schluß dann wieder einschränkte, eine endgültige Diagnose könne sie nicht geben, ich solle am Dienstag noch einmal kommen und mich dem Professor vorstellen.«

»Bescheuert«, sagte Geza.

»Ich bin froh, daß du hier bist«, sagte Vincent. »Ohne dich würde ich jetzt völlig überschnappen.«

»Kann ich Bilder von dir sehen?« fragte Geza unvermittelt, und Vincent überlegte kurz, ob er die Frage, nachdem sie sich gerade einmal zwanzig Minuten kannten, nicht als Übergriff empfinden sollte.

»Schon«, sagte er zögernd. »Bloß, daß ich sie dir nicht zeigen kann, weil ich Sachen, die weiter als zwanzig Zentimeter von meinem Auge entfernt sind, nicht erkenne.«

»Wenn du mir sagst, wo ich sie finde, hole ich sie. Dann beschreibe ich dir, was drauf ist, und du erzählst mir, wo sie gemacht sind oder was du damit wolltest.«

Vincent mochte ihre Stimme, die Art, wie sie die Sätze phrasierte, die warme Färbung. Sie saßen auf dem Boden, gut einen Meter voneinander entfernt, stützten sich mit den Ellbogen auf die Matratze. Andere Sitzgelegenheiten gab es nicht. Außer einem winzigen Schreibtisch mit Schemel hatte Vincent keine Möbel. Als Stauraum nutze er zwei riesige alte Überseekoffer. Für Ausrüstung und Bilder stand im Nebenraum, der ansonsten als Rumpelkammer diente, ein deckenhohes Lagerregal.

»Da herrscht Chaos. Ich weiß nicht, ob du eine Chance hast, die richtigen Kartons zu finden. Außerdem sind dazwischen auch welche, bei denen es mir lieber wäre, wenn sie verschlossen blieben«, sagte er, um noch ein wenig Zeit zu gewinnen und seine Arbeit mit einem Geheimnis zu umgeben.

»Mich schockiert nicht viel.«

»Ich fürchte eher, daß du nichts damit anfangen kannst. Es ist eine sehr eigene Auffassung von Photographie, die wir hier machen, nicht das, was man sonst sieht.«

Geza entgegnete nichts, und das klang allemal besser als die beflissenen Versicherungen, die er auf seine vorauseilenden Einwände gewöhnlich zu hören bekam. Je ahnungsloser die Leute waren, desto wortreicher beteuerten sie ihre Offenheit, um am Ende doch bloß festzustellen: ›Die Sachen sind ja unscharf. Liegt das an der Kamera oder hast du sie verwackelt?‹

Er fragte sich, ob Geza so schön war, wie es ihre Stimme nahelegte.

»Ich weiß, daß ihr hier in Bielefeld einen anderen Stil habt als die Leute in Essen. In Hamburg machen sie es noch wieder anders. Aber das interessiert mich alles gar nicht, ich würde gerne etwas von dir erfahren.«

»Ach so«, sagte Vincent. »Warum? Du kennst mich doch gar nicht.«

»Wer weiß das schon.«

»Nebenan in dem Regal liegen mehrere flache *Ilford*-Photopapier-Schachteln, vierundzwanzig mal dreißig Komma fünf, auf einer steht »Jamaika«, auf einer »Ägypten«, die kannst du mitbringen, aber paß auf, daß du nicht über irgend etwas stolperst.«

Geza stand auf. Soweit Vincent es beurteilen konnte, war sie weder dünn noch dick. Sie trug eine grüne Hose, ein orangefarbenes Hemd mit breiten Trägern, hatte dunkles, knapp schulterlanges Haar. Keine Augenfarbe, keine

Nasenlinie, keine Lippenform. Er wußte nicht, welcher vorherrschende Zug sich rechts und links des Mundes einschreiben würde oder schon eingeschrieben hatte. Ihre Ohren konnten fein geformt oder grobschlächtig sein, die Ohrläppchen festgewachsen oder frei. Sie ging barfuß. Ihre Schritte hatten wenig Gewicht, das fiel ihm auf. Vincent sah ihr nach, sie wurde zum Schatten eines Geistes, er hörte, wie sie im Nebenraum gegen Plastikeimer stieß, das Scheppern von Pinseln, Anstreicher-Rollen. Er wunderte sich, daß er genug Vertrauen hatte, sie allein in die Kammer zu lassen, wo sich das Persönlichste befand, das er besaß, und er erklärte es sich damit, daß er vielleicht schon bald nichts mehr zu verlieren haben würde.

Als sie zurückkehrte, setzte sie sich beim Schreibtisch auf den Boden, dort brannte die einzige Lampe. Vincent bedauerte, daß der Abstand zwischen ihnen jetzt so groß war. Er hätte sie lieber näher bei sich gehabt, wie vorher, als die Wärmeabstrahlung ihres Körpers spürbar gewesen war und jede Bewegung etwas von ihrem Geruch, einer Mischung aus Reiseschweiß, einfachem Deo und einer exotischen Haarspülung zu ihm hinübergeweht hatte. Er versuchte zu erkennen, was sie tat, doch er nahm keine Bewegungen war: Offenbar tat sie nichts.

»Darf ich hineinschauen?«

»Du hast jetzt meine Augen, und ich habe deine.«

»Ägypten.«

Vincent hörte, wie sie Papierbögen in die Hand nahm, beiseite legte, sehr langsam. Er merkte, daß er jetzt nicht mehr in erster Linie wegen seiner Erblindung nervös war.

»Was wolltest du dort?«

Er zögerte mit der Antwort, aus verschiedenen Gründen: »Irgendwie hat ja alles, was wir hier tun – ich meine in

Europa – dort angefangen«, sagte er, »Kunst, Schrift, Technik. Ich wollte mir das vor Ort anschauen. Die Pyramiden, den Nil bis nach Assuan zum Staudamm hinunter. Dann hat es sich quasi kurzfristig ergeben, weil … ich stand vor der Möglichkeit … Ich hatte eine Adresse in Kairo, und bin spontan hingeflogen, auch weil ich hier rausmußte, aus dem Regen, der Kälte. Kennst du das: Manchmal wird dieses deutsche Grau so schwer und feucht, daß man das Gefühl hat, zu ersticken: Die Lunge will diese Art Luft nicht mehr atmen. So war es letzten Herbst.«

»Würdest du lieber woanders wohnen?«

Vincent zuckte mit den Achseln: »Jedenfalls an keinem der Orte, wo ich bis jetzt gewesen bin. Ich kann nur dann länger irgendwo sein, wenn ich weiß, daß ich wieder fortmuß. Im Grunde ist es ein Konzept: Ich versuche, das Reisen als Lebensweise und Kunstform zu praktizieren und so die Trennung von beidem aufzuheben. Es geht nicht um die Bilder, die du da siehst. Bilder kann man heutzutage eigentlich gar nicht mehr machen. Jeder knipst alles, immer und überall. Die Welt ist voll von Photos, was willst du dem hinzufügen?«

Vincent hatte plötzlich das Gefühl, zu schnell zu viel zu reden und zwang sich zu einer Pause. Er wartete auf eine Reaktion von Geza, sie ließ eine Weile auf sich warten: »In deinem Ägypten herrscht immer Nacht«, sagte sie. »Ich habe mir das Land lichtdurchflutet vorgestellt, bunt, schillernd, irgendwie zwischen Wirklichkeit und Fata Morgana, aber bei dir scheinen die wenigen Menschen, die überhaupt noch übrig sind, im Dunkel verloren.«

»Gefällt es dir nicht?«

»Es gefällt mir sehr. Ich wundere mich nur.«

»Die Sicht soll so subjektiv sein, wie es irgend geht.«

»Ist das ein Mann oder eine Frau mit der Zigarette in dem grünen Eingang, wo die nackte Glühbirne von der Decke hängt, und dahinter, draußen, steht der schwarze, verbeulte Kleintransporter?«

»Eine Frau.«

»Sie sieht böse aus.«

»Die Bilder zeigen keine Schönheiten oder Sehenswürdigkeiten. Alles, was sich zu photographieren lohnt, ist schon so oft abgelichtet worden, daß es jeglichen Sinn verloren hat, wie ein Wort, das man hundertmal hintereinander wegspricht. Deshalb will ich nichts Besonderes mehr: Es ist nur das drauf, was ich in diesem Moment meines Lebens wahrnehme, mit dem einen Unterschied, daß in meinem Falle zwischen innen und außen eine Kamera geschaltet ist, die festhält, was mein Auge durchläßt und was mein Bewußtsein registriert.«

»Auf den meisten Bildern ist das Zentrum am Rand und in der Mitte nur Zwischenraum.«

»Das war von Anfang an so. Ich glaube nicht, daß es etwas bedeutet.«

»Schön finde ich auch dieses Mädchen mit dem Kopftuch. Dahinter ist ein mit Neonröhren erleuchteter Laden, ein Taschenladen, glaube ich, und darüber schwarzer Himmel. Als ob man den Gedanken lesen könnte, den sie gerade hat. Wie bringt man jemanden dazu, so zu schauen? Kanntest du sie?«

»Im Grunde ist es Zufall. Aber ich bemühe mich, ihm, also dem Zufall, durch die ständige Bereitschaft zu photographieren, möglichst viele Gelegenheiten zu geben, mir Bilder zuzuspielen. Gleichzeitig ist es der Versuch, als der, der man ist – also ich –, das auszuhalten, was einem entgegentritt, feindlich oder freundlich, meistens neutral, so wie du mir vorhin auf der Straße entgegengetreten bist.«

»Ich war freundlich, aber du hast dich erschrocken.«

»Weil ich dich nicht gesehen hatte. Und ich war ohne Kamera.«

»Sonst hättest du abgedrückt und morgen früh wärst du ins Labor gegangen, hättest den Film entwickelt und dir mich angeschaut, wie du mich heute – also dann gestern – nicht hast sehen können. Aber es wäre zu spät gewesen.« Geza lachte.

»Es ist immer zu spät«, sagte Vincent.

»Ich bin manchmal zur richtigen Zeit am richtigen Ort.«

»Das glaubst du, aber es ist eine Illusion. Unsere Wahrnehmung hinkt der Wirklichkeit Sekundenbruchteile hinterher. Was du siehst, ist in dem Augenblick, wo dir bewußt wird, daß du es siehst, schon vorbei. Genaugenommen verpassen wir unser Leben. Das ist einerseits schrecklich, andererseits gibt es der Photographie einen ganz anderen Stellenwert. Als Photograph läufst du dir selbst hinterher und sammelst Bruchstücke deines verpaßten Lebens auf.«

»Aber diese Fischer auf ihrer Feluke, die sehen aus, als wären sie mittendrin.«

»Ich würde nicht mit ihnen tauschen wollen.«

Um kurz nach vier, als sich zwischen den Häusern gegenüber der erste Streifen Morgenlicht zeigte, sagte Vincent: »Ich glaube, ich muß schlafen.«

»Mal sehen, was morgen kommt«, sagte Geza.

»Meine Angst ist fast weg.«

»Danke für die Bilder.«

»Ich habe sonst keine Matratze, nur diese, wir können

sie uns teilen, wenn es dir nichts ausmacht. In der Kiste ist Bettzeug.«

Geza nahm ein Laken, ein Kissen, warf beides neben Vincent hin. Sie öffnete den Reißverschluß ihrer Hose, ließ sie hinuntergleiten, streifte ihr Hemd über den Kopf. Sie trug keinen BH. Vincent hatte den Eindruck, daß er ihre Silhouette jetzt schärfer sah als noch wenige Minuten zuvor. Ihre Brüste waren voll, hingen ein wenig zu tief, um perfekt zu sein. Er dachte, daß sie sich nicht sträuben würde, wenn er jetzt Photos von ihr machen würde, aber er fragte dann doch nicht, weniger aus Sorge, sie könnte es ablehnen, als wegen der Stille, die rings um sie herrschte und die durch das Klicken des Auslösers zerstört worden wäre. Mit einem Seufzer ließ er sich auf den Rücken fallen. Geza löschte das Licht. Im Zimmer wurde es blau wie an dem ägyptischen Morgen kurz vor Sonnenaufgang, als das Fischerboot ausgelaufen war. Sie hockte sich eine Weile auf den Rand und sann einem Bild oder einem Gedanken nach, ehe sie sich hinlegte, ebenfalls auf den Rücken, die Arme hinter dem Kopf verschränkt. Verschiedene Vorstellungen bewegten sich zwischen ihnen hin und her, ohne daß eine die Oberhand gewonnen hätte oder lästig gefallen wäre. Schließlich drehte Geza sich von Vincent weg auf die Seite. Es war eher ein Zeichen von Vertrauen als Abwehr. Vincent wartete eine Weile, dann schloß er die Augen und schob sich an sie heran, bis er ihre Haut der Länge nach an seinem Oberkörper spürte. Er legte seine Hand auf ihren Schenkel und atmete aus. Der Atem verwirbelte in ihrem Nacken, erzeugte deutlich sichtbar eine kleine Gänsehaut. So verhielt es sich jetzt, im letzten Dunkel vor Tagesanbruch.

Schwierigkeiten mit Häusern

Grauer Morgen über den Bergen des Hinterlands. Die Luft ist ein Tuch, das sich feucht und kühl aufs Gesicht legt. Zwischen Fenster und Dach hockt eine Spinne in ihrem Netz, die Beine lackschwarz mit gelben Bändern; über den Rückenschild setzt sich das Gelb in mäandernden Linien fort, wird auf dem Hinterleib zu breiten Streifen im Wechsel mit schillerndem Türkis. Eine Wespenfärbung aus Edelstein, die sich rings um die Spinnwarzen zum Leopardenmuster wandelt und als dunkel umrandete Weißtupfer ins Rot der Bauchseite dringt.

›Korallenfische oder Pfeilgiftfrösche sehen so aus‹, denkt Ernst Liesgang, ›aber Spinnen doch nicht.‹ Und: ›Sie muß sehr giftig sein.‹

Es ist Sommer. Kleinere Nebel setzen sich auf die Spitzen der Kiefern, schweben die Hänge hinauf, verschmelzen mit der tiefhängenden Wolkendecke, die der Wind vom Japanischen Meer über das Land treibt. Gegen Mittag wird es zu regnen beginnen, warm und satt, vielleicht bricht die Sonne durch.

Ernst Liesgang hat schlecht geschlafen: Die Bilder des Tages fanden keine Ruhe. Es war die vierte Nacht, seit er wieder hier ist, diesmal im Wissen, daß er Jahre bleiben wird – wie viele steht in den Sternen. Er wohnt in dem freundlichen Ryokan, dessen Besitzerin, Frau Ogawa, lächelt, sobald sie ihn sieht, und sie redet so langsam, daß er die Hälfte der Wörter, die sie benutzt, tatsächlich versteht.

Das bedeutet allerdings nicht, daß er auch weiß, was sie meint.

»Es spielt keine Rolle, ob du sie verstehst oder nicht«, hat Rob Conners gestern zu ihm gesagt, »du wirst es ohnehin nicht schaffen, dich korrekt zu benehmen. Umgekehrt werden sie dich für einen Wilden halten, wie sehr du dich auch bemühst, deshalb mach am besten gleich, was du für richtig hältst, alles andere ist Unsinn.«

›Ich hätte nicht quer durch Rußland fahren müssen, um wiederum nur zu tun, was ich für richtig halte‹, hat Ernst Liesgang gedacht und genickt wie ein Japaner.

»Als erstes brauchst du eine Wohnung, frag einfach herum«, hat Rob Conners hinzugefügt. »Ich werde mich auch mal erkundigen.«

Rob Conners ist Amerikaner, er lebt seit zehn Jahren hier. Auf rätselhafte Weise gelingt es ihm, sich und seine japanische Frau mit Keramiken durchzubringen, obwohl im Dorf an die dreißig einheimische Töpfer arbeiten und die Japaner überzeugt sind, daß kein Ausländer je in der Lage sein wird, Gefäße herzustellen, die in ihre Hände passen.

Nachdem Ernst Liesgang mit rohem Ei vermengten Reis, Miso-Suppe und eine Salzpflaume gegessen hat, bleibt er gesammelt im Fersensitz hocken, während seine Füße allmählich absterben. Er verbeugt sich, als Frau Ogawa auf Knien heranrutscht, um das Tablett fortzuräumen. Hinsichtlich des angemessenen Neigungswinkels ist er unsicher, vertraut aber darauf, daß sie ihm Fehler nachsieht. Er wartet einen Augenblick, versucht anhand ihrer Bewegungen, die er am Rand seines Gesichtsfelds beobachtet, ohne sie anzuschauen, den richtigen Moment zu erwischen, sagt: »Entschuldigen Sie, verehrte Frau Ogawa, haben Sie vielleicht von einem Haus oder einer Wohnung hier im Dorf gehört, die leer steht und deren Besitzer womöglich bereit wäre, sie zu vermieten, an jemanden wie mich?«

Es folgt eine Stille, die Ernst Liesgang ungewöhnlich lang erscheint, was er sich mit seiner mangelhaften Aussprache oder unbeabsichtigten Mehrdeutigkeiten erklärt. Er setzt noch einmal an: »In wenigen Tagen beginnt meine Lehrzeit bei dem ehrwürdigen Meister Furukawa Tokuro, und bis dahin müßte ich eine Wohnung finden.«

Frau Ogawa zeigt durch heftiges Nicken, begleitet von stoßweisen Lauten, daß sie durchaus begriffen hat, was er will. Dann bewegt sie auf eine eigentümlich zähe Art den Kopf, gibt gedehnte Töne von sich, die an Hühner erinnern: »Ein Haus mieten …«, sagt sie, »ja natürlich, ich verstehe schon. – Das ist schwierig, sehr schwierig. Und es will gut überlegt sein. Oh, entschuldigen Sie, entschuldigen Sie vielmals, ich habe noch Wasser auf dem Herd.«

Nach einer Weile hört er, daß sie telephoniert, glaubt, seinen Namen zu erkennen, was ihn verhalten optimistisch stimmt, doch auch nachdem sie eine Reihe von Gesprächen geführt hat, bringt sie ihm keine Adresse, bei der er vorstellig werden könnte.

Ernst Liesgang geht in sein Zimmer, versucht, sich die Zeichen für »Vermietung«, »Wohnung frei« im Sprachführer einzuprägen, malt sie schließlich auf einen Zettel, den er zusammenfaltet und in die Brusttasche steckt. Er spricht leidlich japanisch, kann aber nur wenig lesen.

Als er das Haus verläßt, sieht er Frau Ogawa mit einem rosafarbenen Teleskopstaubwedel vor dem Fenster seines Zimmers hantieren. Einen Moment später tritt sie entschlossen auf die Steinplatten im Gras ein.

Er kommt an hohen Mauern und Hecken vorbei, die Anwesen und Bewohner gegen zudringliche Blicke abschotten, an Läden für Gemüse, Elektrogeräte, einer Drogerie. Die Straße ist schmal, es sind nur wenige Fahrzeuge unterwegs. Er erreicht den großen Keramik-Park, eine der Attraktionen des Ortes. Auf einer weiten Rasenfläche, gelockert durch Baumgruppen, Sträucher, Staudenbeete sind monumentale Ton-Skulpturen aufgestellt: Ein roter Haken, der an eine überdimensionale Steck-Krampe für IKEA-Regale erinnert, daneben etwas, das wie die aufgepumpte Nachbildung einer Kriegerfigur aus prähistorischer Zeit anmutet, weiter hinten Türme aus Keramikquadern, an denen dicke weiße Glasur hinuntergelaufen ist. Es folgen weitere Höfe und Werkstätten, mit Ziegeln gedeckte Fachwerkgebäude, flache Wellblechhallen. Hier und da ragen Schornsteine auf, einer speit schwarzen Qualm aus, der die Luft mit dem ehrwürdigen Geruch von brennendem Harz füllt. Ernst Liesgang stellt sich vor, wie er selbst eines Tages vor einem solchen Ofen steht, aus dessen Fugen das Feuer züngelt, wie er die Eisenluke öffnet, anderthalb tausend Grad Hitze aushält, die ihm erbarmungslos ins Gesicht schlägt, Weißglut, die blendet, während er die nächsten Scheite hineinwirft. Er spürt, wie ihm ungeahnte Kräfte zugewachsen sein werden, er ist Diener und Herr des Feuers zugleich, als ein Wagen sehr knapp an ihm vorbeifährt, scharf bremst und mit quietschenden Reifen zurückrollt. Unmittelbar neben ihm wird die Beifahrertür aufgestoßen, und eine harsche Männerstimme faucht: »Einsteigen!«

Ernst Liesgang beugt sich hinunter, erstaunt, ein wenig bang. Jetzt erkennt er das Gesicht. Es ist der Meister Furukawa Tokuro, *sein* Meister, der sich eine Woche zuvor, nach drei Monaten des Hoffens, Bittens, Wartens, nach einer entschlossenen Ablehnung, der teilweisen Zurücknahme der Ablehnung unter bestimmten Bedingungen, weiterer

Bedenkzeit, erneuter Bitte, abermaligem Warten bereit erklärt hat, ihn als Schüler aufzunehmen: »Tür zu!«

Er ist sehr zornig, saugt an seiner Zigarette, pustet giftigen Rauch aus, tritt beim Anfahren das Gaspedal bis zum Anschlag durch, Ernst Liesgang wird in die Polster gedrückt. Der Wagen bricht in einem wilden Schlenker kurz auf die Gegenfahrbahn aus, wird harsch zurückgerissen: »Mit wem hast du gesprochen?«

Ernst Liesgang versteht die Frage nicht und entschuldigt sich.

»Mit wem du gesprochen hast, will ich wissen, was ist daran nicht zu verstehen?«

Offensichtlich hat er mit jemandem gesprochen, mit dem er nicht hätte sprechen dürfen. Er überlegt fieberhaft, welche seiner Unterhaltungen während der vergangenen Tage gegen eine Regel verstoßen haben könnte, von deren Vorhandensein er ebensowenig Kenntnis hat wie von ihrem Gegenstand: »Ich weiß nicht, mit wem, also was … Länger habe ich mich eigentlich nur mit Rob Conners unterhalten.«

Zusammen mit einer Rauchwolke, die Ernst Liesgang den Atem nimmt, spuckt Meister Furukawa einige Silben aus. Sie ergeben kein Wort, bringen aber unmißverständlich zum Ausdruck, was er von Rob Conners hält, machen darüber hinaus deutlich, daß er sich für das, worüber die Ausländer miteinander reden, nicht interessiert.

»Es geht um die Leute aus dem Dorf! Nicht um … – Mit wem aus dem Dorf du gesprochen hast, will ich wissen!«

Ernst Liesgang spürt seine Wangen glühen, zugleich breitet sich in den Bronchien ein Kribbeln aus, dem er nicht nachgeben darf, dem er nicht nicht nachgeben kann. Noch ehe er geantwortet, ehe er eine Antwort auch nur hat denken können, entlädt es sich in einem krampfartigen

Hustenanfall. Er wird durchgeschüttelt, als hätte ein Sumo-tori ihn an der Gurgel.

»Das ist nicht zu glauben, einfach nicht zu glauben!« schimpft Meister Furukawa und kurbelt das Fenster hin-unter. Ernst Liesgang schnappt nach Luft, versucht sich zu fassen, sich zu erinnern, sagt: »Entschuldigen Sie vielmals, es tut mir leid, gesprochen habe ich im Grunde nur mit Herrn Yamaguchi, dem Herrn von der Drogerie, ob er Waschpulver aus der … also Tubenwaschmittel …«

Meister Furukawa reißt das Steuer nahezu ungebremst nach rechts, der Wagen schießt in die Einfahrt seines Grund-stücks. Ernst Liesgang prallt mit der Schulter gegen die Tür, ehe die Vollbremsung ihn in den Gurt schleudert.

»Waschpulver interessiert mich nicht!« zischt Meister Furukawa. »Steig aus! Komm mit!«

Er reißt die Tür zu der kleinen Galerie auf, die sich an die Werkstatt anschließt. Ringsum sind niedrige, mit Reisstrohmatten ausgelegte Anrichten eingebaut, auf denen seine Gefäße und Skulpturen präsentiert werden. An der Seite stehen Stühle und ein Tisch europäischer Machart für Unterhaltungen mit Gästen: »Setz dich!«

Der Meister steckt sich die nächste Zigarette an, qualmt aus Mund und Nase. Seine keilförmig zusammengezoge-nen Brauen bilden die Silhouette eines Falken im Sturzflug. Mit versteinertem Gesicht tritt jetzt Frau Furukawa aus dem Wohntrakt herein, entläßt einen tiefen Seufzer, der vollkommenen Kummer zum Ausdruck bringt.

Ernst Liesgang hält den Blick gesenkt, atmet flach, tut überhaupt alles, um so wenig Raum wie möglich einzuneh-men. Noch immer ist ihm schleierhaft, welchen Vergehens er sich schuldig gemacht hat, es muß ein schwerwiegendes gewesen sein.

Frau Furukawa schüttelt sehr langsam den Kopf, ihre Züge sind erstarrt, als hätte man ihr soeben die Nachricht vom Unfalltod des Sohnes überbracht.

»Also noch einmal«, sagt der Meister: »Wen hast du gefragt, ob er dir eine Wohnung vermietet?«

»Ich fragte Frau Ogawa heute morgen nach dem Frühstück …«

»Es müssen mehr Leute gewesen sein!«

Er beginnt die Art seines Vergehens zu ahnen: »Bei Herrn Yamaguchi habe ich mich erkundigt, gestern abend, als ich wegen verschiedener Hygieneartikel …«

»Ich brauche alle Namen!«

»Sonst mit niemandem, glaube ich …«

»Drei Leute haben mir berichtet, daß du nach einer Wohnung suchst.«

»Außer Frau Ogawa und Herrn Yamaguchi fällt mir wirklich niemand ein.«

Der Meister wirft seiner Frau einen Blick zu, der zweifellos etwas bedeutet.

»Wie kommen Sie überhaupt dazu, sich hier im Ort nach einer Wohnung zu erkundigen?« fragt Frau Furukawa mit erstickter Stimme. »Wissen Sie denn nicht, in was für eine Lage Sie uns damit gebracht haben?«

»Rob Conners hatte mir gesagt, daß es vielleicht sinnvoll …«

Der Meister wischt Rob Conners vom Tisch wie einen toten Käfer.

»Unser Ansehen im Dorf kann durch Ihre Unachtsamkeit schweren Schaden nehmen.«

»Ich dachte, wenn ich mich darum kümmere, haben Sie weniger Arbeit, wo ich Ihnen doch ohnehin schon solche Umstände …«

Der Meister unterbricht ihn mit einem Schnauben, dem kein weiterer Anwurf, sondern bleiernes Schweigen folgt. Er zerquetscht die Zigarette im Aschenbecher und zündet die nächste an. Ernst Liesgangs Gedanken rasen wie in Todesangst. Weder weiß er, was er sagen soll, noch, was er tun könnte. Er durchsucht fieberhaft alle Bereiche seines Gedächtnisses nach einem Wort, einer Geste, die den Zorn des Meisters besänftigen, die Erschütterung seiner Frau mildern könnte. Das Japanisch-Lehrbuch, mit dem er sich die Sprache im Selbststudium aneignet, nennt für aussichtslose Situationen wie die, in der er sich gerade befindet, eine altmodische, nach höfischem Zeremoniell klingende Formulierung. Er hat sie nie aus irgend jemandes Mund gehört und eigentlich kommt sie ihm lächerlich vor, dennoch versucht er es jetzt damit: »Wie, wenn ich es täte, wäre es denn gut?«

Im selben Moment entspannen sich die Züge des Meisters, als hätte einer der sieben Glücksgötter mit dem Finger geschnippt. Der Rauch wird ein sanftes Wölkchen. Über das Gesicht seiner Frau huscht die Andeutung eines Lächelns. »Es ist Folgendes«, sagt er schon fast in versöhntem Ton: »Wir wohnen hier auf dem Dorf. Die Verbindungen zu den Nachbarn sind eng und folgen der Tradition, nicht wie in Yokohama oder Tokyo, wo sich niemand mehr um solche Dinge kümmert. Es wird Wert auf das angemessene Benehmen gelegt. Wenn ich mir einen Schüler in die Werkstatt hole, erst recht, wenn es sich bei diesem Schüler um einen Ausländer handelt, der sich bei uns nicht zurechtfindet, dann wird erwartet, daß ich für diesen Schüler entsprechend Sorge trage, damit er nicht verwirrt wird oder Fehler begeht, die dem Ganzen Schaden bringen. Das heißt auch, es ist meine Aufgabe, diesem Schüler eine passende

Bleibe zu besorgen. Was glaubst du, was die Leute denken, wenn sie hören, daß du diese Angelegenheit selbst in die Hand nimmst, daß du hier herumläufst und fragst, ob jemand eine Wohnung für dich hat?«

»Das wußte ich nicht …«, stammelt Ernst Liesgang.

»Wenn nachher überall erzählt wird, daß ich meinen Verpflichtungen gegenüber dem neuen Schüler nicht nachkomme, ist das eine sehr peinliche Sache.«

»Es tut mir außerordentlich leid, daß Sie durch mich in eine solche Lage geraten sind.«

»Sie müssen in Zukunft wirklich mehr achtgeben auf das, was Sie tun. Ein beschädigter Ruf kann das Leben zu einer großen Last werden lassen.«

Ernst Liesgang möchte in der Erde versinken, doch der Boden unter ihm weigert sich nachzugeben.

»Zum Glück habe ich bereits ein Haus gefunden«, sagt der Meister. Jetzt lacht er sogar.

Das Haus, das Meister Furukawa gemietet hat, liegt nur wenige Fußminuten von der Werkstatt entfernt, dennoch besteht er darauf, den Wagen zu nehmen. Er fährt jetzt deutlich ruhiger, hält bei einer mannshohen Natursteinmauer. Sie steigen aus, während der Motor weiterläuft. Meister Furukawa öffnet das schwere Vorhängeschloß an der lose in den Angeln hängenden Holztür. Als sie den kleinen Garten betreten, setzt bei Ernst Liesgang für eine Sekunde das Herz aus. Er schlägt die Hände vor den Mund, unterdrückt einen Juchzer. Der Meister nimmt die Überraschung mit Genugtuung zur Kenntnis. Seinen Bewegungen ist anzumerken, daß er nunmehr mit sich zufrieden ist.

Für japanische Verhältnisse wirkt der Garten verkommen. Überall sprießt Unkraut, wuchert das Moos. Die Büsche wurden nicht beschnitten, sind aus den vorgesehenen Formen gebrochen. Alles hier erinnert Ernst Liesgang an ein verwunschenes Zauberreich, das für lange Zeit vor den Augen der Menschen verborgen wurde, um einer neuen Bestimmung zugeführt zu werden. Allein die uralte, in vier Etagen aufragende Kiefer, die verhindert, daß man direkt auf den Eingang schaut, hätte als Grund für das Kommen aus dem Westen gereicht. Das anderthalbstöckige, mit Ziegeln gedeckte Haus wurde vollständig aus quergeschichteten Balken errichtet, die, von der Witterung ausgebleicht, inzwischen mehr grau als rötlich schimmern. Für Schiebetüren und Fenster wurden dunklere Holzarten zu leichten Gittern zusammengefügt. Unmittelbar hinter dem Haus beginnt der Wald. Nach gut hundert Metern steigt er in die verwilderten Hügel, über denen Ernst Liesgang vom Fenster seines Zimmers in Frau Ogawas Ryokan die Sonne aufgehen sieht.

Der Meister öffnet ein weiteres Vorhängeschloß und schiebt die Eingangstür auf. Im Inneren herrscht das unsagbar stille Licht, das die weißen Papierfenster einlassen. Staub hat sich grau im Relief der Holzmaserungen abgelagert, Staub bedeckt Vorsprünge und Nischen. Die Wände verströmen einen Geruch wie er in feuchten Kellern voll alter Bücher steht. Ernst Liesgang fühlt einen Schauer, der sich von der Magengegend her im Körper ausbreitet, bekommt Gänsehaut. Eine kühle Welle, deren Beschaffenheit er nicht einordnen kann, streift seine Wange.

Auch der Meister scheint kurz irritiert, schaut ihm prüfend ins Gesicht, murmelt etwas Unverständliches. Dann legt er sich selbst so beiläufig, als sollte es keiner merken, den Handrücken auf die Stirn, um die eigene Hauttemperatur zu prüfen.

Im Flur ist der Boden mit dunkelbraunen Dielen bedeckt, die im Lauf der Zeit von den Schritten der Bewohner blank poliert worden sind, eine Patina, so düster und kraftvoll, daß Ernst Liesgang sich fragt, ob er ihr Tag für Tag wird standhalten können. Der Meister öffnet die Tür zum Hauptraum, der mit Tatamis ausgelegt ist und an Möbeln lediglich ein kleines Lackregal enthält. Rechter Hand befinden sich Schränke hinter Schiebetüren, links ein gußeiserner Ofen, dessen Rohr freistehend und senkrecht in die Decke ragt. Der Meister bleibt stehen, öffnet die Luke des Ofens, prüft mit erfahrenem Griff die Festigkeit des Abzugs, geht weiter zur Stirnseite des Raums, während Ernst Liesgangs Blick zentimeterweise die Wände abtastet. Noch immer gelingt es ihm nicht, klare Gedanken zu fassen. Etwas Fremdes scheint ihren Fluß zu bremsen. Mit einer ebenso unerwarteten wie entschiedenen Bewegung schiebt der Meister zwei gerasterte Papierwände auseinander, die im selben Moment zusammen mit der Ansicht des Gartens, der sich dahinter auftut, ein Bild ergeben, wie Ernst Liesgang es in der Wirklichkeit nicht für möglich gehalten hätte: Zu beiden Seiten eines Kiesbeets, das von drei größeren, mit fahlgelber Flechte überwucherten Findlingen geordnet wird und lange nicht geharkt wurde, wächst ein lichter Bambuswald, in Teilen beschattet von einem mächtigen Ahorn. Hier und da liegen noch Blätter des letzten Herbstes. Nichts sollte hinzufügt werden.

»Das ist ein altes Haus«, sagt der Meister. »Natürlich fehlen ihm einige der Annehmlichkeiten von neuen Häusern, aber es gibt Strom und fließendes Wasser. Die Toilette ist in Ordnung, sie hat sogar einen Abzug ins Dach. Und das Haus ist traditionell eingerichtet, so daß man etwas über die japanischen Vorstellungen von Schönheit lernt.«

»Das ist ein wundervolles Haus«, sagt Ernst Liesgang.

»Du wirst zum Wochenende einziehen.«

Ernst Liesgang verneigt sich mehrmals hintereinander, schnell und tief. Er bemüht sich, dazu einen bestimmten vorsprachlichen Laut zu erzeugen, der in gleichen Teilen Staunen, Bewunderung und Dankbarkeit ausdrückt, bis der Meister ihm knurrend zu verstehen gibt, daß es genug ist.

Zwei Tage später, am frühen Nachmittag, während Ernst Liesgang in seinem Zimmer über den Büchern sitzt und Japanisch lernt, kommt Frau Ogawa herein und richtet ihm aus, daß er sich umgehend zu Meister Furukawa begeben solle, der in einer überaus wichtigen Angelegenheit mit ihm sprechen müsse.

»Der Sommer bringt in diesem Jahr viel Regen«, eröffnet der Meister das Gespräch, als Ernst Liesgang, nachdem er den halben Weg gerannt ist, wieder am Tisch in der Werkstatt Platz genommen hat. »Wir kennen es nicht anders, aber für dich ist es bestimmt sehr ungewohnt.«

»Ich hatte mich darauf eingestellt«, erwidert Ernst Liesgang. »Die Gegend, aus der ich stamme, ist auch sehr regenreich, es macht mir nichts aus.«

»Ich verstehe. Das ist natürlich sehr interessant. Davon habe ich noch nicht gehört. In Deutschland kann es also auch anhaltend und ergiebig regnen, selbst im Sommer. Aber der Regen in Japan ist sicherlich anders.«

Frau Furukawa tritt ein, sie trägt ein Tablett, auf dem drei Becher mit Tee stehen, außerdem ein Schälchen Süßigkeiten, die in grellbunte Aluminiumfolie eingeschweißt sind. Sie schaut sorgenvoll, ringt sich dann aber zu einem Lächeln durch.

»Man weiß nie, was auf einen zukommt, nicht wahr?« sagt sie. »Aus heiterem Himmel kann ein Gewitter heranziehen, mit Blitz und Donner, so daß man keinen Schritt mehr vor die Tür zu setzen wagt. Besonders hier, zwischen der Küste und den Bergen, kann das Wetter furchtbar ungestüm sein.«

Sie stellt ihm einen der Becher hin und verbeugt sich. Ernst Liesgang verbeugt sich ebenfalls, um einiges tiefer, als er es bei Frau Ogawa zu tun pflegt: Frau Furukawa bekleidet als Gattin des Meisters zweifellos einen höheren Rang, und er denkt: ›Lieber ein Stück zu tief als nicht tief genug.‹

»Solche unerwarteten Veränderungen erfordern dann wiederum eine angemessene Reaktion, damit man nicht in weitaus größere Schwierigkeiten gerät.«

Ernst Liesgang fragt sich, worüber Frau Furukawa spricht.

»Aber ein Mensch, der sich den Erfordernissen beugt wie der Bambus dem Sturm, geschmeidig und doch fest gegründet, wird nicht so leicht gebrochen.«

»Das stimmt.«

»All die Unannehmlichkeiten, die einem widerfahren, Tag für Tag …«

Ernst Liesgang nickt.

»So gesellt sich eins zum anderen.«

»Wenn man …«

»Leider mußte die Abmachung mit dem Vermieter des Hauses, das wir uns vorgestern angesehen haben, rückgängig gemacht werden«, sagt der Meister und steckt sich eine Zigarette an. Der Rauch ist stahlblau und kräuselt sich der Decke entgegen. »Auch für mich bedeutet das eine sehr unerfreuliche Wendung.«

»Oh«, sagt Ernst Liesgang und bemüht sich, seine bodenlose Enttäuschung nicht allzu sichtbar werden zu lassen. »Es war ein besonders schönes Haus, ich hätte mich sicherlich sehr wohl dort gefühlt.«

»Es hat sich etwas herausgestellt, das uns daran ernsthaft zweifeln ließ.«

»Aber …«

»Manches in Japan ist für Sie als Ausländer schwer zu verstehen«, sagt Frau Furukawa. »Aber da wir nun die Verantwortung für Ihr Wohlergehen übernommen haben, gibt es keinen Grund, daß Sie sich Sorgen machen.«

»Ich fand, daß das Haus sich durch eine besondere Atmosphäre auszeichnet.«

»Das ist richtig«, sagt der Meister. »Aber die Besonderheit der Atmosphäre ging in Bereiche, die für ein ruhiges Leben nicht förderlich sind.«

»Verstehen Sie, es gibt Dinge, Phänomene, in deren Bannkreis man sich besser nicht begibt.«

»Du möchtest hier etwas lernen, da ist es wichtig, daß du nicht abgelenkt wirst, gerade auch in der Nacht. Wenn der Tag zu Ende ist und man nach Hause kommt, sollte man dort ungestört sein.«

»Mir schien, gerade in dieser Hinsicht wäre das Haus mit dem schönen Garten sehr geeignet. Ich würde außerordentlich gern dort einziehen.«

»Mir sind beim Abschluß der Vertrages Dinge verschwiegen worden, sehr gravierende Dinge, die ihn auf der Stelle unwirksam machen. Uns bleibt nur, es zu akzeptieren.«

Wiederum wirft er seiner Frau einen dieser Blicke zu, deren Bedeutung Ernst Liesgang verschlossen ist. Eine Stille tritt ein, von der er spürt, daß es nicht an ihm ist, sie zu beenden. Sie dehnt sich aus, kriecht in jede Ritze, dann endlich sagt Frau Furukawa mit gedämpfter Stimme: »In dem Haus wohnt ein Geist. Deshalb steht es schon so lange leer.«

Ernst Liesgang schwankt zwischen Zweifeln am Verstand dieser Leute und seinem eigenen.

»Wir wußten das bis gestern nicht. Und Herr Ma…, der Besitzer, hat es uns tatsächlich nicht gesagt, als wir das Haus gemietet haben.«

»Und dagegen kann man gar nichts machen?«

»Es ist außerordentlich heikel«, sagt Frau Furukawa. »Natürlich gibt es besonders befähigte Shinto-Priester, die in dieser Hinsicht Möglichkeiten hätten. So jemand könnte unter Umständen versuchen, den Geist davon zu überzeugen, sich einen anderen Aufenthaltsort zu suchen. Aber es würde beträchtliche Umstände und Aufwendungen bedeuten, die auch nicht zwangsläufig erfolgreich sein müssen, denn wenn dem Geist seine neue Bleibe nicht gefällt, kann er es sich anders überlegen und alles war umsonst.«

»Eigentlich bin ich nicht ängstlich, was Geister anlangt.«

»Wir kennen den Geist nicht. Er kann stark oder weniger stark sein, verträglich oder weniger verträglich. Niemand weiß das vorher. Aber wenn Schwierigkeiten auftauchen, wenn du vielleicht sogar Schaden nehmen würdest, müßten wir die Verantwortung tragen. Und wir könnten nicht einmal sagen, daß wir es vorher nicht gewußt hätten.

»Vielleicht interessiert der Geist sich gar nicht für mich als Ausländer …«, murmelt Ernst Liesgang mit nachlassender Hoffnung.

»Es ist vollkommen undenkbar, daß du mit einem Geist unter einem Dach wohnst«, sagt der Meister jetzt in einem Ton, der keinen Zweifel am Ende der Diskussion läßt. »Ich habe schon etwas Neues für dich. Das ist ein sehr gutes Haus, an dem es nichts zu beanstanden gibt und in dem du bestimmt zufrieden sein wirst. Und es ist auch nicht von

Nachteil, wenn man morgens vor der Arbeit schon etwas frische Luft geatmet hat.«

Das Haus, in das Ernst Liesgang vier Tage später zieht, liegt am entgegengesetzten Ende des Ortes. Es ist von anderen kleinen Häusern identischer Bauart umstellt, auch sonst wenig ansprechend: keine Kiefer im Garten, kein Bambus. Wellblech statt Holzwänden, Beton anstelle von Dielen. Für den Fußmarsch zur Werkstatt morgens und abends braucht er eine Dreiviertelstunde. Er wird sich ein Fahrrad kaufen.

»Komisch, daß Furukawas nichts davon gehört hatten«, sagt Rob Conners, als sie am darauffolgenden Sonntag unter blauem Himmel in seinem Hof sitzen, und reicht ihm einen Becher Sake. »Eigentlich weiß jeder im Dorf, daß dort ein Geist wohnt. Man kann auch von selbst darauf kommen, denn es ist wirklich ein schönes Haus. Welchen vernünftigen Grund sonst sollte es geben, daß es so lange schon leersteht?«

Ernst Liesgang nickt und weiß nicht, was er denkt. Vielleicht denkt er gar nichts. Eine Eidechse lugt zwischen zertrümmerten Fehlbränden hervor, im Maul eine Grille – sie bewegt sich noch.

Die Karawane ins Perserland

Die Risse, die Adel Bahrami allein aufgrund seiner Persönlichkeit zwischen den Photodesignstudenten der Fachhochschule Bielefeld hatte aufbrechen lassen, schlossen sich auch
nach seinem Verschwinden nur sehr langsam wieder. Vincents Verhältnis zu Eva-Maria blieb eisig. Dabei ist Adel
Bahrami der unaufdringlichste und sanftmütigste Mensch
gewesen, den man sich überhaupt nur vorstellen kann. Das
Unternehmen, das er hatte durchführen wollen, war von
ihm mit aller gebotenen Genauigkeit erläutert worden. Weder hatte es Fragen gegeben, denen er ausgewichen wäre,
noch Antworten, die einen hätten mißtrauisch stimmen
müssen. Niemals hätte er jemanden zu etwas überredet, das
nicht zumindest im geheimen sein Wunsch gewesen wäre.
Schon deshalb entbehrten die Vorwürfe, die von Anfang an
gegen ihn erhoben wurden, jeglicher Grundlage, mit Aus-
nahme vielleicht eines einzigen, den aber bezeichnender-
weise nie jemand gemacht hat: daß er nämlich den Leuten,
die ihm begegneten, schon durch die Art seiner Erscheinung schmerzlich vor Augen führte, wie öde und belanglos
ihr Leben war und daß sie es umkrempeln müßten, wenn
sie nicht alles verspielen wollten. Diese Gabe brachte denn
auch weniger diejenigen gegen ihn auf, die mit seiner Hilfe
ihr Abgleiten in Langeweile und Selbstentfremdung bemerkten, als vielmehr deren Angehörige und Freunde, die
befürchteten, Opfer möglicher Konsequenzen zu werden.

Damals gab es beim Bahnhof ein türkisches Schnellrestaurant namens »Mevlana Grill«, das sich auf Lahmaçun spezialisiert hatte – eine orientalische Pizza-Variante, belegt mit Tomaten und Gehacktem. In anderen Imbißstuben lagen diese Fladen für gewöhnlich vorbereitet und unbeachtet in der Kühlvitrine, während ein Döner Kebab nach dem anderen über die Theke wanderte. Wollte doch einmal jemand Lahmaçun essen, wurde der Lappen in die Mikrowelle geworfen, wo er die Konsistenz durchgearbeiteten Kaugummis annahm. Mit diesen Bakterienbänken hatten die Lahmaçun im »Mevlana« nichts zu tun. Dort knetete, schlug und rollte der Bäcker die Teigkugel nach der Bestellung zu einem hauchdünnen ovalen Boden, bestrich ihn mit frischer Tomatensauce, verteilte würziges Lammhack darauf und schob ihn in den Steinofen. Wenige Minuten später kam ein dampfender Brotfladen heraus, dem ein Duft von geröstetem Fleisch, Knoblauch und Kreuzkümmel entstieg, wurde mit reichlich Petersilie bestreut und in Papier gerollt. Die Studenten der Fachhochschule hatten den Ruf des »Mevlana«-Lahmaçun weit über das Bahnhofsviertel hinaus verbreitet. Oft stand man zwanzig Minuten in der Schlange und sah zu, wie Fladen für Fladen durch die Luft gewirbelt, belegt und gebacken wurde, ehe man selbst an die Reihe kam.

Adel Bahrami verbrachte täglich viele Stunden im Gastraum des »Mevlana«, aß jedoch nie etwas. Statt dessen holte er sich unablässig Tee und Zucker vom Samowar neben der Theke. Anders als die meisten Leute rührte er den Zucker nicht hinein, sondern steckte ihn sich Würfel für Würfel zwischen die Zähne und ließ die heiße Flüssigkeit daran vorbeilaufen, bis sie sich aufgelöst hatten. Auf diese Weise benötigte er vier oder fünf Stück zu jedem Tee, von denen er nach eigener Schätzung etwa vierzig am Tag trank. Die

Art, wie er Zucker und Glas zum Mund führte, wirkte außerordentlich überfeinert, ohne im entferntesten der gekünstelten Artigkeit hiesigen Bürgerbenimms zu ähneln. Er trug halblanges schwarzes Haar, dazu einen scharf konturierten Jägerbart, sein dunkelgrüner Leinenanzug schien auf Maß gearbeitet, und am Ringfinger glänzte ein großer schwarzer Stein in silberner Fassung. Es war nicht erkennbar, daß er – abgesehen vom Zucker-in-Tee-Auflösen und gelegentlichen Blicken in die Lokalzeitung – irgendeiner Beschäftigung nachging.

Wann genau er in die Stadt gekommen war, weiß ich nicht. Vermutlich ebenfalls in dieser Woche, als ich Vincent besuchte und wir bereits den dritten Tag hintereinander im »Mevlana« über unsere Lahmaçun gebeugt hockten und uns fragten, was wir nach dem unmittelbar bevorstehenden Ende der Bilder mit unseren Leben anfangen sollten.

Beim Eintreten war er uns wohl am Rande aufgefallen, vielleicht sogar ein wenig vertraut erschienen, jetzt saßen wir am Tisch gleich neben seinem, und jedes Mal, wenn ich aus dem Fenster schaute, um Passanten oder einem Gedanken zu folgen, blieb mein Blick an seinem Gesicht hängen. Auch Vincent drehte sich ständig zu ihm hin, bis er die Augen von der Anzeigenseite hob, erst lächelte und dann das Gespräch mit dem sonderbaren Satz »*Wir sind zufrieden mit dem Elend, aber das Elend ist nicht zufrieden mit uns*« eröffnete, der uns in diesem Moment völlig passend erschien. »So sagt man in meinem Land«, fügte er hinzu, »aber es gilt überall.«

Ich nickte. Vincent nickte auch, kratzte sich am Hinterkopf und fragte: »Wo kommst du her?«

»Aus dem Iran.«

»Aber du bist schon lange in Deutschland?«

»Mein Großvater ist noch mit den Herden gezogen – ich mache es wie er, nur ohne Tiere und mit Auto oder Flugzeug.«

Zu dieser Zeit sah Vincent sich selbst als Reisenden und interessierte sich für alle Leute aus fernen Ländern. Verschiedentlich hatte sich aus solchen Begegnungen schon die Möglichkeit ergeben, irgendwohin zu fahren, wo er sonst nie hingekommen wäre: »Ich bin Vincent.«

»Adel. Ich freue mich, daß ich euch kennenlerne, und danke Dem, Der es bestimmt hat.«

Er sprach mit einer besonderen Färbung, die den Sätzen Glanz verlieh und einen augenblicklich Vertrauen fassen ließ. Wir saßen da, wurden still, stellten allenfalls hier und da eine Frage, während er uns von seinem Land erzählte, das unendlich viel weiter als Tausende Kilometer entfernt lag. Durch ihn rückte es in greifbare Nähe, wurde ein Zauberort, zu dem wir eines Tages aufbrechen wollten, bevor die Leere uns hinuntergeschluckt hätte. So wie er erzählte, klang es, als hätte in die abgeschiedenen Gebirgsgegenden, aus denen er stammte, weder ein Folterknecht des Schahs noch ein Religionspolizist Khomeinis je seinen Fuß gesetzt. Die Menschen, die dort lebten, handelten frei und selbstbestimmt, im stolzen Geist uralter Traditionen, zugleich den Erfordernissen der Gegenwart angepaßt, klar und beweglich wie nur Nomaden es sein können, die wissen, daß in Zeit und Raum kein zweites Mal kommt. Die Frauen waren von unvergleichlicher Schönheit, scherten sich weder um Verhüllungsvorschriften noch geizten sie in der Liebe. Die Rauschverbote der Kleingläubigen galten hier nicht, seit Menschengedenken wurden Pfeifen mit Haschisch und Opium Freunden und Gästen gereicht, während die Linie der Rohrflöte den Takt der Trommel als Stufen nahm und zu den sieben Himmeln emporstieg. Die Hochtäler und Wüsten hatte kein Fremder je bezwungen. Heerscharen von Eroberern waren dort, an den unsinnigen Grenzen der kolonialen Landvermesser, auf falschen Fährten in Hinterhalte geführt worden und auf Nimmerwiedersehen verschwunden.

Als Vincent und ich schließlich aufstanden und nach draußen traten, war es Abend geworden, und das Licht über Bielefeld schien auch ohne den Hauch einer Wolke grau.

Am folgenden Tag gegen vier gingen wir erneut ins »Mevlana«, diesmal hauptsächlich in der Hoffnung, Adel wieder zu treffen, der uns dann auffordern würde, an seinem Tisch Platz zu nehmen, und mit seinen Erzählungen fortführe. Adel war auch tatsächlich dort, diesmal aber nicht allein, sondern ihm gegenüber saßen Eva-Maria und ihr Freund Jörg, mit dem sich Vincent das kleine Haus in der Günthardstraße teilte. Sie hörten so gespannt zu, daß sie uns gar nicht bemerkten. Erst als Adel sagte: »Schön, euch wiederzusehen, wie geht's, setzt euch doch zu uns«, schauten sie auf.

»Kennt ihr euch?« fragte Jörg.

»Wir haben uns gestern kennengelernt«, sagte Vincent.

»So ein Zufall.«

»Oder auch nicht«, murmelte Eva-Maria.

Jörg senkte den Blick, offenbar paßte ihm unser Erscheinen nicht. Bevor die Situation vollends peinlich wurde, begann Adel zu lachen, und wir stimmten erleichtert ein – bis auf Eva-Maria. »Ich kann mir nicht vorstellen, daß es funktioniert«, sagte sie.

»Es ist nicht das erste Mal, daß ich so etwas organisiere«, erwiderte Adel, »es hat nie Probleme gegeben.«

»Zumindest hört es sich einleuchtend an«, sagte Jörg, und Eva-Maria schüttelte heftig den Kopf.

»Um was geht es eigentlich?« fragte Vincent.

»Man kann sagen, ich rüste eine Karawane aus, und dafür suche ich Leute. Wenn ihr Zeit habt und etwas Geld verdienen wollt ...«

»Geld wäre nicht schlecht«, sagte Vincent.

»In meinem Land gibt es viele reiche Leute, und in eurem Land gibt es viele schöne Autos. Porsche, BMW, Mercedes. Ich brauche die schönsten und schnellsten Limousinen und Sportwagen. Im Iran hat man große Schwierigkeiten, solche Autos zu beschaffen, wegen der politischen Situation. Sie kosten dreimal so viel wie hier, umgerechnet fast zweihundert- bis dreihunderttausend Mark, je nachdem. Zwei Drittel von dem Geld kassiert der Staat als Importzoll. Den kann man einsparen. Wenn jemand mit seinem Auto zur iranischen Grenze fährt und es dort einem Bekannten verkauft, sagen wir für hundertfünfzigtausend, machen alle ein gutes Geschäft. Mein Freund im Iran kriegt seinen Wagen ein Drittel billiger, als wenn er ihn bei einem Händler in Teheran kaufen würde. Ich bekomme eine kleine Provision dafür, daß ich alles organisiere, und ihr: Wenn ihr Lust habt – zahle ich euch dreitausend Mark dafür, daß ihr einen von den Wagen durch Jugoslawien, Griechenland und die Türkei dort runterfahrt. Das dauert ungefähr eine Woche. Wir bilden einen Konvoi. Ihr müßt euch um nichts kümmern. Ich besorge die Autos, Papiere, Übernachtungen. Und ich buche einen Bus, der euch nach Istanbul zurückbringt, da könnt ihr noch ein paar Tage Urlaub machen, euch die Stadt anschauen. Dann fliegt ihr wieder nach Deutschland.«

»Und wo ist der Haken?« fragte Eva-Maria spitz.

»Es gibt keinen Haken.«

»Wahrscheinlich sind die Autos …«

»Alle Wagen werden einwandfreie Papiere haben. Ich bin weder ein Dieb noch ein Hehler, falls du das sagen wolltest –«

»Nein, Entschuldigung, ich hatte gemeint …«, stotterte sie, »aber wenn man so einfach Geld verdienen könnte, würden es alle machen.«

»Ihr tragt keinerlei Risiko«, sagte Adel, »im Gegenteil: Das Auto, in dem ihr sitzt, habe ich bezahlt. Es ist quasi euer Pfand. Außerdem habt ihr die Flugtickets, so daß ihr jederzeit zurückkönnt. Euer Geld bekommt ihr bar, sobald wir dort sind.«

»Je n'en crois pas un mot«, zischte Eva-Maria Jörg zu.

»Das kannst du aber«, sagte Adel und lächelte.

»Aber was ist, wenn die Behörden im Iran dahinterkommen? Es geht um Fahrzeugschmuggel, wenn ich das richtig verstanden habe. Iranische Gefängnisse sind sicher nicht lustig«, sagte Jörg.

»Darüber braucht ihr euch keine Gedanken zu machen. Ihr müßt überhaupt nicht in den Iran. Die Übergabe findet in der Türkei statt. Die neuen Besitzer fahren ihre Wagen selber über die Grenze: Ist es Schmuggel, wenn man in seinem eigenen Auto eine Grenze überquert?«

»Und wie groß soll deine Karawane werden?«

»Zehn Wagen.«

»Ich will das auf gar keinen Fall«, sagte Eva-Maria, »und ich möchte auch nicht, daß du das machst.«

Jörg verdrehte die Augen, faltete seine Serviette zu einem schmalen Streifen, den Streifen zu einer Ziehharmonika, die er mit dem Zeigefinger auf den Tisch drückte und losließ. Statt hochzuschnellen, kippte sie um und rutschte zur Seite weg.

»Für dreitausend stehe ich sonst zwei Monate auf dem Bau«, sagte Vincent.

»Ihr müßt euch nicht jetzt entscheiden. Es dauert drei, vier Wochen, bis alles vorbereitet ist. Ich fange gerade erst an, die Wagen auszusuchen. Dann muß ich sie den Kunden vorschlagen ...«

»Das heißt, du hast konkrete Auftraggeber?« fragte Vincent.

»In der Art.«

»Also ist es im Grunde auch für dich eine sichere Sache.«

»Nur die Unsicherheit und der Tod sind sicher. Auf Reisen lauern immer Gefahren: Jemand kann krank werden, einen Unfall haben. Ein Motor kann schlappmachen, oder man wird beraubt. Zum Beispiel könnte einer von euch mitsamt dem Wagen abhauen.« Er lachte. »Laßt euch Zeit. Überlegt in Ruhe, ob ihr Lust dazu habt und ob ihr mir vertrauen wollt. Vertrauen ist ein Geschenk. Es muß langsam wachsen. Ich verstehe, wenn Eva-Maria zögert. Das ist ein Zeichen von gesundem Menschenverstand.«

»Es ändert gar nichts, wenn du so etwas zu mir sagst.«

»Warum bist du so respektlos zu ihm, was hat er dir getan?« fragte Vincent.

Nachdem wir das »Mevlana« verlassen hatten, wurde der Ton zwischen Vincent und Eva-Maria gereizt. Jörg versuchte eine abwartende Haltung, was sie völlig inakzeptabel fand: »Wie könnt ihr bloß so naiv ... Ach was, naiv, so hirnverbrannt sein, ernsthaft zu glauben, daß ihr auf diese Weise an Geld kommt. Was er da veranstaltet, ist genau die Nummer, die alle Bauernfänger und Hochstapler seit Jahrtausenden fahren: Erst schleimen sie Trottel wie euch ein, als nächstes stacheln sie eure Gier an, bis ihr keinem vernünftigen Argument mehr zugänglich seid, nur noch Dollarzeichen seht, dann tauchen unvorhergesehene Schwierigkeiten auf, die sich aber ganz leicht lösen lassen, wenn ihr dies oder jenes beisteuert, also gebt ihr Geld, unterschreibt eine Verpflichtung oder macht sonst einen Schwachsinn, und plötzlich ist der ehrenwerte Herr weg und mit ihm auch das, was er euch abgeschwatzt hat.«

»Wenn das für Jörg in Ordnung ist, daß du ihn einen *hirnverbrannten Trottel* nennst, ist das seine Sache ...«, sagte Vincent.

»Bist du nicht neulich erst in Indien beinahe gestorben, weil du dir irgendeinen Drogen-Scheiß hast andrehen lassen? Wie möchtest du das denn genannt haben? – *Ein wenig zu vertrauensselig* vielleicht?«

Sie beendete die Auseinandersetzung, indem sie Jörg nach rechts in die Ellerstraße zerrte, die zu ihrer eigenen Wohnung führte. –

Am anderen Morgen fuhr ich zurück nach Hause.

Vincent traf sich gleich abends wieder mit Adel, nicht nur, um mehr und Konkretes über die Karawane zu erfahren. Adel verbreitete um sich herum eine Ruhe, die Vincent nie zuvor in Gegenwart eines Menschen gespürt hatte. Anspannung und Finsternisse, die ihn manchmal anfielen wie gefräßige Nachttiere, rückten in so weite Ferne, daß er sich kaum vorstellen konnte, je diesen Angstschmerz gehabt zu haben, und zumindest solange er Adel gegenübersaß, war er auch sicher, daß derartiges nie wiederkäme. Selbst wenn Adel über geschäftliche Dinge sprach – er hatte sich am Morgen bei einigen Autohändlern umgesehen, zwei 911er Porsche, einen Jaguar, sowie drei 7er BMW reservieren lassen –, gab es unter den Worten eine Ebene, die unmittelbar Vincents Herz berührte. Dort schienen sich unsichtbare Stellschrauben zu befinden, mit denen die Seelenzustände reguliert werden konnten. Wenn einer sich auf diese Kunst verstand, war er in der Lage, sein Gegenüber so zu justieren, daß er die unendliche Stille ahnte, die hinter allem herrschte. Als Vincent Adel an diesem Abend verließ, fühlte er sich furchtlos und heiter. Er hoffte, daß Adel seine Wagen bald gefunden hätte, damit es endlich losgehen konnte, und hatte ihm versprochen, sich an der Fachhochschule umzuhören, ob nicht andere Studenten Lust hätten, für dreitausend Mark zum Beispiel einen Porsche Richtung Iran zu steuern.

Es war kurz vor Mitternacht, als er nach Hause kam. Auch Jörg war zurück, allerdings ohne Eva-Maria, die, wie er sagte, im Augenblick kein Bedürfnis habe, mit ihnen WG zu spielen. Jörg wollte an Adels Karawane teilnehmen, nur hatte er keine Idee, wie es sich bewerkstelligen ließe, ohne daß er Eva-Maria verlor. Sie hatte keinen Zweifel gelassen, daß sie es als einen totalen Vertrauensbruch ansähe, durch den die Basis ihrer Beziehung zerstört würde.

Der erste in der Klasse, den Vincent überzeugte, war Eddy Boddi. Wenn Eddy Boddi einmal angefangen hatte zu reden, ließ er seinem Gegenüber keine Chance für irgendeine Art Eingabe, weshalb er keine Angst hatte, von jemand anderem etwas aufgeschwatzt zu bekommen. Sein Lebensentwurf basierte auf spontanen, möglichst unvorhersehbaren Entschlüssen, für die er unmittelbar, nachdem sie gefallen waren, ebenso komplexe wie undurchdringliche Begründungen entwickelte. Als er Adel zwei Tage später zum ersten Mal traf, wies er ihm mit Hilfe aller denkbaren Argumente und Gegenargumente, unter Einbeziehung ökonomischer Modelle und kulturanthropologischer Theorien, etwa eine halbe Stunde lang nach, daß er gar kein Betrüger sein könne, sondern zweifellos eine lupenreine Marktlücke entdeckt habe, die er selbst sofort besetzt hätte, wenn er im Besitz der finanziellen und logistischen Möglichkeiten gewesen wäre. Adel hörte ihm lächelnd zu, löste Zuckerwürfel in Tee auf, und nachdem das Glas leer war, nahm er Zucker ohne Tee, da es seiner Vorstellung von Respekt widersprochen hätte, aufzustehen, während Eddy Boddi sich mitten in einem zwar verschachtelten, aber doch einzigen Satz befand. Als Eddy Boddi sich dem Ende seiner Ausführungen näherte und Pausen zwischen freistehenden Gedanken wie »Der Kapitalismus ist zwangsläufig lückenhaft« oder »Ich sehe nur Horizont, keine Kante« machte, sagte Adel: »*Wer Milch besitzt, erhält Milch, und wer Wasser besitzt, erhält Wasser*, so heißt ein Sprichwort bei uns.«

»Exakt«, sagte Eddy Boddi. »Besser hätte ich es nicht ausdrücken können.«

Er streckte Adel seine Hand entgegen, sagte »Life is an offer – ich bin dabei«, woraufhin Adel aufstand und einschlug: »Ich hole mir einen Tee, nimmst du auch einen?«

»Wenn das bei euch dazugehört, nehm' ich sogar zwei: Wer Tee besitzt, kriegt Tee – richtig?!«

Eddy Boddi warb Zwerch an, der so etwas wie sein Gefolge darstellte und für seine Photos regelmäßig von allen Dozenten auseinandergenommen wurde, aber jenseits der Kamera als handwerkliches Universalgenie galt – so jemanden konnte man immer brauchen.

Isa, die vor Zeiten einmal mit Vincent zusammengewesen und immer noch eng mit ihm befreundet war, schlug sich als einzige Frau der Klasse uneingeschränkt auf die Seite derer, die Adel glaubten. Da sie, anders als Vincent und Eddy Boddi, von niemandem für überspannt oder durchgedreht gehalten wurde und auch als Photographin anerkannt war, hatte ihre Meinung Gewicht. Nachdem sie zu der Überzeugung gelangt war, daß Adel seriös und seine Geschäftsidee nachvollziehbar sei, ließ sich das Projekt nicht mehr so leicht als Falle für pseudobohemistische Spinner abtun, was dazu führte, daß die Frontlinien sich weiter verhärteten.

Eva-Maria und Isa hatten sich von Anfang an nicht gemocht. Alle Männer an der Schule waren zumindest einmal kurz in Isa verliebt gewesen, und sie bediente sich aus diesem Pool nach Belieben, ohne je einem ihrer Paarungspartner Rechte zu übertragen. Nach Eva-Maria hingegen sah sich nie jemand auf der Straße um, und es hätte auch keiner ihrer Bekannten seine Freundin mit ihr betrogen. Sie war nicht häßlich, eher unscheinbar. Nach eigenem Bekunden mußte sie weder sich noch anderen etwas beweisen, indem sie mit vielen schlief. Solange es nur um Bilder gegangen war, hatten Isa und Eva-Maria ihre gegenseitige Verachtung lediglich in der Art und Weise, wie sie über die Arbeit der jeweils anderen sprachen, zum Ausdruck gebracht. Jetzt kam es in den Pausen zwischen Seminaren und Kursen zu derart heftigen Wortwechseln, daß sich die Professoren erkundigten, was die Atmosphäre dermaßen vergiftet habe, daß sachliche Arbeitsbesprechungen kaum noch möglich seien. Als Eddy Boddi daraufhin in der ihm eigenen Weitschweifigkeit anfing zu erläutern, welch ein gigantisches, alle globalpolitischen Raster durchbrechendes, die soziokulturellökonomischen Paradigmen von Orient und Okzident transzendierendes, polymorph anarchistisches Projektabenteuer gerade in Planung sei, baute sich binnen einer Minute aus einzelnen Zwischenrufen und Gegenreden ein solches Geschrei auf, daß selbst der für sein Härte und Schlagfertigkeit gefürchtete Dozent Brahm keine andere Möglichkeit sah, als entnervt den Raum zu verlassen.

Wenn nicht gerade Pflichtveranstaltungen anstanden, verbrachte Vincent seine Zeit mit Adel. Sie frühstückten zusammen im »Mövenpick«, manchmal kamen auch Eddy Boddi oder Isa dazu, und Adel ließ selbstverständlich all ihre Bestellungen auf seine Rechnung schreiben. Nach dem Frühstück stiegen sie in ein Taxi und fuhren zu einem der großen Autohäuser, wo er wie der Schah persönlich behandelt wurde. Sie machten Probefahrten, testeten Beschleunigung, Straßenlage, Kurvenverhalten und die Motorengeräusche auf verschiedenen Strecken. Adel liebte die gewundenen Straßen durch die ausgedehnten Wälder der Umgebung, in denen er ohne einen Hauch von Erregung oder gar Großmannssucht, aber jenseits aller Regeln der Straßenverkehrsordnung die Wagen an ihre Belastungsgrenzen fuhr. Bei jedem anderen Fahrer hätte Vincent Blut und Wasser geschwitzt, doch neben Adel blieb er ruhig, als säße er in einer Kutsche, die von Kaltblütern gezogen wurde. Am Ende jeder Fahrt notierte Adel seine Eindrücke und erkundigte sich auch bei Vincent ausführlich nach dessen Einschätzung. Ab dem frühen Nachmittag saßen sie im »Mevlana«, blätterten in Hochglanzprospekten, verglichen technische Daten, tranken Tee. Dann kamen weitere Studenten, die mitfahren wollten, um Adel kennenzulernen und ihre Fragen zum Geschäftskonzept, zu Reiseroute und Zeitplan, sowie zu ihren Verdienstmöglichkeiten zu stellen. Obwohl Adel eigentlich der vollkommene Zuhörer war, sprach er die meiste Zeit selbst, hauptsächlich deshalb, weil den Leuten in seiner Gegenwart ihre Fragen entfielen. Gleichwohl hatte nie jemand den Eindruck, daß er geschwätzig oder ein eitler Selbstdarsteller sei, der sich gern reden hörte. Er antwortete, ohne daß es Fragen gab, damit zu Hause hinterher keinem siedendheiß einfallen mußte, was er zu fragen vergessen hatte.

Es dauerte gerade einmal anderthalb Wochen, bis alle Plätze vergeben waren. Jörg hatte sich solange nicht entschieden, bis die Entscheidung für ihn gefällt worden war. Dafür gab er abwechselnd Eva-Maria, Vincent und sich selbst die Schuld. Adel schien mit den Autohändlern einig zu sein. Er mußte sich nur noch um Routenplanung, Hotelbuchungen, Koordination und Geldtransfers kümmern, was eine weitere Woche in Anspruch nehmen sollte.

Drei Tage vor dem Termin, an dem er die Wagen in Empfang nehmen würde, saßen Vincent und Isa in der Cafeteria an dem Tisch, an dem sie meistens saßen, etwas aufgekratzt und euphorisch, wie man es vor einer großen Reise in ein weitgehend unbekanntes Land ist, als Eva-Maria sich vor ihnen aufbaute und in einem Ton, der zu gleichen Teilen aus Bitterkeit, Verzweiflung und Haß bestand, sagte: »Wenn Jörg sich von mir trennt, ist es eure Schuld und ... Und ... Und aber dann ...«

»Paß auf, Eva-Maria«, antwortete Vincent ruhig, »du machst hier schön dein Spießerding und läßt uns in Ruhe. Wir machen, was wir machen, und lassen dich in Ruhe. Und Jörgs Entscheidungen sind seine Sache.«

»Ihr redet euch alles immer verdammt einfach: Wir sind die kleinen Spießer, und ihr seid die großen Künstler, aber wir – ich vielleicht nicht, aber Jörg – seine Arbeit ist mindestens so reflektiert und innovativ wie eure, nur daß er deswegen nicht auch ...«

»Was ist dein Problem?« fragte Isa.

»Es kotzt mich an, das ganze Getue von wegen *lebe wild und gefährlich* ...«

»Will Jörg jetzt auch sein Leben ändern, oder was?«

»Das will er eben nicht. Ich weiß, daß er es nicht will. Er will mit mir zusammensein, aber er denkt ...«

»Vielleicht hat er gemerkt, daß du ein bißchen eng bist – hier und da«, sagte Isa und deutete mit ihrem Zeigefinger in einer kurzen Auf-und-Ab-Bewegung erst auf ihren Kopf und dann auf ihren Unterleib. Eva-Maria blieb einen Moment lang die Luft weg, dann atmete sie tief durch, nahm ihre Stimme zusammen und sagte ganz leise, aber so, daß es in der Cafeteria sofort still wurde: »Du mußt dir nicht einbilden, daß du was Besonderes bist, bloß weil alle dich ficken!«

Es waren nur die vier kurzen Klacks von Isas Absätzen zu hören, als sie aufstand und auf Eva-Maria zutrat.

»Was willst du jetzt – was willst du jetzt tun!« schrie Eva-Maria. Ihr mondrundes, hellhäutiges Gesicht war purpurn angelaufen. Im nächsten Augenblick klatschte ihr Isas Hand mit solcher Wucht auf die linke Backe, daß sich vier weiße Fingerspuren abzeichneten, die sich nur langsam wieder mit Blut füllten, während der Rest ihres Gesichts vollkommen bleich wurde. Eva-Maria stand da mit offenem Mund, ihr schossen Tränen in die Augen, liefen in Strömen hinunter, es dauerte endlose Minuten, bis sie die Kraft fand, sich umzudrehen und Richtung Tür zu stolpern. Man hörte lautes Schluchzen. Sie wurde immer schneller, fiel in die graue Flügeltür, rannte den Flur entlang hinaus, die Tür kam erst nach einem Dutzend Schwüngen wieder zur Ruhe, da war Eva-Maria längst auf dem Weg nach Hause.

Am anderen Morgen erschien Adel nicht zum Frühstück, obwohl er fest mit Vincent verabredet gewesen war. Er kam auch nicht nachmittags in den »Mevlana-Grill«. Bis spät in die Nacht versuchte Vincent vergebens, ihn auf seinem Zimmer anzurufen. Er hinterließ Nachrichten an der Rezeption, wartete bis nach drei, dann erst legte er sich schlafen, schlief aber nicht. Am nächsten Tag ging er mit

Isa und Eddy Boddi zusammen ins »Mövenpick«. Dort war Adel seit zwei Tagen nicht mehr gewesen. Laut Auskunft des Zimmermädchens hatte er sein Bett während der letzten beiden Nächte nicht benutzt. Seine Sachen waren aber noch da: Anzüge, Aktenmappe, Rasierzeug. Weil er bis zum Ende der Woche im voraus bezahlt hatte, hielt sich die Besorgnis der Hotelleitung in Grenzen. Vincent und Eddy Boddi fuhren alle Autohäuser ab, auch dort wartete man seit anderthalb Tagen vergebens auf ihn. Anschließend gingen sie zur Polizei, wo man ihre Befürchtungen, ihm könnte etwas zugestoßen, er könnte Opfer eines Gewaltverbrechens geworden sein, nur mäßig ernst nahm. Erst als er nach einer Woche noch immer verschwunden und die Bezahlung des Hotelzimmers ausgelaufen war, meldeten sich auf die Anzeige des »Mövenpick«-Direktors zwei Beamte bei Vincent, um ihn über Adel zu befragen. Den Ausweispapieren, die ebenfalls im Hotel zurückgeblieben waren, hatten sie entnommen, daß er keine vierzig Kilometer von Bielefeld entfernt, in Detmold, seit zwei Jahren eine kleine, spärlich eingerichtete Wohnung gemietet hatte. Die Wohnung wurde aufgebrochen, durchsucht und einige Wochen später ausgeräumt. Hinweise auf kriminelle Verbindungen fanden sich dort ebensowenig wie Indizien für ein Doppelleben als Hochstapler. Niemand hatte ihm Geld geliehen oder war auf unbezahlten Rechnungen sitzen geblieben. Für die bestellten Wagen fanden sich andere Käufer. Adel Bahrami ist weder in Bielefeld noch in Detmold je wieder aufgetaucht.

Erdmenger folgt einer Linie

Die beiden bronzenen Löwen rechts und links der Treppe zum Eingang sahen an Erdmenger vorbei über die stark befahrene Straße und den kleinen, mit Pflanzenkübeln begrünten Platz. Trotz der dunklen Patina, die ihnen Ernst und Würde verlieh, verkörperten sie kaum mehr als den Nachhall babylonischer Pracht, dem Erdmenger in gewohnter Weise begegnete: Das Skizzenbuch in der einen, den Bleistift in der anderen Hand fing er sie in einem Netz aus Linien, denen keinerlei Gestimmtheit anzumerken war, während er selbst, trotz seiner beachtlichen Größe, bis an die Grenze zur Unsichtbarkeit schwand. Nachdem er einige Ansichten der Löwen zu Papier gebracht hatte, wandte er sich neueren Fragmenten von Körpern zu, die im Außenbereich des Museums aufgestellt waren und von der Mühsal und Gefangenheit menschlichen Daseins erzählten. Dahinter, in zerbrochenen Fluchten, spiegelten sich die rechtwinklig aufgeteilten Fassaden des Anbaus, der bald abgerissen werden würde. Es schien, als hätte eine kurzentschlossene Bewegung im Erdinneren den Grund, auf dem sie errichtet worden waren, gefaltet wie der Architekt die Kartons für das Modell. Erdmenger ging nicht davon aus, daß dem, was er sah, eine weiterreichende Bedeutung innewohnte, oder daß es sich um wie auch immer geartete Vorzeichen für seine Arbeit handelte.

Obwohl er von der *Bundeszentralstelle für Dokumentation*, deren Platz im verästelten Gefüge der kommunalen, regionalen und nationalen Kulturträger sich nicht genau bestimmen ließ, eingeladen worden war, in diesen letzten Tagen vor Beginn der Sanierung und Neugestaltung eine zeichnerische Bestandsaufnahme alles Vorhandenen durchzuführen, war niemand zu seiner Begrüßung erschienen. Erdmenger neigte jedoch weder zu Argwohn noch zu Empfindlichkeiten und trat verhalten zuversichtlich in die Eingangshalle. Eine Nackte aus Stein schaute im gelassenen Hochmut der Schönheit von ihrem Sockel herab. Die alte Frau im Kassenhäuschen schlief. Das Glas, hinter dem sie ihren Platz hatte, war schalldicht, so daß sie, um zu verstehen, was Erdmenger sagte, eine Sprechtaste hätte betätigen müssen, doch auch sein mehrmaliges Klopfen drang nicht zu ihr durch. In regelmäßigen Abständen hob sich das Kinn von einem langgezogenen Schnarchen, um dann schwer auf die Brust zurückzufallen. Erdmenger sah aus Gründen des Taktgefühls davon ab, sie zu erfassen.

Halbverdeckt von Mauervorsprüngen machte er einige verlorene Gestalten aus, die in Gedanken oder Bücher vertieft an den Tischen der provisorischen Cafeteria saßen. Eine seltsame Beklemmung hatte sich des Gebäudes bemächtigt, als hätte es eine dunkle Ahnung, daß schon bald nichts mehr sein würde wie vorher.

Erdmenger beschloß, seinen Gang durch die Ausstellungsräume unangemeldet zu beginnen. Zunächst wollte er sich den zoologischen Abteilungen zuwenden. Das Museum in D. galt als einer der letzten erhaltenen Orte eines humanistischen Universalismus, in dem Exponate aus sämtlichen Bereichen der Kunst und Forschung von der Vor- und Frühgeschichte bis in die Gegenwart unter einem Dach präsentiert wurden, um ein umfängliches Bild der Welt und der Bewegungen des Menschen in ihr zu entwerfen. Allerdings hatten sich während des vergangenen Jahrhunderts die Kenntnisse in allen Gebieten des Wissens sowie die Ausdrucksweisen und Spielarten der Künste derart vermehrt, daß jeder Versuch einer Gesamtschau nicht nur zum Scheitern verurteilt war, sondern eine ebenso anrührende wie naive Gestrigkeit ausstrahlte. Beinahe unbemerkt hatte sich das Museum als Ganzes darüber zu seinem eigenen Ausstellungsobjekt verwandelt, ein skurriles Gebilde aus lange zurückliegenden Zeiten, in denen alles, was in der Existenz gewesen und was darüber gedacht worden war, zueinander in Beziehung gestanden hatte. Diese Art der Ordnung fand in Erdmengers Herangehensweise ihre vollkommene Entsprechung. Seine Linie, die ihre Gegenstände ohne Unterschied erfaßte und verband, wurde von einigen Interpreten sogar als Akt des Widerstandes gegen das Auseinanderfallen der Wirklichkeit in getrennte Bereiche betrachtet.

Erdmenger betrat die Sammlungsräume, und der uralte, über Jahrzehntausende eingebrannte Schrecken des Menschen in der afrikanischen Savanne schoß ihm in die Glieder, als er sich wiederum einem Löwen gegenübersah, diesmal einem leibhaftigen Exemplar in voller Größe und Majestät. Erst Sekundenbruchteile später begriff er, daß das Tier, in dessen Blick ungebändigte Wildnis aufflammte und dessen Muskulatur gespannt schien wie unmittelbar vor dem Sprung, sich in einer Glasvitrine befand. Das Fell, das der Präparator einst über einen sorgfältig aufgebauten Kern gezogen hatte, war stumpf geworden, an mehreren Stellen fehlten Haarbüschel. Erdmenger trat näher heran, beugte sich vor und sah seine eigene Gestalt im bernsteinfarbenen Auge des Löwen gespiegelt, als eine Hand ihn von hinten am Ärmel riß und eine Stimme fauchte: »Zurück!«

Das Wort wurde mehrfach von den hohen Wänden hin und her geworfen, ehe es verhallte. Erdmenger schüttelte die angeschwollenen, blau unterlaufenen Finger ab, schaute auf die gedrungene Gestalt in Uniform, die er um beinahe zwei Köpfe überragte, und sagte: »Was gibt es denn?«

»Haben Sie eine Erlaubnis?«

»Soweit ich weiß, liegt ein Schreiben von Kulturdezernent Eggenschwiler vor.«

»Und wenn es vom Bundeskanzler persönlich wäre: Der Abstand muß einhalten werden.«

Nach Möglichkeit ging Erdmenger Konflikten mit Angestellten der Institute, in denen er tätig wurde, aus dem Weg, schon, um den Fluß der Linie nicht ins Stocken zu bringen. Auch in diesem Fall schien es ihm günstiger, handfesten Streit zu vermeiden: »Natürlich«, sagte er in freundlichem Ton, »da haben Sie vollkommen recht.«

»Ich kann keine Übertretung dulden, und bei Ihnen bestimmt nicht.«

Der Mann versuchte eine scharfe Kehre auf dem Absatz, verlor das Gleichgewicht und fing sich mit einem Ausfallschritt: »Solange Sie sich in *meinen* Räumen aufhalten, gelten die Vorschriften. Auch für Sie!«

Eine Schnapswolke zog an Erdmenger vorbei. Er nickte und vervollständigte seine Zeichnung. Anfangs umkreiste der Wärter ihn noch wie eine Hyäne das Aas, solange die Löwinnen fraßen, aber nach einer Weile nahm seine Anspannung ab. Schließlich sank er auf den Stuhl neben dem Durchgang, der seine Reviergrenze markierte, und verfiel in dumpfes Brüten, das von gelegentlichen Selbstgesprächen unterbrochen wurde.

Schimmelflecken und Salpeterkränze oberhalb der Fenster zeigten an, daß das Gebäude tatsächlich dringend einer

Sanierung bedurfte. Ein Geruch, wie ihn die Pelze seiner Großmutter verströmt hatten, hing in der Luft. Die Feuchtigkeit des Mauerwerks mischte sich mit den Ausdünstungen der Tierpräparate in den altertümlichen Dioramen, die in fehlfarbig gemalten Hintergrundlandschaften mit kargen Pflanzennachbildungen, Gipsfelsen, modellierten Wasserläufen die Fauna der verschiedenen Erdteile mit den wichtigsten Arten vorstellten. Die Polarregion, Südamerika und Australien waren bereits ausgeräumt. Erdmenger beschloß, in Afrika zu bleiben, nahm sich Strauße, Antilopen und Zebras vor, deren Streifen die Tiefe des Raumes verdeutlichten, ohne daß er sie eigens markieren mußte. Anschließend erfaßte er Schaukästen zu verschiedenen Themenkomplexen der Biologie: Käfer, Tagfalter, Heuschrecken, Spinnen; außerdem Präparate und Modelle von Kauwerkzeugen, Atmungsorganen und Gehirnen. Gegen ein Uhr bekam er Hunger und gestattete sich eine Mittagspause. In der Cafeteria wies ein krakeliger Schriftzug auf einer vorzeitlichen Schultafel darauf hin, daß die Bewirtschaftung bereits eingestellt worden war. Immerhin hatte man zwei Verpflegungsautomaten zurückgelassen. Erdmenger zog einen Espresso sowie einen Schokoriegel und setzte sich.

Am Nachbartisch werkelte ein Mann in einer Expeditionsweste vor sich hin, dem das Haar in fettigen Strähnen am Schädel klebte, als hätte er einen Hut getragen. Neben ihm standen mehrere Stapel Holzkisten, die er der Reihe nach beschriftete. Erdmenger vermutete zunächst, daß er zum Museum gehörte und Vorbereitungen für die Auslagerung der Sammlungen traf, doch seine Erscheinung und die Art der Konzentration, mit der er die Kisten behandelte, paßten weder zu einem wissenschaftlichen Mitarbeiter noch zum Hausmeister.

Erdmenger hatte ihm bereits geraume Zeit zugeschaut, als der Mann den Kopf hob und sagte: »Das ist eine Arbeit von 1968, eine Edition. Aber dafür ist eine so große Nachfrage da, daß ich sie immer wieder machen muß. Es gibt schon über 12 000 Stück.«

»Das ist eine Menge.«

»Es sind zwei Ebenen. Eine ist begrenzt und eine ist nach links hin offen. Hier oben steht *Intuition*. Also ein kleiner Raum – ein geschlossener Raum mit diesem Begriff.«

»Heißt das, daß jeder sich selbst etwas hineindenkt?«

»Das heißt es auch.«

»Sozusagen intuitiv?«

»Ja. Daß einem etwas einfallen muß. Daß man mit dem Denken beginnen muß, daß man etwas in sich bewegen muß.«

»Aber es geht ins Leere.«

»Genau. Es muß ja ins Leere führen.«

Erdmenger sah den Mann fragend an.

»Schauen Sie: Es gibt zweierlei Dinge: Einen materialistischen Wissenschaftsbegriff, der hat Scheuklappen. Und es gibt ein anderes Ding. Das führt in ein noch unbekanntes Gebiet. Das eine muß durch das andere erweitert werden ... So in etwa, wenn man es naiv formuliert. Eigentlich muß man den Vorgang weiter zurückverfolgen, da wo er noch gar kein äußeres Bild ist – aber durchaus Bild. Die Idee ist ja nicht einfach nichts, sondern die Idee ist ein Begriff und der hat auch ein Bild zu seiner Voraussetzung. Diese Art von Gewissenhaftigkeit ist heute viel wichtiger als je zuvor. Dadurch erweitert der Mensch das Verständnis von sich selbst und erkennt sich als den Träger geistiger Kraftzusammenhänge, der auch, wenn er sie spürt, Verantwortung übernehmen kann. Viele Menschen wollen heute Verantwortung übernehmen, aber sie wissen nicht, mit welchen Mitteln. Sie können nur Verantwortung übernehmen für ein Schweinekotelett …«

»Entschuldigen Sie«, unterbrach Erdmenger die Ausführungen, »hätten Sie etwas dagegen, wenn ich Sie zeichnen würde?«

Der Mann wirkte einen kurzen Moment irritiert, fing sich aber sofort wieder und lachte: »Natürlich können Sie es versuchen, nur daß es wahrscheinlich nicht klappen wird.«

Er wandte sich erneut seinen Holzkisten zu. Erdmenger sah davon ab, ihn zu zeichnen, zumal er offenkundig doch nicht zum Haus gehörte, und verabschiedete sich, um seine Arbeit in den kunstgeschichtlichen Sammlungen fortzusetzen.

In der Gemäldegalerie hielt sich kein Mensch auf, weder Besucher noch Angestellte, die Auszugsvorbereitungen trafen. Selbst das Wachpersonal war abgezogen worden. Die Bilder – Heilige, Götter, Portraits, Landschaften und im Zentrum der Fluchten Iphigenie, überlebensgroß mit verhangenem Blick auf unbewegtes Meer – vermittelten den Eindruck, als wären sie seit langem von niemandem betrachtet worden. Erdmenger spürte, daß die Gemälde bereits an Kraft verloren und anfingen, mit der Umgebung zu verschmelzen, wie Lebewesen, die nicht mehr wahrgenommen wurden. Auch wenn es nie ausdrücklich in den Vereinbarungen über seine Arbeit geschrieben stand, wurde er in der Regel deshalb engagiert, weil er in der Lage war, Dinge festzuhalten, die aus der allgemeinen, schließlich aus jedweder Aufmerksamkeit gefallen waren und zu verschwinden drohten.

Auf die Gemälde aus älterer Zeit folgten Skulpturen, eine Art Wald aus Stelen, Totempfählen, denen die Geister abhanden gekommen waren. Der Schädel eines Einhorns deutete in eine bestimmte Richtung, reichte jedoch nicht zum Beweis. Je weiter Erdmenger vordrang, desto deutlicher zeigten sich die Spuren des Verfalls. Herausgerissene Kabel hingen aus Löchern in den Wänden. Die Jutebahnen, mit denen man die Räume vor Jahrzehnten ausgekleidet hatte, lösten sich ab und warfen schwere Falten. An manchen Stellen schlug Schimmel durch. Eine irre gewordene Überwachungskamera bewegte sich surrend und rot blinkend im Kreis. Teile der Sammlung waren bereits demontiert und fortgeschafft worden. Jemand hatte ein Zelt und Gerätschaften wie für eine Straßenbaustelle vorbereitet, als würden von hier aus demnächst Erdarbeiten durchgeführt – dabei befanden sich die Räume im zweiten Stock. Erdmenger gelangte in die Ausstellung von Ritualgegenständen eines Kultes, der Mitte des 20. Jahrhunderts hauptsächlich in Europa verbreitet gewesen war. Der Meister dieser Bewegung, eine damals äußerst umstrittene Persönlichkeit, hatte Elemente aus Alchemie, Schamanismus, germanischen und christlichen Mythen zusammengefügt, sie mit Alltagsgegenständen und Gebrauchsgütern seiner Zeit verbunden, um verloren geglaubte Energieströme wiederherzustellen. Relikte kultischer Handlungen und magische Objekte befanden sich provisorisch geordnet in langen Reihen eng gestellter Glasvitrinen.

Erdmenger hatte schon häufig in ungewöhnlichen Einrichtungen gearbeitet. Neben Museen für die abseitigsten Spezialgebiete war er in Wunderkammern, automatisierten Fertigungsstraßen, anatomischen und pathologischen Instituten, Laboratorien und Parlamentsgebäuden gewesen, so daß er sich selten wunderte, geschweige denn fürchtete. Nahezu alles, was ihm im Lauf der Jahre begegnet war, hatte sich auf die eine oder andere Weise mit Papier und Bleistift einfangen lassen.

Zwei Arbeiter, die schweigend und langsam, als stünden sie unter Beruhigungsmitteln, zentnerschwere Platten von einer Seite auf die andere räumten, ohne daß ihrer Betätigung irgendein Sinn zu entnehmen gewesen wäre, beachteten ihn nicht.

Es ging bereits gegen vier Uhr, als Erdmenger entschied, die Schauräume zu verlassen. Um einen Überblick zu bekommen, was ihn in den nächsten Tagen erwartete, vor allem aber in der Hoffnung, einen Mitarbeiter zu finden, mit dem er die notwendigen Absprachen für sein weiteres Vorgehen treffen konnte, öffnete er eine Tür mit der Aufschrift »Zutritt nur für Personal«.

Eine befremdliche Lautlosigkeit, als beträte er eine Höhle, in der alles Leben seit Jahrmillionen erloschen war, hallte ihm entgegen. Nachdem er durch verwinkelte Treppenhäuser und Korridore gegangen war, lediglich vom Echo seiner Schritte verfolgt, Türen zu verwaisten Abstellkammern und Arbeitszimmern geöffnet hatte, in denen mittelalterliche Heilige zwischen Aktfiguren, Computerbildschirmen, Archivalien, Verpackungsmaterialien, Thermohygrographen abgestellt worden waren, nach Blicken in Räume, die mit leeren, stuckverzierten, goldglänzenden Rahmen zugehängt waren oder aus Wänden von Lochblechen voller Gemälde bestanden, stieß er in der naturgeschichtlichen Abteilung des Magazins auf einen Photographen, der unter dem schwarzen Tuch einer Plattenkamera steckte und Gläser mit Tierpräparaten in Alkohol- oder Formaldehyd-Lösungen ablichtete.

Beinahe lautlos schlug Erdmenger seinen Block auf und begann, die Figur des leicht untersetzten Mannes in nachlässiger Kleidung zu zeichnen. Erst nachdem er ihn schon fast vollständig erfaßt hatte, fragte Erdmenger: »Sind Sie auch für die Zentralstelle hier?«

Es dauerte einen Moment, ehe der Photograph seine Überraschung abgeschüttelt hatte. Er nickte und sagte: »Merkwürdige Verhältnisse hier. Ich habe so etwas noch nie erlebt. Vielleicht war es ein Fehler, sich darauf einzulassen.«

»Es scheint, als hätten sie schon mit dem Ausräumen angefangen.«

»Ist Ihnen aufgefallen, daß die Leute sich allesamt wie Schatten verhalten?«

»Mich wundert eher, daß niemand hier ist, der die verschiedenen Tätigkeiten koordiniert oder für Rückfragen zur Verfügung steht. Allein die Tatsache, daß ich Sie hier treffe ...«

»Die Ratten verlassen das sinkende Schiff, beziehungsweise sie haben das Schiff bereits verlassen. Wahrscheinlich wurden unterirdische Strahlenquellen geortet, Radium, Cäsium, Uran. Die Altvorderen haben ja alles eingelagert, was ihnen in die Finger kam. Das würde auch die sonderbaren Baustellen erklären. Oder giftige Chemikalien. Im günstigsten Fall ist das Gebäude asbestverseucht ... Seit wann sind Sie hier?«

»Seit heute morgen.«

»Ich komme seit einer Woche. Ich schlafe kaum noch, trotz bleischwerer Müdigkeit, dazu Schmerzen in den Gelenken, Alpträume.«

»Warum brechen Sie nicht ab?«

»Ich brauche das Geld.«

Der Photograph verschwand wieder unter seinem Tuch, schwenkte die Linse des mächtigen Apparats in Erdmengers Richtung und begann, ihn scharf zu stellen.

»Bleiben Sie so«, sagte er.

»Ich muß noch das ganze Regal zeichnen. Sie sind bestimmt schneller als ich.«

Erdmenger fiel erneut in eine eigentümliche Versenkung, die ihm selbst nicht bewußt war, geschweige denn, daß er sie gezielt herbeiführte. Er stand da, still und vollkommen regungslos. Sein Atem schien verlangsamt. Lediglich die Augen bewegten sich zwischen den Gegenständen vor ihm und dem Blatt hin und her. Gelegentlich verursachte die Spitze des Stiftes ein kaum vernehmbares Schabgeräusch auf dem Papier. Die Komplexität dessen, was zu sehen war, reduzierte er unter der Hand zu einem Linearauszug, einem Extrakt der Wirklichkeit auf der unmittelbaren Vorstufe reinen Geistes. Erdmenger selbst schien darüber zu verblassen, wurde beinahe durchscheinend, als wollte er verhindern, daß die Objekte oder Wesen, die er zeichnete, aufschreckten und flüchteten oder sich zierten, angstvoll verkrampften, eitel aufplusterten oder auf sonst irgendeine Weise ihr natürliches Verhalten änderten.

Im Unterschied zu Erdmenger wurde der Photograph zusehends unruhig. Immer öfter lugte sein Kopf unter dem Tuch hervor, Schweißperlen standen ihm auf der Stirn, er schnaubte, fuhr sich mit der Hand durchs Haar, kurbelte die Ziehharmonika des Balgengeräts hektisch vor und zurück.

»Es geht nicht«, zischte er. »Ich kann Sie nicht erfassen. Jedenfalls nicht mit photographischen Mitteln …«

Erdmenger schwieg.

»… das Kartell der Zeichner.«

Erdmenger reagierte nicht.

»Sind Sie einer von diesen Leuten, die seit Jahren daran arbeiten, daß unsereins keine Aufträge mehr bekommt?«

Erdmenger schüttelte den Kopf, weniger als Antwort auf die Verdächtigungen des Photographen als wegen der vollständigen Absurdität der Situation, und wandte sich Tieren aus dem Nordeuropa-Diorama zu, die hier zwischengelagert waren: ein Frischling, ein Rehkitz, ein Bärenjunges.

»Ich verlange, daß Sie das Blatt, auf dem Sie mich zeigen, aus Ihrer Dokumentation herausnehmen«, schnaubte der Photograph.

Erdmenger blieb bei seiner Entscheidung, sich auf keinerlei Auseinandersetzungen einzulassen, und zog sorgfältig seine Linien, die zu einem Paar Steckdosen wurden, einer gefliesten Anrichte.

In diesem Moment entfuhr dem Photographen ein schriller, langgezogener Schrei, als hätte eine umherirrende Tierseele oder ein Dämon von ihm Besitz ergriffen. Mit Kräften und einer Gewalt, die Erdmenger seinem eher schwächlich und ungelenk wirkenden Körper niemals zugetraut hätte, hatte er das hölzerne Stativ samt Kameraaufbauten beidhändig an den Füßen genommen, hochgehoben und ließ es nun mit voller Wucht und indem er den Schrei noch einmal steigerte, in das Regal krachen. Es schwankte bedrohlich, fiel jedoch nicht zur Seite, während die oberen Blechböden wie unter den Handkantenschlägen eines Karatemeisters zusammengefaltet wurden, die äußeren Stangen einknickten, Batterien uralter Gläser mit Präparaten und Lösungen teils sofort barsten, teils nach vorn und zu den Seiten herunterstürzten, auf den Boden knallten, auseinanderflogen, verspritzten, als hätte es eine Bombenexplosion gegeben. Im Lauf der Jahrzehnte wächsern gewordene, in sich verkrümmte Schlangenleiber rutschten über den Boden, Föten von Elephanten, Nashörnern, Flußpferden, eine fünfbeinige Ratte, ein doppelköpfiger Affe, Egel, Quallen und Krebse schwammen in Pfützen übelriechender Tinkturen, die Generationen von Alchemisten, Chemikern und Quacksalbern zusammengerührt hatten, um die Zersetzung des Fleisches aufzuhalten. Der Photograph holte Luft und teilte weitere, jetzt weniger mächtige, dafür in immer kürzeren Abständen aufeinanderfolgende Schläge aus. Von seiner Kamera war nichts mehr übrig. Er führte das Kugelgelenk seines Stativs wütend wie einen Streitkolben und brüllte: »Ich lasse nicht zu, daß die Uhr zurückgedreht wird, niemals, nie! Ich bin die Zukunft!« Was von den Regalen übrig war, kippte vornüber. Die letzten unversehrten Gläser und Flaschen zertrümmerte er mit gezielten Schlägen. Ätzende Dämpfe stiegen auf, bildeten ein ebenso giftiges wie explosives Gemisch. Erdmenger ergänzte noch einige Tupfen auf dem Fell des Kitzes, ehe er seinen Block zuklappte und den Photographen, der auf die Knie gesunken war und mit blutenden Händen in Scherben und Tierkadavern wühlte, sich selbst überließ.

Auf dem Weg hinaus sah er, daß auch in den Restaurierungswerkstätten, Lesesälen und Graphikkabinetten noch vereinzelt Leute ihren Beschäftigungen nachgingen. Erdmenger huschte trotz seiner mächtigen Gestalt vorbei, ohne daß jemand von ihm Notiz nahm. Schon vor dem Photographen waren hier Menschen angesichts dessen, was bevorstand, irre geworden. Er sah einen Berg von Schubladen mit der Zahl fünf, die aus ihren Schränken herausgerissen und ausgekippt worden waren, ausgestopfte Tiere, wahllos im Treppenhaus abgestellt. Auf einem Relief mit nackten Germaninnen stand »Ehre der Arbeit«.

Erdmenger verließ das Gebäude um kurz nach sechs. Die bronzenen Löwen waren im Lauf des Nachmittages eingepackt und verschnürt worden, um sie vor Beschädigung durch die Bauarbeiten zu schützen. Er ging die Straße entlang zum Bahnhof und nahm den nächsten Zug hinaus aus der Stadt. Anderntags wurde das Museum geschlossen.

»Frau im Bad«

Der Blick aus dem Küchenfenster über Hinterhöfe, rechts Miethäuser in Reihe, drei weitere gegenüber, vier Stockwerke, frühes zwanzigstes Jahrhundert, nicht saniert bis auf das linke – dessen Fassade leuchtet seit vergangenem Jahr gelb. Die anderen in unbestimmtem Graubraun, Nichtfarbe aus Dreck. Anfangs wird es weiß oder ocker gewesen sein. Ocker war eine Zeitlang Mode. Unten vermooste Lattenkonstruktionen für die verschiedenen Mülltonnen, rostige Teppichstangen, durchhängende Wäscheleinen. Ein Sandkasten verfällt. Fahrräder sind an das Gitter um die Kellertreppe gekettet. Davor ein flaches Zwischengebäude, auf dessen Dach Gras wächst. Seine Rückwand bildet die Mauer zum Grundstück dieses Hauses. Nackte Zweige einer Kletterpflanze schieben sich hinauf, hängen von oben herab wie Luftwurzeln in den Mangroven.

Jetzt, Ende des Winters, sieht alles noch schäbiger aus, als es in Wirklichkeit ist. Ab Mitte Mai wird die Aussicht grün, Flieder- und Holunderblüte, der Müllverschlag verschwindet unter Weinlaub, links vom Spielplatz ragen Äste alter Pappeln herüber, auf den Balkonen Geranien, Salatkräuter, Tomaten.

Ich warte, daß die Kontrolleuchte an der Espressomaschine erlischt.

Es ist keine schlechte Gegend zum Leben, früher Szene, jetzt freiberuflicher Mittelstand. Dieselben Leute, älter geworden, Kindergeburtstag statt Clubnacht, zunehmend repräsentative Wagen konkurrieren um immer knappere Parkplätze.

Auf dem Küchentisch in der Wohnung gegenüber steht ein Strauß rosafarbener Blumen, Tulpen vielleicht. Wenn es Tulpen sind, dann mindestens dreißig, daneben die Teekanne auf dem brennenden Stövchen. Von der Decke hängt eine einfache schwedische Lampe und wirft einen Kegel Licht.

Sie – sagen wir *Anna* – sitzt fast jeden Vormittag dort, wenn ich Kaffee aufbrühe und Milch aufschäume. Ihr Fenster weist nach Norden, so daß sie die zusätzliche Beleuchtung braucht. Ihre Hand hebt eine Tasse, das Gesicht bleibt verborgen. Heute trinkt sie ihren Nachfrühstückstee allein, wie häufig in letzter Zeit. Wenn sie Besuch hat, beugt sie sich oft vor, so daß Kopf und Oberkörper ins Bild kommen. Sie hat eine schöne Art zu gestikulieren, schwer und kraftvoll. Sobald ich am Herd oder vor der Espressomaschine stehe und mich nach rechts wende, schaue ich in ihr Leben. Sie verzichtet auf Sichtschutz, keine Gardinen, kein Milchglas. Nicht einmal nebenan im Bad sind Vorhänge montiert. Morgens telephoniert sie stundenlang. Ich vermute, das ist ihre Arbeit, irgendeine Vermittlungs- oder Beratungstätigkeit, die sie von zu Hause aus abwickeln kann, gegebenenfalls im Morgenmantel, wenn sie keine Lust hat zu duschen. Während sie spricht, schlendert sie durch die Küche, den Hörer in die Halsbeuge geklemmt, lehnt sich ans Fenster, hockt auf dem Tisch, schreibt etwas auf. Manchmal wirft sie den Kopf lachend in den Nacken oder streicht sich eine Strähne aus der Stirn, die sie vorher absichtlich hat hineinfallen lassen. Ihre Bewegungen erinnern an beruflich erfolgreiche Frauen mittleren Alters in Fernsehserien.

Die wenigsten Leute verwenden einstudierte Gesten, wenn ihnen niemand zuschaut.

Theoretisch wäre es möglich, daß sie mich hier ebenso stehen sieht, wie ich sie dort sehe, sich denkt, daß ich sie sehe, wie sie mich sieht, und daß sie sich deshalb auf eine bestimmte Weise gibt. Sie benähme sich so, damit ich den Eindruck von ihr bekäme, den sie ganz allgemein oder speziell mir von sich vermitteln will. Wie dem auch sei. Zumindest ist anzunehmen, daß ich für sie schon das eine oder andere Mal, wenn die Sonne direkt in mein Fenster geschienen hat, sichtbar gewesen bin. Vorausgesetzt, die Scheibe spiegelt nicht. Eine leichte Schrägstellung, die den Einfallswinkel um wenige Grad verschiebt, und das Licht würde fast so grell zurückgeworfen, als schiene einem die Sonne direkt ins Gesicht. In diesem Fall wäre sie geblendet, sobald ich angestrahlt würde.

Ich habe viel mit Spiegelungen, Durchblicken, Transparenzen gearbeitet, mit Anschnitten von Figuren durch halb geöffnete Fenster und Türen. Anfangs folgten die Bilder einer kunstfernen Schnappschußästhetik. Es ging um das Flüchtige, das Vorübergehende: ein nackter Ellbogen ohne das entsprechende Gesicht hinter einem Türspalt; Augen, die in die Ferne starrten. Die Frau, der sie gehörten, ahnte nichts von der Kamera, die sie erfaßt hatte. Zu der Zeit war Photographieren Jagd: Hab' ich sie? Ist sie scharf oder unscharf? Wenn unscharf, dann hoffentlich so, daß das Verwischte mehr ahnen läßt, als Präzision gezeigt hätte. Hat das Licht gereicht, war es genau zur richtigen Millisekunde in der richtigen Intensität an der richtigen Stelle, damit das zum Vorschein kommt, was sich weder planen noch benennen läßt und ohne das Bilder sinnlos wären.

Man kann nie exakt vorhersagen, ob und unter welchen

Umständen durch eine Scheibe hindurch etwas und was zu sehen sein wird. Wenn ich aus den rückseitigen Fenstern der Wohnung auf die Werbegraphiker im Haus gegenüber schaue, kann ich bei entsprechendem Sonnenstand tief in ihre Räume blicken. Hingegen spiegeln die Scheiben bei bedecktem Himmel nur Hauswand und meine eigenen Fenster. Dann liegt hinter dem Spiegelbild dunkelgraues Nichts, aus dem ab und zu ein Gesicht taucht, um eine Idee auf der Straße zu finden.

Anna ist unmaßgeblich älter als ich, Mitte vierzig vielleicht. Auf die Entfernung läßt es sich schwer schätzen. Ich bin nicht einmal sicher, ob ich sie auf der Straße erkennen würde. Sie hat eine Tochter: *Zoë*. Anders als *Anna* sehe ich sie des öfteren, unmittelbar nachdem sie das Haus verlassen hat oder bevor sie hineingeht. Sie ist hübsch, sehr hübsch sogar. Bis vor kurzem war sie ein Kind, seit einigen Wochen verhält sie sich nicht mehr so. Es gibt jetzt oft Streit zwischen ihnen. Den Gesten zufolge geht es um Grundsätzliches: respektlose Antworten, schlechte Noten, falsche Freunde. Möglich, daß die Heftigkeit der Auseinandersetzungen damit zusammenhängt, daß *Anna* alleinerziehend ist. Sie waren aufeinander eingeschworen, zwei gegen den Rest der Welt. Plötzlich besteht das Kind auf abweichenden Meinungen. Ich bin einige Male mit Frauen zusammengewesen, die pubertierende Kinder hatten. Es gab immer ähnliche Spannungen. Vielleicht sind auch *Annas* wechselnde Männer der Grund. Mitgebrachte Überraschungseier und Barbiekleidchen wirken nicht mehr. *Zoë* hat inzwischen ihre eigenen Vorstellungen von der Liebe. Ihr mißfällt, wie die Mutter es handhabt. Oder ihr mißfallen die Männer, die sie anschleppt: immer derselbe Typ ehemals gutaussehender Vielredner mit großen Gesten und unzuverlässigem Gefühlshaushalt. Auch die Abende laufen stets gleich ab: *Anna* kocht, sie essen zusammen, später, wenn sie noch Käse und Oliven zum Wein richtet, tritt der Mann hinter sie, legt seine Hände auf ihren Bauch. Oder sie sitzt am Tisch, hört zu, wie er von sich erzählt. Irgendwann steht er auf, kommt lässig herangeschlendert, zieht sie zu sich hoch. Sie fassen sich an, das übliche Hin und Her aus Habenwollen und gespielter Abwehr; zunehmend heftigere Umarmungen. Morgens erscheint er dann nackt im Bad, hockt mit nassen Haaren am Frühstückstisch, als wäre dort sein Platz, und das Kind benimmt sich daneben.

Natürlich schaue ich nicht weg, wenn es etwas zu sehen gibt. Hinschauen ist mein Beruf. Als Photograph werde ich dafür bezahlt, daß ich Intimität stehle. Dazu muß man weder Geschlechtsteile in Aktion noch Prominente beim Einkaufen zeigen. Ich dringe in anderer Leute Intimsphäre ein, indem ich ihre Wehrlosigkeit einfange. Ich lauere auf den Moment, in dem die Fassaden abgebaut werden, wenn die nachgeahmten Gesichtsmuskelspiele wegfallen, das Fernsehlächeln, der simulierte Ernst. Erst wenn einer sich unbeobachtet fühlt, entsteht ein Bild, das sich lohnt. Es ist schamlos, jemandem genau das zu entlocken, was für niemand anderen bestimmt ist, das, was er unter allen Umständen versteckt halten will. Mein Blick ist darauf trainiert, diese Momente abzupassen. Er arbeitet, ganz gleich, ob ich die Kamera in der Hand halte oder nicht. Merkwürdigerweise beschwert sich kaum jemand über das, was er auf meinen Bildern von sich findet, selten, daß jemand die Veröffentlichungsfreigabe verweigert oder zurückzieht.

Obwohl ich die Technik hätte, *Anna* auch auf diese Entfernung detailgenau in Szene zu setzen, habe ich von ihr bislang keine Photos gemacht. –

Ich nehme an, es ist ein Spiel. Wir spielen es nicht regelmäßig und nicht immer mit gleicher Intensität. Vielleicht spiele ich es auch mit mir selbst, und *Anna* glaubt ihrerseits, daß sie es ist, die allein spielt. Angefangen hat es an einem Samstag vergangenen Sommer morgens um kurz nach sieben. Wenn ich nicht einen Viehmarkt im Hinterland hätte photographieren wollen, wäre ich noch im Bett gewesen. Sie stand am Badezimmerfenster, ihre Haare klatschnaß, schaute hinunter in den Hof, weißhäutig, mit schweren, etwas zu tief hängenden Brüsten, nahm ein Handtuch vom Wäscheständer, rieb sich den Bauch ab, dann zwischen den Schenkeln. Ruhige Bewegungen, morgendlich versonnen, ohne Gedanken an Menschen in Nachbarhäusern.

Nachdem sie ein paar welke Blätter von der Badezimmerpflanze gezupft hatte, legte sie sich einen schwarzen BH um die Taille, mit der Rückseite vorne, um ihn besser schließen zu können, zog die Körbchen vor, hob erst die eine Brust und ließ sie hineingleiten, dann die andere, rückte beide zurecht, mit diesem vertrauten Desinteresse, das ich als Mann nicht verstehe. Der BH bestand vollständig aus Spitze, die Haut darunter war ein Sternenmuster. An diesem Morgen hat sie mich sicher nicht gesehen. Sie beugte sich noch einmal vor, weil sie einen weiteren Blick auf das werfen wollte, was ihr im Hof aufgefallen war, schüttelte den Kopf, trat aus dem Bild. Anschließend sah ich ihre Hand im Halbdunkel nach Kleidern auf dem Wäscheständer greifen, erst ein weißes Hemdchen, das ihr nicht behagte, dann eins in sattem Rot.

Ich habe immer in Großstädten gelebt. Es kommt nicht ständig, aber auch nicht extrem selten vor, daß man Nackte in fremden Wohnungen sieht, heute öfter als früher, als die Leute verschämter waren. Nach wie vor versetzt es mir einen leichten Schrecken, gefolgt von Erregung, kaum anders als mit fünfzehn, als eine Kommune bei uns gegenüber ins Haus zog, alle Gardinen verschwanden, und die Befreiung des Körpers Teil des Konzepts war.

Bei *Anna* ist es anders als sonst. Weder hat sie politische Absichten, noch ist sie eine dieser unbekümmerten Studentinnen, die vergessen, die Vorhänge zuzuziehen, weil es sie gar nicht kümmert, ob ihnen jemand zusieht.

Gemessen am allgemeinen Ideal ist sie zu üppig, zu weichfleischig. Ihre Bewegungen sind die einer erwachsenen Frau, souverän und erfahren. An ihr merke ich, daß und weshalb diese Kinder von Anfang zwanzig, die ich für Spülmittelwerbung und Autohäuser photographiere, langsam aus meinem Raster fallen.

In letzter Zeit sehe ich auch *Zoë* öfter als früher. Sie duscht abends vor dem Schlafengehen. In ihrem Alter sind die Haare leicht fettig und mit fettigen Haaren landet man schnell im Klassenabseits. Bis vor wenigen Wochen hat sie sich von *Anna* fönen lassen, jetzt ist sie immer allein. Sie posiert vor dem Spiegel, untersucht ihren Körper: Ein Mädchen, das auf diese und jene Weise ausprobiert, wie es sich anfühlen wird, eine Frau zu sein. Meinen Herzschlag beschleunigt es nicht, im Gegenteil, in gewisser Hinsicht berührt ihr Anblick mich unangenehm.

Anna hat jetzt mit der Arbeit begonnen und telephoniert. Ihre Hand unterstreicht Wörter. Dann steht sie auf, tritt ans Fenster. Sie lehnt den linken Unterarm gegen die Scheibe, die Stirn gegen den Unterarm. Die Rechte hält das Telephon, das Gespräch scheint beendet. Sie hat das Haar nachlässig zusammengesteckt, den Morgenmantel halb geöffnet, darunter ein weich wie Seide fallendes Hemd oder Nachthemd, hellbeige. Das wäre der Moment für ein Bild.

Sie nimmt den Kopf zurück, ihre Linke rutscht langsam die Scheibe hinunter, wird zur Faust, die unten aufspringt, aufgeschreckt von einem Gedanken. Ein weiteres Bild. Sie legt den Hörer auf den Tisch, steht da, schaut in den Hof, so wie ich in den Hof schaue. Wenn mein Fenster mich nicht durch Spiegelungen schützt, müßte sie mich ebenfalls sehen. Ihr Kopf weist geradeaus an mir vorbei. Sie könnte ihre Pupillen in meine Richtung geschoben haben, ohne daß ich es gemerkt hätte. So mache ich es. Keinesfalls soll sie sich beobachtet fühlen. Sie hebt die Schultern, atmet tief ein, läßt sie fallen. Offenbar ist sie ratlos angesichts des Telephonats, fragt sich, wie sie reagieren soll. Eine schlechte Nachricht, nicht dramatisch, kein plötzlicher Tod eines Freundes, eher die Absage für einen Auftrag, der viel Geld eingebracht hätte. Oder *Zoë* hat etwas pubertär Dämliches angestellt. Die Frau in der Serie würde sich so benehmen, wenn ihr der Detektiv des örtlichen Kaufhauses gerade mitgeteilt hätte, daß er ihre Tochter beim Diebstahl erwischt hat.

Wir stehen hier, wir könnten uns sehen, könnten uns nicht sehen, uns aus den Augenwinkeln beobachten, mit etwas ganz anderem befaßt sein. Es wäre sogar möglich, daß wir uns beobachteten, geübt und beiläufig, und trotzdem über etwas anderes nachdächten. Sie über die Strafe für *Zoë*, ich über den Portraittermin am Nachmittag: ein ehemaliger Finanzinvestor, der ein Buch über die Moral der Spekulation geschrieben hat.

Ihr Kopf schwenkt zu mir herüber. Auch ich schaue sie jetzt direkt an. Wir stehen da, aufeinander bezogen, ohne zu wissen, aus welchem Bereich die Bezogenheit stammt. Meine Hand zuckt, sie will ihr ein Zeichen geben. Wie müßte es ausfallen, um passend zu sein? Wäre ich überhaupt in der Lage, meinem Winken einen so differenzierten und zugleich spontanen Ausdruck zu geben, daß auch nur die geringste Chance bestünde, sie dadurch für, statt gegen mich einzunehmen?

Sie tritt vom Fenster weg, geht um den Tisch herum, bläst die Kerze im Stövchen aus, verläßt ihre Küche.

Ich schlage den Kaffeesatz aus dem Sieb in die Mülltonne, befülle es neu, lasse eine weitere Tasse durchlaufen, diesmal kein Milchschaum. In *Annas* Bad geht das Licht an, kurze Zeit später beschlägt die Scheibe. Das Zeichen, daß sie unter der Dusche steht. Danach wird sie das Fenster kippen. Wenn ich mich beeile, bliebe genug Zeit, die Kamera vorzubereiten, auf das Stativ zu montieren: »Frau im Bad.«

Kein Photo von *Anna*, solange sie nicht die Erlaubnis gegeben hat.

Ein Paar Dohlen keckert im Hof.

Vielleicht sollte ich dem Schicksal nachhelfen und eine zufällige Begegnung auf der Straße herbeiführen. Der Zeitpunkt ist günstig. In den vergangenen Wochen habe ich keine Liebhaber gesehen. Lediglich ein älteres Ehepaar hat bei ihr übernachtet. Vermutlich die Eltern, die auf *Zoë* aufgepaßt haben, als *Anna* zu einem Abendtermin mußte. Wenn sie im Mantel wäre, würde ich mich ebenfalls anziehen, sobald sie das Licht ausgeschaltet hätte, selbst aus dem Haus gehen. Es gibt nicht viele Möglichkeiten, wohin sie unterwegs sein könnte: tagsüber zur Straßenbahn oder in den Supermarkt. Geht sie zur Straßenbahn, kommt sie an meiner Haustür vorbei. Zum Supermarkt hätte sie einen leichten Vorsprung. Hier wie dort könnte ich sie aus irgendeiner Situation heraus ansprechen. Wenn sie eine Verabredung in einem der umliegenden Cafés hätte, würde ich den Versuch verschieben, aber immerhin wäre ich ihr dann so nahegekommen, daß ich sie wiedererkennen würde, wann und wo immer wir uns das nächste Mal träfen.

Ihre Hand kommt aus dem Dunkel, wischt einen Teil der beschlagenen Scheibe frei, ihre Augen drehen eine Runde über den Hof, wenden sich dann in meine Richtung, verharren bei mir, während sie den Hebel dreht, das Fenster kippt. Ihr Kopf ist in ein zitronengelbes Handtuch eingeschlagen. Sie trägt es wie einen Turban. Ein zweites hat sie sich um den Körper geschlungen. Das Glas wird wieder durchsichtig. Offenbar sitzt das Handtuch nicht zu ihrer Zufriedenheit, oder ein Muskel hat sich verspannt über Nacht. Sie streckt sich hierhin und dorthin, zögert, entscheidet sich anders, öffnet das Tuch, nimmt es in beide Hände, beginnt sich abzutrocknen. Zuerst die Arme, dann unter den Achseln, schließlich die Brüste. Sie blickt zu mir hin, bricht die Bewegung ab, hält inne, richtet sich gerade auf, das Kreuz leicht hohl, steht da, sieht, wie ich sie sehe, läßt das Handtuch sehr langsam, ohne daß der Kopf sich neigt, vor dem Bauch hinabgleiten. Ihre Augen folgen nicht, sie schaut immer noch mich an. Ich denke, »das ist eindeutig ein Spiel oder kein Spiel mehr, je nachdem«. Sie wendet sich zur Seite, hält mir ihre Hüfte hin, auf deren Rundung eine Hand gut läge, beugt sich weiter hinunter. Jetzt ist ihr Kopf unterhalb des Fensterbretts. Sie widmet sich den Unterschenkeln, kommt Stück für Stück wieder höher, zeigt sich noch einmal ganz unverhüllt, wie für das Bild, das ich nicht mache, tritt zwei Schritte zurück, verschwindet.

Mein Mund ist ausgetrocknet. Ich lasse einen dritten Kaffee durchlaufen. Er schmeckt nach Schwermetall.

Es dunkelt, obwohl die Tage bereits deutlich länger geworden sind. Gegenüber brennen Lichter in Küche und Bad. Ich überlege einen Moment, meine Lampe wieder auszuschalten, um unsichtbar zu bleiben, lasse sie brennen. Über dem Dach zwischen Antennen, Schornsteinen öffnet sich ein Streifen Abendblau.

Der schreibende Finanzinvestor hat ununterbrochen geredet, fand sich abwechselnd bedeutend und witzig, so daß sein Gesicht nur Grimassen zeigte. Ich mußte ihn immer wieder bitten, für einen Moment still zu sein, da sein Mund auf den Photos sonst unvorteilhaft offen stühe. Alle zwei Minuten wollte er sich anschauen, »was schon im Kasten ist«, hat seinen eigenen Gesichtsausdruck kommentiert, mir erklärt, welche Art Mensch er ist: im Kern gutmütig, da könne ich seine Freundin fragen. Er gehe immer sofort auf die Leute zu, direkt und spontan, aber im Grunde sei er trotzdem verschlossen, das merke man auf den zweiten Blick, und eigentlich auch sehr verletzlich ... – Eine gequetschte Stimme zu laut.

Anna sitzt in der Küche und telephoniert wieder. *Zoë* ist im Bad. Seit ich zur Tür hereingekommen bin, hockt sie zusammengekauert auf dem Fensterbrett, die Beine am Bauch, das Kinn auf den Knien und starrt geradeaus. Nach einer Weile beginnt ihr Kopf, sich vor und zurück zu bewegen, als würde sie schimpfen. Ihre Hand macht das Mittelfingerzeichen in Richtung der Tür. Sie simuliert einen Schlag, als wollte sie die Scheibe zertrümmern, preßt ihre Faust gegen das Glas. Schließlich springt sie vom Fensterbrett, streift ihren Pulli über den Kopf, steht da, im Unterhemd, schüttelt wild die langen braunen Haare. Es folgen Tanzschritte wie zu lauter Musik, rhythmisches Wippen, Kraftgesten aus dem Rock'n'Roll-Repertoire. Jetzt zieht sie auch das Hemd aus. Erstmals sehe ich, daß sie einen BH trägt. Zumindest aus physiologischer Sicht gibt es dafür keinen Grund. Ihr rechter Arm schnellt mehrfach hintereinander vor, als wollte sie Blitze schleudern.

Anna ist jetzt auch aufgestanden, hat sich im Nachbarfenster aufgebaut, eine Hand in der Hüfte, die andere am Hörer. Sie schaut in meine Richtung. Jetzt zerhackt sie die Luft. Sie wirkt empört und entschlossen. Nachdem sie sich mit ihrer Gesprächspartnerin einig war, daß irgend etwas eine Unverschämtheit und keinesfalls hinnehmbar ist, erläutert sie die Strategie, die sie sich überlegt hat, um dagegen anzugehen, übt Formulierungen, den Tonfall, in dem sie einfordern wird, was ihr Recht ist: Es wird kein unverbindlicher Vorschlag sein.

Zoë nestelt am Verschluß des BHs, der nicht aufgehen will, stampft auf, hält inne. Ihre Haltung entspannt sich. Offenbar hat ein neues Lied begonnen, eins, das ihr gefällt, das weniger wütend daherkommt, vielleicht sogar sanft stimmt. Während sie auf dem Rücken einhändig versucht, den Haken aus der Öse zu pfriemeln, schlenkert ihr rechter Arm im Rhythmus einer lässig dahinplätschernden Melodie. Endlich öffnet sich der Verschluß, die Träger rutschen auf die Oberarme, sie feuert den BH in die Ecke, eher übermütig als im Zorn, betastet ihre Brust, erst behutsam, dann energischer, klemmt sich das Fleisch zwischen Daumen und Zeigefinger. Von der Seite sieht man, daß es allenfalls eine leicht vergrößerte Warze ist. Sie denkt nicht einen Moment daran, daß jemand zuschauen könnte, obwohl hundert Fenster zum Hof hinausgehen. Aus zwei Dritteln von ihnen dürfte sie zu sehen sein – jetzt, wie sie sich das Haar bürstet, mit langen kräftigen Zügen und schräg gestelltem Kopf. Sie läßt die Jeans hinunterfallen, streift den Slip ab, der auch schwarz ist, nicht mehr rosa mit Bildchen, springt in Richtung der Dusche.

Anna hat aufgehört zu telephonieren. Sie wedelt mit der Hand vor ihrem Gesicht, als würde sie noch einmal zusammenfassen: »Ein Irrer, ein Idiot.«

Beim Bäcker eine Schlange, wie immer am Wochenende um diese Zeit. Sobald es zehn ist, wollen alle im Viertel Brötchen. Unter der Woche ist es umgekehrt, da drängen sie sich zwischen sieben und acht, und um zehn herrscht Ruhe. Auch im Cafébereich sind alle Tische besetzt, trotz Selbstbedienung. Auf den Zeitungen im Ständer Griechenland und der Papst mit unterschiedlichen Schlagzeilen. Der Mann vor mir riecht nach Schnaps. Er wohnt schräg oberhalb der Werber. Die Verkäuferin übersieht zum zweiten Mal einen Jungen, der auf Zehenspitzen seinen Fünfeuroschein hochstreckt, dabei ragt seine Hand deutlich über den Tresen. Ich könnte mich einmischen, lasse es aber. Es sind noch acht oder neun Kunden vor mir. Im Schaufenster hinter der Verkäuferin jetzt für drei Schritte das Profil einer Frau, die ihr Haar hochgesteckt hat, wie *Anna* ihres hochsteckt, unmittelbar gefolgt von einem Mädchen, das der Frau bis zur Schulter reicht. Schon vorbei. Wenn sie es tatsächlich sind und jetzt hier hereinkommen, werden sie direkt hinter mir in der Reihe stehen und warten, daß sie bedient werden, was dann?

Zoë hat sich auf den letzten Metern vor ihre Mutter geschoben und öffnet die Tür. Es scheint, als herrschte Frieden oder zumindest Waffenstillstand. Im Eintreten wirft sie den Kopf mit Schwung zur Seite. *Zoës* Haar beschreibt ein aufgefächertes Halbrund wie in der Shampoo-Reklame. Ihre Augen flattern unruhig umher. Vielleicht ist jemand aus der Schule hier, jemand, den sie mag, den sie nicht mag, auf den sie in jedem Fall reagieren muß. Obwohl wir uns schon öfter über den Weg gelaufen sind, nimmt sie mich nicht als bekannt wahr.

Anna trägt ein auberginefarbenes, körpernah geschnittenes Kleid, das kurz oberhalb der Knie endet, darüber einen Trenchcoat, dessen Gürtel hin und her schlackert. Sie hat einige graue Strähnen, die sie nicht färbt. Von nahem wirkt ihr Gesicht jünger als auf die Entfernung.

»... wir frühstücken – jeder worauf er Lust hat –, dann fahren wir T-Shirts und Hosen kaufen, und heute nachmittag ...«

»... aber ich mag Bernd nicht.«

»Es ...«

In diesem Moment kreuzen sich unsere Blicke. *Anna* verstummt. In ihren Augen wechseln sich Erkennen und Zweifel ab, ob ich derjenige bin, dessen Küche ihrer gegenüberliegt, und dem sie sich manchmal nackt zeigt. Sie schaut *Zoë* hinterher, die in den Café-Bereich geht, jetzt dort nachsieht, ob sie jemanden kennt, kneift die Lippen zusammen. Ihre Pupillen springen zwischen *Zoë* und mir, gekreuzt von Gedanken, die sich schnell bewegen. Sie steht anderthalb Meter von mir entfernt. Meine Augen sind *Zoë* gefolgt, ihrem hüpfenden Schritt. *Anna* hat es bemerkt, es mißfällt ihr. Ich wende mich kurz der Verkäuferin, der Restschlange zu. Es sind noch drei Leute, die vor mir bedient werden, sehr wenig Zeit für all das, was geschehen muß.

»Jana, komm her«, sagt sie.

›Jana‹, nicht *Zoë*.

Wahrscheinlich wäre es günstiger gewesen, ich hätte eine Gelegenheit ohne das Mädchen abgepaßt.

Der Trinker bestellt Weißbrot, legt abgezählte Münzen

in die Schale auf dem Tresen. Als nächster werde ich an der Reihe sein. Ich lächle der Verkäuferin zu, das Lächeln ist nicht für sie bestimmt, trotzdem erwidert sie es, bis ich es wegnehme, mehr Wärme hineinlege, es zu *Anna* hinüberziehe. Ich schaue direkt in ihre Augen, sage: »Ich glaube, wir sind Nachbarn. Wir könnten vielleicht mal einen Kaffee zusammen ...«

Sie erstarrt.

Auf einen Schlag hat sich endlose Stille im Raum ausgebreitet. Die Bewegungen sind erfroren, als würde ein elektromagnetisches Feld sämtliche Kräfte lähmen. Kein »Was darf's sein?«, kein »Zwei Semmeln bitte«, aus niemandes Mund.

»Ganz sicher nicht!« – Ich höre es von sehr weit her. Die Frau mir gegenüber, *Anna*, legt ihre Hand schützend auf *Zoës* – auf ihrer Tochter Janas Schulter, schiebt sich vor das Mädchen, alles an ihr ist Abscheu: »Verschwinde!« zischt sie: »Wenn du nicht willst, daß ich schreie, hau sofort ab!«

Maneki Neko

Die Nacht endete: am östlichen Horizont ein schmaler Streifen Frühlicht, von Wolken heruntergedrückt, der Wald davor schwarz. Fumio Onishi schaute auf die Uhr. Es war zwanzig nach sechs. Er gähnte. Das Horn eines entgegenkommenden Lastwagens blähte sich auf, kippte in eine andere Tonlage, verschwand hinter ihm zwischen Scheinwerfern und Dunkel. Dem Navigationsgerät zufolge würde er in siebzehn Kilometern das Autobahndreieck erreichen, das auf den Innenstadtring führte. Er tastete nach der Zigarettenpackung, stellte fest, daß sie leer war, zerquetschte sie, als bräche er einem Hamster das Rückgrat. Obwohl er die Krawatte gelockert, den obersten Hemdknopf geöffnet hatte, fühlte er sich eingeschnürt. Der Verkehr wurde dichter. In seinem Augenwinkel rechts auf dem Standstreifen jetzt für Sekundenbruchteile zwei phosphorne Punkte, dann eine dunkle Bewegung, ein Tier-, ein Katzenschatten, der auf die Fahrbahn sprang. Das Zucken im Fuß noch vor dem Blick in den Rückspiegel, unmittelbar gefolgt von drei dumpfen Schlägen unter ihm, ihrem Nachhall im Kopf. Eine unangenehme Empfindung. Hätte er gebremst, wäre es zu einem Auffahrunfall gekommen. Fumio Onishi wischte sich zweimal kurz mit der flachen Rechten über die Linke am Steuer, wie um Flusen abzustreifen. Dem Tod war es egal, welches Wesen er gerade traf, früher oder später bekam er alle. Für Fumio Onishi hingegen gab es Unterschiede: Einen Menschen zu töten, bedeutete nicht dasselbe wie ein Tier umzubringen, und eine Katze bekleidete einen anderen Rang als ein Karnickel. Katzen verfügten über Kräfte, sie standen auf einer ähnlichen Stufe wie Füchse. Ob die Tötung sich unglücklicherweise ereignet hatte oder mit Vorsatz erfolgt war, spielte für das Gewicht des Vergehens eine untergeordnete Rolle. Derjenige, der es verursacht hatte, willentlich oder aufgrund schicksalhafter Verkettungen, trug die Verantwortung und würde dafür zur Rechenschaft gezogen. Wenn es einen Menschen getroffen hatte, dessen Tod aufgrund einer Regelverletzung notwendig gewesen war, brauchte man sich nicht den Kopf zu zerbrechen. Tiere fielen jedoch unter keines der ihm vertrauten Regelwerke. Sie hatten ihre eigene Sphäre mit eigenen Schutzmächten, die für Ausgleich sorgen würden, damit das Gleichgewicht nicht aus der Balance geriet. Eine tote Katze war kein gutes – sie war ein ausgesprochen schlechtes Omen für alles, was in den nächsten Tagen anstand.

Vom Magen her ein fader Geschmack, Nüchternschmerz. Fumio Onishi beugte sich zur Seite und fischte eine neue Packung Zigaretten aus dem Handschuhfach. Einhändig knibbelte er an dem goldenen Streifen in der Cellophanhülle, bis er ihn mit den Zähnen abziehen konnte. Er schob das Silberpapier weg, schlug die Packung mit einer geübten Bewegung gegen das Lenkrad, so daß drei Zigaretten unterschiedlich weit herausragten. Die erste nahm er mit den Lippen. Obwohl er sich auf der rechten Spur befand, blendete hinter ihm jemand auf. Er erschrak, zwang seine Hand aber, am Steuer zu bleiben. Eigentlich konnte niemand wissen, daß er jetzt hier, auf dieser Strecke unterwegs war. Er bemerkte, daß er nicht einmal mehr siebzig fuhr und trat aufs Gas. Der BMW beschleunigte kraftvoll und leise, schloß zum nächsten Fahrzeug auf, einem Kleintransporter, auf dessen offener Ladefläche Harken, Schippen und ein Rasenmäher unter flatternder Plane festgezurrt waren. Die Lücke links reichte nur knapp für ein Überholmanöver. Fumio Onishi scherte trotzdem aus, als wollte er sich selbst demonstrieren, daß er ein verdammt guter Autofahrer war. Die orangefarbene Lichtglocke der nahenden Stadt mischte sich mit dem Rot des Sonnenaufgangs.

Das Hauptzollamt öffnete um acht: Er würde mehr als eine Stunde zu früh dort sein. Unabhängig davon, daß ihm die Übermüdung zu schaffen machte, war er angespannt. Seit Tagen suchte er nach einer Erklärung, weshalb der Zoll die Sendung einbehalten hatte. Im Frachtschein, dessen Durchschlag der Aufforderung zur Selbstverzollung beigelegt gewesen war, hatte der Absender in Osaka als Inhalt *Gift* und als Wert *150 000 Yen* eingetragen. Fumio Onishi nahm des öfteren stellvertretend Pakete aus Japan in Empfang. Meist befanden sich darin Geschenke für Geschäftspartner oder sonstige Personen, denen gegenüber Verpflichtungen bestanden – Keramiken, Buddhafiguren, kostbare Tees. Es hatte nie Schwierigkeiten gegeben. Wenn er nicht zu Hause war, lag ein Zettel im Briefkasten, daß die Sendung auf der Post abgeholt werden müsse. Diesmal jedoch war ihm ein gestempeltes Schreiben vom Zollamt zugestellt worden, daß er sich persönlich dort einzufinden habe, außerdem seien die Rechnung sowie sein Zahlungsbeleg in deutscher Sprache und zweifacher Ausfertigung vorzulegen. Offenbar hatten sie den Verdacht, daß etwas nicht stimmte.

Daß der Zoll ihn vorlud, hätte an sich schon gereicht, ihn zu beunruhigen, doch mindestens ebenso nervös machte ihn der Umstand, daß Herr Komatsu am Telephon mit Verweis auf höchste Stellen verlangt hatte, er müsse unter allen

Umständen dort hinfahren, das Paket auslösen und es noch am selben Tag Herrn Yamada in Frankfurt übergeben. Die zusätzliche Fahrt konnte den gesamten Zeitplan platzen lassen. Im übrigen hatte die Vermeidung von Konflikten mit Behörden des Gastlandes bislang immer Priorität gehabt. Seine Fragen nach dem Inhalt des Pakets, nach Gründen für die geänderte Vorgehensweise, hatte man lediglich mit dem Hinweis beantwortet, es seien keine Schwierigkeiten zu erwarten, und weiteres Insistieren seinerseits werde als Mangel an Respekt betrachtet. Diese Art Drohung war gleichfalls neu.

»In fünfhundert Metern rechts abbiegen«, sagte die künstliche Frauenstimme aus dem Navigationsgerät.

Mit dem innerstädtischen Ring mündeten auch Aus- und Einfahrten in das Autobahndreieck. In Kürze würden sich fünf Spuren zu einem undurchschaubaren Knäuel verwickeln. Fumio Onishi wußte aus leidiger Erfahrung, daß man sich schnell in der falschen Richtung wiederfand, wenn man einen Moment unaufmerksam war. Der morgendliche Berufsverkehr näherte sich seinem Höhepunkt. Verglichen mit Tokio oder Osaka hielt sich die Zahl der Fahrzeuge in Grenzen. Rechts und links zogen die Schornsteine eines Heizkraftwerks, Industrie- und Wohnanlagen im Zwielicht vorbei. Fumio Onishi wechselte mehrfach ohne Not die Spur, nur um sich selbst das Gefühl zu vermitteln, er bewege sich lautlos und unsichtbar wie ein Tiger im Dschungel durch die Stadt.

»Ausfahrt vor Ihnen.«

Von dieser Seite aus erschien ihm die Gegend unbekannt, obwohl das Restaurant »Takeda«, wo gelegentlich Besprechungen abgehalten wurden, sich in unmittelbarer Nachbarschaft befinden mußte.

»Nehmen Sie die Ausfahrt.«

In letzter Sekunde schob sich ein taubenblauer Porsche vor ihn. Fumio Onishi war augenblicklich konzentriert, bremste scharf, sah eine ältere Frau am Steuer, die entschuldigend winkte, und spürte einige Herzschläge lang der anschließenden Erleichterung nach. Wenig später bog er auf den Parkplatz vor dem Hauptzollamt.

Es war fünf vor sieben. Er stellte den Motor ab, lehnte sich zurück, holte tief Luft und schloß die Augen. Aus den gegenstandslosen Formen hinter den Lidern glitt sein Blick hinaus auf die Straße unter dem bleiernen Himmel. Rechts und links betonierte Flächen, lediglich von schmalen Grünstreifen unterbrochen. Je weiter er sich vorwärtsbewegte, desto breiter wurden die Streifen. In der Ferne sah er ein hohes, freistehendes Gebäude inmitten der endlos weiten Landschaft, auf das lief er zu. Ein Gefühl, als wäre ihm jemand dicht auf den Fersen, hockte in seinem Nakken, doch so oft er sich auch umwandte, er sah nur endlose Reisfelder: Milliarden Setzlinge, die in Reih und Glied aus unbewegten Wasserflächen ragten. Langsam näherte er sich dem mehrstöckigen, fast fensterlosen Betonbau. Man hatte ihm mitgeteilt, daß sich dort eine für sein weiteres Leben außerordentlich bedeutsame Person aufhalte. Diese Person habe nur wenig Zeit und werde nicht auf ihn warten. Er rannte. Zum Glück war er austrainiert, es gab Hoffnung, daß er die Strecke in den verbleibenden Minuten tatsächlich schaffte. Endlich stand er vor der Tür. Es gab keine Gegensprechanlage, nicht einmal eine primitive Klingel. Er begann, mit beiden Fäusten gegen das Glas zu hämmern. Ein schmerzhaft hartes Geräusch schallte ihm entgegen. Plötzlich erschien auf der anderen Seite unter einer Schirmmütze das von Fett zugequollene Gesicht einer Frau in dunklem Anorak, die ihrerseits mit dem Fingerknöchel gegen die Scheibe pochte. Fumio Onishi fuhr auf und starrte sie an. Eine zweite Frau, die neben ihr stand, beugte sich ebenfalls hinunter. Er griff sich reflexartig unter die Jacke, erst dann begriff er die Situation, atmete durch und öffnete das Fenster.

»Dieser Parkplatz ist ausschließlich für Besucher des Hauptzollamtes, junger Mann«, sagte die Dicke.

»Verstehen Sie deutsch?« fragte die andere.

Er nickte hastig.

»Wenn Sie kein Bußgeld zahlen wollen, fahren Sie schleunigst woandershin.«

»Und da haben wir dann beide Augen zugedrückt, meine Kollegin und ich.«

»Entschuldigung, ich muß …«, sagte Fumio Onishi. »Ich habe eine Vorladung, einen Moment …«

Er zog umständlich den Briefumschlag aus der Innentasche des Jacketts, hielt ihn den beiden Frauen hin, die ihn nicht einmal in die Hand nahmen, sondern gleich abwinkten: »Na dann ist ja alles in Ordnung.«

»Aber zum Schlafen ist das hier nicht der richtige Platz.«

»Danke«, sagte Fumio Onishi und deutete eine Verneigung an, während die Frauen bereits das parkende Motorrad neben ihm in Augenschein nahmen.

Er stellte mit Entsetzen fest, daß er anderthalb Stunden geschlafen hatte, und sprang aus dem Wagen. Im Gehen schloß er sein Hemd, rückte die Krawatte zurecht. –

Das Hauptzollamt war ein schäbiger Zweckbau, niedrig, breit, ab Höhe der Schulter großflächig verglast, so daß er von außen nur den oberen Teil des Raums einsehen konnte: Neonröhren in Chromfassungen, die über die gesamte Breite der Decke gespannt waren; zwei Männerköpfe unmittelbar hinter den Scheiben, die ihn ausdruckslos anstarrten. Fumio Onishi ging hinein. Das erste, worauf sein Blick fiel, waren drei rote Kreise mit diagonalem Balken, die ein Mobiltelephon, eine Kamera und eine Zigarette durchstrichen. Er spürte das dringende Bedürfnis zu rauchen, doch für weitere Verzögerungen blieb keine Zeit. Statt dessen schaltete er sein Telephon ab, trat durch die nächste Glastür und fand sich am Ende der Schlange vor einem Schalter. An der Stirnwand dahinter hingen ein mächtiges Schild »ANMELDUNG«, außerdem ein Photo des deutschen Präsidenten und ein Automat mit der Aufschrift »Wartemarken«. Der Beamte, der fast vollständig vom Tresen verdeckt wurde, redete mit monotoner Stimme auf eine junge, indisch aussehende Frau ein. Rechter Hand waren mehrere Stuhlreihen gestellt, auf die sich gut zwei Dutzend Leute verteilten. Dem Eingang gegenüber hing eine elektronische Tafel, an der rote Diodenziffern anzeigten, welche Nummern gerade an welchen Plätzen abgefertigt wurden.

Fumio Onishi, der darin geübt war, neue Situationen an unbekannten Orten mit einem Blick zu erfassen, begriff, daß dies hier, wie immer es ablaufen würde und selbst wenn es glimpflich ausging, dauern würde. Lange Zeit bewegte sich nichts außer dem Sekundenzeiger der großen Uhr.

Inzwischen war es zehn vor neun. In elfeinhalb Stunden mußte er in Amsterdam das Flugzeug nach Los Angeles bekommen, vorher in Frankfurt etwas abgeben, von dem er weder wußte, was es war, noch ob es ihm überhaupt ausgehändigt wurde, ob es ihn nicht in Haft brachte, ihn womöglich sogar das Leben kostete. All das konnte passieren, daran gab es ebensowenig Zweifel, wie an der Tatsache, daß er nur sehr geringe Chancen hatte, morgen lebendig in Los Angeles zu landen.

Während Fumio Onishi nach außen ruhig und teilnahmslos wirkte, zeichneten seine Augen alles um ihn herum genauestens auf, damit er notfalls blitzschnell und zielgenau reagieren konnte. Er las sogar die Zettel und Plakate am Mitteilungsbrett: *Sind sie mit mehr als 10 000 Euro unterwegs? Der Zoll gegen Geldwäsche und Terrorismusfinanzierung; Bundesweite Mordserie – Die Polizei bittet um Ihre Mithilfe!* Dazu die Silhouette einer »Glock« mit Schalldämpfer über einer Deutschlandkarte, auf der rote Punkte die Tatorte markierten, locker über das Land verteilt, mit Häufungen im Rhein-Main-Gebiet und im Großraum Berlin.

Aus der Diodentafel tönte ein Gong, die Zahl *18* blinkte auf, daneben: *Platz 5.* Ein ältlicher blondierter Mann mit knallroter Brille, der ein Bügel fehlte, ging nach nebenan. Kurz darauf ein erneuter Gongschlag: *19, Platz 3.*

Endlich zog die Inderin ab – allerdings nicht wie jemand, der erreicht hatte, was er wollte. Es folgten eine ungepflegte Thaifrau und ein Deutscher in Jogginghose, dem seine grauen Haare offen auf die schuppenübersäte Trainingsjacke fielen. Das Paar schien die Prozedur zu kennen oder es hatte zufällig die richtigen Zettel bei sich, jedenfalls dauerte es nicht sehr lange, bis der Beamte aufstand, die Papiere in den Halter vor der Durchreiche in der Rückwand steckte, klingelte, eine Wartemarke zog und sie der Thaifrau aushändigte. Er kehrte nicht an seinen Platz zurück, sondern verschwand durch die offene Tür in den weitaus größeren Raum, der sich anschloß. Fumio Onishi trat aus der Schlange, um seinerseits einen Blick hineinzuwerfen, sah abgeteilte Boxen mit niedrigen Packtischen sowie ein Kabuff, das an panzerglasgesicherte Bankschalter erinnerte. Offenbar fanden dort die eigentlichen Kontrollen statt.

Die Durchreiche wurde geöffnet, und es erschien der

Kopf eines anderen, völlig verständnislos wirkenden Mannes, der die Zettel an sich nahm.

Eine Zeitlang geschah nichts. Fumio Onishi, der schon oft und lange in Deutschland gewesen war, wunderte sich über die beinahe japanisch anmutende Schicksalsergebenheit der Leute. Niemand sprang auf, schrie herum, verlangte nach Vorgesetzten oder Geschäftsführern. Der einzige, der vor Anspannung zu zerspringen drohte, schien er selbst zu sein.

Schließlich kehrte der Beamte zurück. Ehe er sich wieder hinsetzte, wandte er sich noch einmal in Richtung Tür, wo eine schweinsgesichtige Frau erschien, durch deren dünnes und spärliches Haar rosaweiß die Kopfhaut schimmerte. Sie rief: »Ich würde mich da nicht verrückt machen – das ist ganz allein deren Problem ...«

Der nächste, der an den Schalter trat, ein Fernfahrer, hatte offenbar heikle Ware. »Es muß eine Banderole drum sein«, hörte Fumio Onishi den Beamten sagen. »Genau: aus einem EU-Land. Wenn die Zigaretten aus Tschechien kommen und eine polnische Banderole haben, sind es eben polnische Zigaretten aus Tschechien, das geht natürlich. Etwas anderes sind Zigaretten mit einer Banderole aus der Ukraine oder mit gar keiner Banderole ...«

Wenn er das Flugzeug in Amsterdam nicht schaffte, müßte ein anderer die Arbeit in Torrance erledigen. Er würde versuchen, einen Platz in der nächsten Maschine zu bekommen. Dann spielte es keine Rolle mehr, ob er direkt nach Los Angeles oder erst nach New York und von dort aus weiterflog – wohin immer man ihn schickte. Wenn man ihn noch irgendwohin schickte.

Erneut der Gong: *22, Platz 1*. Es war zehn nach neun. Endlich forderte der Beamte ihn auf, vorzutreten.

»Deutsch?«

»Japanisch.«

»Sprechen sie Deutsch?«

»Natürlich.«

»Natürlich ist das nun nicht gerade.« Der Beamte lachte abschätzig: »Und was für ein *Gift* haben wir da?«

»Ich weiß es nicht.«

»Haben Sie etwas im Internet bestellt, oder kommt es von Bekannten?«

»Von Bekannten.«

»Und was ist es?«

»Wie gesagt – ich weiß es nicht.«

»Haben Sie eine Rechnung? Oder einen Zahlungsbeleg?«

»Nein.«

»Hätten Sie aber mitbringen sollen …«

»Entschuldigen Sie …«

»Es muß sowieso aufgemacht werden.«

Der Beamte kritzelte zwei Wörter auf den Schein und kreuzte auf einem anderen Papier etwas an: »Sie wissen, daß möglicherweise Abgaben auf Sie zukommen? Einfuhrumsatzsteuer, Zoll – je nachdem, was drin ist.«

»Nein.«

»Ab einem Warenwert von 150 Euro muß Zoll entrichtet werden.«

»Aber es ist ein Geschenk.«

»Das ist das Schöne an Geschenken: daß man sich überraschen lassen kann.«

»Und wenn es sich um etwas handelt, das …«

»Sobald Sie es aufmachen, haben Sie alle juristischen Folgen zu tragen. Also wenn Rauschgift drin ist oder Waffen, nur als Beispiel, können Sie nicht nachher sagen: ›Das war gar nicht für mich.‹ – Wollen Sie die Sendung trotzdem haben?«

»Ja. Sicher.«

Der Mann stand auf, steckte den Schein in den Halter, drückte die Klingel, zog eine Wartemarke und gab sie ihm.

Fumio Onishi hatte die Nummer *43*. Er setzte sich so, daß er durch die Tür in den Abfertigungsraum schauen konnte. Neben ihm saß eine Afrikanerin. Der Mann mit der roten Brille kam wieder heraus, lehnte sich an die Wand, schaute zu ihm herüber. Fumio Onishi senkte den Blick. Ganz gleich, wie er sich auch zurechtrückte, er fühlte sich, als trüge er die Kleider von jemand anderem.

Sie konnten ihm alles mögliche geschickt haben, je nachdem, was mit ihm geschehen sollte. Wenn es, ohne daß er davon erfahren hatte, zu einem Machtwechsel gekommen war, in dessen Folge eine Umstrukturierung durchgeführt wurde, konnte es durchaus sein, daß er sich jetzt, ohne es zu wissen, auf der falschen Seite befand. Dann reichten bestimmte Kenntnisse, um ihn in den Augen gewisser Leute zum Risikofaktor werden zu lassen, selbst wenn er sich immer loyal verhalten hatte. Welchen Grund sonst – wenn er nicht kaltgestellt werden sollte – konnte es geben, den in wochenlanger Planung ausgetüftelten, wie ein Räderwerk ineinandergreifenden Zeitplan derart zu gefährden?

Unendlich langsam rückten die Zahlen vor. Inzwischen waren sie bei *32, Platz 6*. Die Afrikanerin neben ihm stand auf. Dem Mann mit der abgebrochenen Brille verrutschte ein Lächeln, als Fumio Onishis Blick versehentlich auf seinen traf, dann stieß er sich lässig von der Wand ab und setzte sich mit einem weibischen Hüftschwung auf den Platz neben ihm. ›Ein Schwuler‹, schoß es Fumio Onishi durch den Kopf. ›Und er ist scharf auf mich. Auch das noch.‹

150 000 Yen – in dieser Preiskategorie bewegten sich die Präsente normalerweise nicht. Natürlich war es theoretisch

auch denkbar, daß Herr Yamada ein ganz außerordentlich kostbares Geschenk für eine besonders einflußreiche oder hochgestellte Persönlichkeit angefordert hatte.

Aus dem Nebenraum kam ein dicker Mann in einem dunkelgrünen T-Shirt mit weißer Aufschrift »ZOLL«, unter dem sich ein Pistolengurt abzeichnete. Einige Minuten lang blätterte er einen Karteikasten durch, offenbar ohne zu finden, was er suchte, und zog wieder ab.

Fumio Onishi wurde abwechselnd von Furcht, Haß, Ekel und grenzenloser Müdigkeit überschwemmt. Er dachte an die Katze, die er überfahren hatte, an die unabsehbaren Folgen, die es nach sich ziehen konnte. Er wollte dringend rauchen, wagte aber nicht, den Raum zu verlassen.

Ganz allmählich erlahmte die Jagd der Bilder und Gedanken in seinem Kopf, er gestattete der Müdigkeit, die Oberhand zu gewinnen. Herr Harada, sein Ausbilder, hatte einmal gesagt: »Wenn du vor einer Aufgabe Angst hast, versuche drei Stunden vor der bestimmten Zeit am Ort zu sein. Wenn es dann soweit ist, bist du so ruhig, daß nichts mehr schiefgehen kann.« Er glitt in einen Dämmerzustand, aus dem ihn nur noch das gelegentliche Gongsignal herausriß. Dann schaute er zur Tafel, um festzustellen, daß er noch längst nicht an der Reihe war.

Als um kurz nach zehn die Nummer *41* aufblinkte, war er sofort hellwach. Plötzlich ging es sehr schnell, die *42* wurde übersprungen – *43, Platz 1.*

Er stand auf, sah sich um, ob irgendwo ungewöhnliche Aktivitäten oder Bewegungen stattfanden, konnte jedoch nichts entdecken. Langsam und betont entspannt betrat er den Abfertigungsraum. Hinter den Packtischen befanden sich in einer Mischung aus Lagerhalle und Großraumbüro etwa zehn Schreibtische mit überalterten Computern, von denen lediglich fünf besetzt waren. Er schritt auf den Blechtisch in der ersten Box zu, wo ein kleines, an den Seiten mit allerhand Aufklebern versehenes Paket lag. Oben wurde es vollständig vom Original des Scheins bedeckt, dessen Durchschlag seiner Vorladung beigefügt gewesen war. Auf der anderen Seite des Tisches stand ein Beamter Mitte fünfzig in schwarz-rot-beige gemustertem Pullover und hellblauer Jeans. Seine Augen hinter der großflächigen Hornbrille erinnerten an ein Wiesel auf der Jagd, das entschlossen war, die Maus aufzuspüren und totzubeißen.

Gerade schob der Mann, dessen Kopf Fumio Onishi beim Abholen der Zettel gesehen hatte, einen Handkarren voller Pakete herein. Die Frau mit dem Schweinegesicht stand hinter einem Kollegen, der eher an einen holländischen Junkie als an einen deutschen Zöllner erinnerte, blätterte in einem dicken Buch und sagte: »Ich würde das als dreiundfünfzig zwölf siebzig vierundfünfzig zweihundertzwanzig und nicht als dreiundfünfzig zwölf siebzig vierundfünfzig zweihundertdreißig ansehen …«

»Sie sind Herr Fumio?« fragte der Beamte und legte die Finger seiner rechten Hand ebenso beiläufig wie fest auf das Päckchen, so daß kein Zweifel bestand, wer die Verfügungsgewalt hatte.

»Onishi. Herr Onishi.«

Der Zöllner drehte den Kopf zur Seite und las noch einmal den Namen im Adreßfeld: »Hier steht es anders herum. – Was ist da drin?«

Er trug offenbar keine Waffe.

»Ich weiß es nicht.«

»Sie werden doch wissen, was Sie gekauft haben, in dieser Preisklasse, das merkt man sich doch.«

»Es ist ein Geschenk, *Gift*: steht auch dort.«

»Das steht meistens da. Hilft aber nicht. – Also keine Rechnung, kein Zahlungsbeleg, Ebay, PayPal – nichts dergleichen?«

»Nein.«

»Es kann teuer werden. Bei einem Warenwert von 150 000 Yen, also tausenddreihundert Euro, da kommen neunzehn Prozent Einfuhrumsatzsteuer dazu – mindestens. Und Zoll. Ich sage es Ihnen nur schon mal, jetzt können Sie die Annahme noch verweigern.«

»Ich werde es nehmen.«

»Dann bitte mal öffnen.«

Fumio Onishi hob das Päckchen an. Es war unerwartet leicht, als wäre nichts, oder fast nichts darin. Er drehte es hin und her, um zu sehen, von welcher Seite es aufgemacht werden sollte. Den Aufklebern zufolge enthielt es etwas äußerst Zerbrechliches. Das Packband war so perfekt gesetzt, daß er nirgends einen Anfang entdecken konnte, um es abzuziehen.

»Nehmen Sie das hier«, sagte der Beamte und reichte ihm ein Teppichmesser, das an einer langen Kette hing.

Fumio Onishi entschied sich für einen Schnitt auf der Unterseite und bemerkte, daß es schon einmal aufgemacht worden war. Auf dem durchsichtigen Klebestreifen stand in Druckbuchstaben *Durch die deutsche Post für die Zollabfertigung geöffnet*, seine Bewegung stockte: »Da hat schon einmal jemand …«

»Die Kollegen haben geschaut, ob ein Lieferschein drin ist – ist aber nicht.«

Jedenfalls würde er nicht von einer Bombe zerfetzt werden. Er würde überhaupt nicht sterben, jedenfalls nicht heute, und setzte seinen Schnitt. Nach zwei weiteren an den Querseiten ließ sich der Boden aufklappen. Gelbliche Styroporchips quollen ihm entgegen. Es folgten zusammengeknüllte japanische Zeitungen, erstaunlich große Mengen, dann, ziemlich genau in der Mitte, stieß er auf ein Luftpolsterfolienbündel von der Größe einer Teedose. Die Folie saß straff und war eng mit Tesafilm umwickelt. Er hatte noch immer keine Ahnung, was sich darin befand, und konnte auch nicht sehen, wie viele Schichten Folie es schützten, weshalb er versuchte, die Streifen abzuziehen statt sie zu zerschneiden. Seine Hände waren zittrig, die Fingerkuppen trocken und kalt, er kam nur mühsam voran.

Der Beamte verfolgte jede seiner Bewegungen ebenso aufmerksam wie regungslos. Nachdem Fumio Onishi drei Lagen Folie entfernt hatte, folgten zwei weitere aus dickem weichem Papier. Er riß es auf, und etwas Goldenes kam zum Vorschein, darin zwei kleine Augen. »Maneki Neko«, flüsterte Fumio Onishi und einen Moment lang hatte er das Gefühl, mitsamt der Figur nach hinten zu kippen.

»Das ist so eine Glückskatze, wie sie auch bei meinem Chinesen steht, nicht wahr?« sagte der Beamte »Nur daß der Arm nicht wackelt. – Was für ein Material?«

Fumio Onishi hob die Figur unwillkürlich an die Nase, um sicher zu sein, und sagte: »Keramik, antike Keramik. Edo-Zeit ...«

Er wußte, daß es in Amerika Leute gab, die Tausende von Dollars für antike Glückskatzen bezahlten. Ihre Augen starrten ihn unverwandt an. Er spürte eine neuartige Furcht, die von den Knien über den Bauch in die Brust kroch. Der Blick, der ihn traf, war der Blick eines Buddhas oder sonst einer Inkarnation, und er sprang zwischen Unerbittlichkeit, Wissen, unendlicher Milde und Spott hin und her.

»Antik heißt, mehr als hundert Jahre alt. Dafür brauchen Sie einen Nachweis.«

»Wie meinen Sie das?« Fumio Onishi sah den Beamten verständnislos an.

»Sie müssen nachweisen, daß die Figur so alt ist. Zum Beispiel durch ein Sachverständigengutachten von einem zugelassenen Sachverständigen. – Zeigen Sie mal.«

Der Beamte schob sich die Brille in die Stirn, inspizierte die Katze von allen Seiten und sagte: »Ich wüßte jetzt nicht, ob sie 80 oder 120 Jahre alt ist – scheint beides möglich.«

»Aber ...«, stotterte Fumio Onishi.

»Sie können auch ein Gutachten aus Japan einreichen, in Übersetzung und mit Behördenstempel, aber das kostet natürlich. Und es kann zu Schwierigkeiten führen – ich sage es Ihnen nur –, wegen der Ausfuhrbestimmungen Ihres Landes, auch wenn uns das nichts angeht.«

»Es ist ...«

»Ohne Gutachten ist es eine keramische Dekorations-figur ... Die Frage wäre, ob handgearbeitet oder Industrie-ware? – Ich darf noch mal ...«

Er schaute in die Höhlung der Figur, drehte sie so, daß möglichst viel Licht hineinfiel: »Schwer zu sagen, es sind zwei zusammengefügte Hälften. Manufakturware vielleicht. Wahrscheinlich gilt für handgearbeitete Dekorationsfiguren aber ohnehin derselbe Abgabensatz wie für Industriepro-dukte, das werden wir gleich sehen. Es geht darum, daß wir sie richtig klassifizieren. *Kunst* ist es jedenfalls nicht.«

Er gab ihm die Figur zurück.

Fumio Onishi nahm sie mit beiden Händen. Seine Linke umschloß ihren Korpus, die Rechte berührte vorsichtig die winkende Pfote. Es schien, als plusterte die Katze sich auf.

Der Blick aus den kleinen schwarzen Pupillen kam näher und näher, hielt ihn fest, saugte ihn an sich, drohte ihn zu verschlingen. Er blickte in die Schwärze der sich selbst in alle Ewigkeit durchströmenden Leere des unendlichen Raumes, hörte, wie ein Urteil gesprochen wurde, das vor aller Zeit gefällt worden war, und auf einmal setzte ein Lachen ein, erst leise, dann zunehmend lauter, ein hohles, albernes, unverschämtes, schließlich brüllendes Gelächter, das gleich sein Trommelfell sprengen würde, doch dann, wie nichts, fiel es mit einem trockenen, kleinteiligen »Klack« in sich zusammen. Für einen Sekundenbruchteil war die Stille dahinter noch stiller als die Leere zuvor leer gewesen war. Gebrannter Ton, auf der einen Seite mattweiß, auf der anderen golden bemalt, zersprang, bröckelte, fiel, prallte auf den Blechtisch, einige Hammerschläge und ein kurzer Schauer. Aus Fumio Onishis Hand ragte nur noch der Katzenkopf mit den roten Innenohren über dem roten Halsband. Er dachte nichts, während noch immer keramischer Bruch und Staub aus seiner geschlossenen Faust rieselten.

»Gut, das ist Pech«, hörte er den Beamten sagen.

Jetzt kippte auch der Kopf zur Seite, drehte sich im Fallen um sich selbst, einige erstorbene Blicke trafen ihn, einäugig und aschgrau. Fumio Onishi versuchte erst gar nicht, ihn aufzufangen.

Vier Dichter besetzen einen Platz

Wie die Sonne durchs Geäst bricht, könnte man meinen, den Anfang zu finden, ist ein Kinderspiel, aber steht auf der Leuchttafel oberhalb von Dirk Bouts Tisch in Lettern, die der Typographie mechanischer Schreibmaschinen nachempfunden sind.

»Der Satz ist nicht korrekt«, denkt Paul Mayer schräg gegenüber, dreißig Meter entfernt, »man kann doch nicht mit einem falschen Satz beginnen.« Er hat *Markttag. Die Sonne scheint. Es wird warm* geschrieben. »Eine schwachsinnige Idee, die anderthalb Monate Miete sichert.«

Der Mann mit dem Bart trägt seine feuerrote Plastiktüte, als wäre eine (was? Kostbare Porzellanfigur? Reliquie?) darin. »Räucherfisch. Es ist Räucherfisch«, ruft er der jungen Frau zu, die unter der Tafel sitzt und Dana Kayser heißt, »wie würden Sie den denn tragen?«

Auf der Tafel von Hannes Miesbach steht seit einer Stunde nichts, aber auf seinem Tisch, unmittelbar neben dem Computer, eine halbleere Flasche Wein, die er als Arbeitsgrundlage verlangt hat. Morgens um zehn Uhr das erste Glas auf ex, in aller Öffentlichkeit. Hannes Miesbach trinkt immer beim Schreiben. Dichter trinken, warum hätte er hier damit aufhören sollen. Er gibt *Die tätigkeit des schreibens besteht zu neunzig prozent aus nichtschreiben* ein. Der Bärtige, der jetzt seinen Tisch passiert, ruft: »Räucherfisch. Forelle und Bückling. Nur damit Sie sich nicht irgendeinen Quatsch aus den Fingern saugen.«

Dr. Vera Sondthofen, die Leiterin des Hauptstadt-Literaturbüros hat sich das Projekt ausgedacht: Vier Schriftsteller sitzen rund um den zentralen Platz, zwei aus dem Westen, zwei aus dem Osten. Jeder hat ein Notebook vor und einen Flüssigkristallbildschirm hinter sich, wie er für Sportübertragungen in Kneipen benutzt wird. Die Buchstaben leuchten sofort auf. Ein Informatikunternehmen hat die Bildschirme zur Verfügung gestellt, eine Großbank wird die Publikation der Texte finanzieren.

Der Markt ist übersichtlich, Gemüse aus biologischem Landbau, italienische Delikatessen, Kunstgewerbe, dazu Bratwurst-, Falafel-, Crêpesstände. Die beiden Polizisten des Stadtteils schlendern zwischen den Käufern, die Hand locker am Schlagstock. Sie erinnern an Laurel und Hardy. Wenn man ein Problem hätte, würde man sie mit »Herr Wachtmeister« anreden. Sie bleiben vor der Bühne von Paul Mayer stehen und lesen. Ob sie sich für Literatur interessieren, fragt Paul Mayer. Der Dicke verzieht bedeutungsschwer die Mundwinkel. Der Dünne sagt: »Viel ist das nicht für eine Stunde«, dann beugt er sich zu ihm hinunter und flüstert etwas. Paul Mayer lacht. Nachdem sie weitergegangen sind, schreibt er: *Die örtliche Polizei weist darauf hin, daß seit einigen Tagen eine Gruppe osteuropäischer Trickdiebe im Viertel ihr Unwesen treibt. Bitte achten Sie auf Ihre Handtaschen und Portemonnaies.*

Dirk Bouts streicht das *aber: Das stimmt, der Anfang ist schon gemacht. Viele Mütter schieben Kinderwagen (-wägen?), die Kinder schlafen oder quengeln, werden gehätschelt oder angeschrien. Der Spielplatz füllt sich schneller als der Markt. Das Leben mit Kindern ist so verschieden vom Leben ohne wie (?) Dies wird eine Geschichte für Eltern. (Welche Geschichte?)* Als er die beiden Polizisten sieht, ersetzt er *Eltern* durch *Kinder,* und löscht *(Welche Geschichte?)*: *Sie heißt Kasperle auf dem Wochenmarkt* oder *Der doppelte Wachtmeister.*

Hannes Miesbach schenkt sich nach: *Nichtschreiben ist keine lösung. Katzen beißen sich nicht in den schwanz. Spielformen statt fester gattungen. Spiel ohne grenzen. Spiel ohne sieger. Sprache und welt haben nicht mehr miteinander gemein als schach und krieg. Hermetik statt hermeneutik.* Absatz.

Dana Kayser legt den Tascheninhalt fest: *Der Mann mit dem Bart trägt seine feuerrote Plastiktüte, als lauerte darin ein gefährliches Tier. Er ist böse. Zu Hause hockt er sich an den schäbigen Küchentisch und wickelt einen geräucherten Aal aus Zeitungspapier. Das Fett glänzt auf der Tischplatte.*

Besorgte Leute wollen von Paul Mayer wissen, ob die Warnung stimmt. Paul Mayer gibt zweideutige Antworten. Unvermittelt steht er auf und entschuldigt sich, er brauche Kaffee. Als er mit Pappbecher und Brötchentüte zurückkehrt, hat sich bei seinem Tisch eine Traube gebildet, in der heftig diskutiert wird: »Da sind Sie ja endlich! Was hat es damit auf sich?« Paul Mayer sagt, er sei lediglich ein Medium, und grinst: *Das Leben in den Städten des Ostens steckt voller Gefahren, die dem Westmenschen fremd sind. Er kennt die Mächte nicht, die dort regieren, und wenn er sie kennen würde, begriffe er ihre Gesetze nicht.*

Der Mann mit der Plastiktüte ist noch einmal zurückgekehrt, um zu schauen, was Dana Kayser mit ihm macht. Er stemmt die Hände in die Hüften, kneift die Lippen zusammen. Man sieht, daß sich hinter seiner Stirn Unheil zusammenbraut. Dana hat Angst. Sie hält nach den Polizisten Ausschau, kann sie aber nirgends entdecken. Auch vom Literaturbüro ist niemand zu sehen. »Eine Unverschämtheit! Wenn Sie das nicht sofort löschen, werde ich Sie verklagen!« »Es ist nur eine Geschichte«, sagt Dana leise, »sie hat nichts mit Ihnen zu tun.« »Entweder Sie löschen das, oder ich rufe meinen Anwalt an.« Dana nimmt all ihren Mut zusammen: *Ihm gegenüber sitzt eine bittere Frau. Seit er zur Tür hereingekommen ist, hat sie kein Wort gesagt.* »Sie werden das bereuen, darauf können Sie Gift nehmen!« zischt der Bärtige, dreht sich um und verschwindet in der Straße hinter ihr.

Weil die Großmutter zur Kur nach Bad Melsungen gefahren war, wollte Kasperle für Gretel am Sonntag ein schönes Essen kochen. Es sollte Suppe geben, einen saftigen Braten und Rote Grütze, genauso, als wenn Großmutter selbst gekocht hätte. Er steckte ein paar Goldstücke ein, nahm das Krokodil an die Leine und ging zum Markt, wo all die leckeren Sachen feilgeboten wurden.

Neben dem Teil, wo die Stände aufgebaut sind, befindet sich unter alten Linden, Robinien, ein kleiner Park mit Sträuchern, Blumenrabatten, einer Liegewiese und dem Spielplatz. Dort steht auch eine massige Bronzeskulptur der berühmten Dichterin, die dem Platz ihren Namen geliehen hat.

Hannes Miesbach sitzt als einziger mitten im Grünen. Er steht jetzt auf und rückt seinen Stuhl demonstrativ auf die andere Seite des Tisches, damit er die inzwischen dichtgedrängten Menschen nicht sehen muß. Allein das Stimmengewirr ist eine Zumutung. Beim Umdrehen des Computers stolpert er über ein Kabel, fällt aber nicht vom Podest. Er braucht eine neue Flasche Wein, steckt sich eine Zigarette an. Frau Dr. Sondthofen ist immer noch nicht in Sicht. Rechts von ihm überprüfen die Polizisten das Nummernschild eines parkenden Wagens mit Frankfurter Kennzeichen. *Das wort entstammt der stille. In der stille wird es hörbar. Man kann es nicht zwingen. Dichtung bedeutet: still warten, bis sich wörter einfinden. Niemand weiß, was sie dazu bewegt.*

Wenige Meter von Paul Mayer entfernt, kocht in einer Gulaschkanone Erbsensuppe. Obwohl er aus Norddeutschland stammt, gibt es wenig, vor dem er sich so ekelt wie vor Erbsensuppe. Der Kanonendeckel steht jetzt offen, der Geruch steigt ihm die Nase hinauf, zwingt ihn, an den pelzigen Film zu denken, den sie im Mund zurückläßt und der sich nicht wegspülen läßt, an längst vergangene Samstage. Aber darüber will er nicht schreiben. Er will über den Osten schreiben, über den dunklen Mythos des Ostens, verhangene Tage, Birkenwälder, Wölfe, über verrußte Holzhäuser, zusammengefaltete Gesichter, namenlose Bedrohung. Es ist unmöglich, sich darauf zu konzentrieren, wenn ein ekelhafter Geruch Bilder der Kindheit vors innere Auge weht.

Dana hat sich entschieden, mit ihrer Geschichte fortzufahren: *Die Wohnung ist verwahrlost. Neben dem verdreckten Herd liegt ein alter grauer Pudel, der lange nicht gekämmt wurde und Haare verliert. Der Mann steht auf, holt ein Messer aus der Schublade. Vom häufigen Schleifen ist es schmal geworden. An der Art, wie er den Aal häutet, sieht man, daß er Übung darin hat. Die Stücke, die er von der Gräte schneidet, schiebt er sich, zwischen Klinge und Daumen geklemmt, in den Mund. Er bietet der Frau nichts an. Die Frau fragt auch nicht.* »Sie mögen wohl keinen Aal?« fragt ein Rentner, der zugeschaut hat, wie der Text Buchstabe für Buchstabe auf ihrem Bildschirm erschienen ist. »Doch, sehr gern sogar, bei uns zu Hause war das immer ein Festessen.«

Als Kasperle mit dem Krokodil auf den Markt kam, erschraken die Leute. Sie wußten nicht, daß er das Krokodil gezähmt hatte. Wochenlang war es bei Wasser und einer Ölsardine im

Hof angekettet gewesen, bis es eines Tages angefangen hatte zu winseln wie ein junger Hund. Da hatte er die Kette vom Haken genommen und war mit ihm durch den Garten gegangen. Es schnappte nicht einmal nach seinen Füßen. Zur Belohnung bekam es am Abend einen riesigen Karpfen.

Inzwischen ist es drückend schwül. Hannes Miesbach schwitzt. Er hat unerträglichen Durst. Da sich keiner vom Literaturbüro blicken läßt, geht er zum nächsten Weinstand und kauft einen Liter Frascati mit Schraubverschluß. Er läßt sich eine Quittung geben, um sich die Flasche später erstatten zu lassen. Bedingung für seine Teilnahme war, daß er genug zu trinken bekäme: *Das beste wäre zu verstummen. Wer verstummt, lügt. Wer schreibt, fragt nicht nach wahrheit, sondern nach der grammatik.*

Paul Mayer liest, was Dirk Bouts geschrieben hat und faßt sich an den Kopf. Dann beschließt er, die Mischung aus Erbsensuppengeruch und Osten zu nutzen: *Das Töten von Menschen ist hier so selbstverständlich wie das Schlachten der Tiere. Nachts hallen Schüsse durch leergefegte Straßenschluchten. Es herrscht der Krieg aller gegen alle. Organisierte Banden plündern verlassene Wohnungen. Die Beute ist spärlich, ein Sack Trockenerbsen, eine Uhr, die keine Zeit mehr anzeigt, wozu auch? Die Zeit ist abgelaufen. Wer keinem der Kartelle angehört, ist in die Dörfer seiner Vorväter geflohen, in der Hoffnung auf einen täglichen Teller Suppe bei entfernten Verwandten.* »Sind es Russen oder Leute vom Balkan, wissen Sie das?« Paul Mayer zuckt mit den Schultern. »Was hat der Polizist denn gesagt?« »Daß er auch gern so leicht sein Geld verdienen würde.«

Frau Dr. Sondthofen tritt mit der Bezirkskulturbeauftragten, Frau Neuner-Özelsel, aus dem Café an der Ecke. Die beiden unterhalten sich angeregt. Dana Kayser entdeckt sie zuerst und winkt: »Lesen Sie das bitte«, sagt sie. Ihre Stimme klingt bang. »Sehr intensiv«, sagt Frau Dr. Sondthofen, »und sehr finster.« »Ich finde Räucheraal auch ekelhaft«, sagt Frau Neuner-Özelsel. »Das Problem ist, den Mann mit dem Bart und der Plastiktüte gibt es wirklich. Er verlangt, daß ich alles lösche, andernfalls kommt er mit seinem Anwalt. Was soll ich tun?« »Wie sich das juristisch verhält, weiß ich auch nicht«, antwortet Frau Dr. Sondthofen, »was denkst du, Elke?« »Sie soll weiterschreiben. Wahrscheinlich passiert gar nichts.« Hannes Miesbach sieht die beiden Frauen bei Dana und steigt vom Podest. Er gibt sich Mühe, seine Schritte gerade erscheinen zu lassen: »Frau Dr. Sondthofen, Entschuldigung, ich habe hier eine Quittung. Sie waren vorhin nicht da, und wir hatten doch besprochen, wegen des Weins, wenn Sie mir die erstatten könnten, ich bin etwas knapp, das wäre nett, zumal, wie das hier konkret ablaufen würde, war mir nicht klar, sonst hätte ich mir dreimal überlegt, ob ich überhaupt …« Während Hannes Miesbach redet, kramt Frau Dr. Sondthofen ihre Geldbörse aus der Handtasche und hält ihm einen Schein hin, was Hannes erst mit Verzögerung bemerkt: »Vielen Dank. Die Literatur dankt es Ihnen.«

Wieder am Tisch gibt er eine Leerzeile ein, dann: *Sich dem lärm verweigern. Haltung bewahren, wo kein halt ist. —*

Dana erinnert sich, daß es Zeiten gab, in denen Schreiben riskanter war, trotzdem hatte sie damals weniger Angst: *»Ich weiß nicht, warum du hier sitzt«, sagt der Mann. »Ich auch nicht«, antwortet die Frau. »Dann geh doch.« Als er fertig gegessen hat, packt er Haut, Gräte und den Kopf mit den starren, nach innen gewandten Augen in das Papier. Langsam schiebt er den Abfall mit dem Handrücken zur Tischkante, bis er zu Boden fällt. Er holt eine Flasche billigen Weinbrand* *aus dem Regal und füllt damit ein Wasserglas, das er in einem Zug leert. »Heb das auf«, sagt er. Die Frau rührt sich nicht.* »Schämen Sie sich! So ist es nicht gewesen. Warum machen Sie unser Land schlecht? Sie sind doch aus dem Osten. Ich kenne Sie von früher.«

Jetzt gab es großes Geschrei. Keiner hörte, daß Kasperle rief: »Es ist zahm, es tut euch nichts zuleide!« Das Krokodil trottete neben ihm her und suchte den Boden nach Eßbarem ab. Kasperle hatte noch nicht einmal den Metzger gefunden, da stand schon, vom Lärm herbeigerufen, der Wachtmeister vor ihm. Kasperle staunte und rieb sich verwundert die Augen: Der Wachtmeister hatte sich über Nacht verdoppelt. Er war zwei geworden, ein kleiner Dicker und ein langer Dünner. »Potzblitz, Herr Wachtmeister«, sagte Kasperle, »da laust mich doch der Affe. Das muß wahrhaftig mit dem Teufel zugegangen sein.« »Werd nicht frech, Kasperle«, sagte der Dünne und zückte Stift und Block.

Im Blau über den Dächern türmen sich gewaltige Wolken auf, jagen ihre Schatten über den Platz. Zwischen Korbmacher und Fischhändler haben sich die drei rumänischen Zigeuner mit Geige, Akkordeon und Trommel aufgestellt, die seit Wochen von Straßencafé zu Straßencafé ziehen und Balkanmusik spielen. Sie nehmen heute deutlich weniger ein als sonst. Kaum jemand, der stehenbleibt und länger zuhört.

»Und wie läuft es bei Ihnen so?« fragt Frau Dr. Sondthofen Paul Mayer. »Eher mäßig, aber das sehen Sie ja.« »Mit dem Wetter haben wir jedenfalls Glück«, sagt Frau Neuner-Özelsel, »wenn es kein Gewitter gibt.« »Notfalls schreibe ich den Text zu Hause fertig.« Frau Dr. Sondthofen runzelt die Stirn. »Dieser Warnhinweis ist ein Scherz, oder?« »Sagen wir: Eine Zitatsimulation.« »Selbst auf die Gefahr hin, daß Sie mir böse sind: Ich würde das weglassen. Bevor die Herren von der Polizei auf die Idee kommen, Ihnen *Amtsanmaßung* zu unterstellen.« Paul Mayer verdreht die Augen. Ihm liegt »Gestaponutte, Stasikuh« auf der Zunge, aber er räuspert sich nur. »Denken Sie auch an die Älteren. Die sind ohnehin stark verunsichert. Und an unsere ausländischen Mitbürger.« Paul Mayer schiebt den Kursor ans Ende des Absatzes und hält die Löschtaste, bis auch *Die örtliche Polizei* verschwunden ist.

Hannes Miesbach gibt erneut eine Leerzeile ein, um an die vorherigen Überlegungen anzuschließen: *Die grammatik gehorcht ausschließlich sich selbst. Ihre nutzung zum beschreiben dessen, was geschieht, ist ein irrtum: Ich schieße einen hirsch. Ich forme einen satz. Beide aussagen folgen derselben struktur: subjekt, prädikat, objekt. Ein ich wirkt auf ein etwas ein. Es besteht keinerlei ähnlichkeit zwischen dem vorgang des schießens und dem des formens.* Die Sonne verschwindet immer länger hinter Wolken. Auf der Wiese im Park haben junge Familien die Picknickkörbe ausgepackt. Obdachlose trinken Bier. Zwei junge Frauen im Slip ziehen ihre BHs aus, damit keine weißen Stellen bleiben, cremen sich gegenseitig den Rücken ein. Hannes Miesbach saugt den Rauch tief in die Lungen und nimmt einen großen Schluck.

Paul Mayer führt Figuren ein: *Slava und ihr Bruder Mirko sind vor Monaten in das Kaff Svoteck gekommen. Die Behörden verdächtigten sie des Aufruhrs. Sie hatten an der Universität Flugblätter verteilt, die selbst ihre Kommilitonen ungelesen fortwarfen. Mütterchen Editha, eine Tante ihres Vaters, lebt in Svoteck. Sie hat immer dort gelebt. Seit ihr Mann, Onkel Vlato, vor vier Jahren starb, wohnt sie allein in dem halbverfallenen Haus, das aus zwei kleinen Räumen*

und einem abgetrennten Schweinekoben besteht. Hinter dem
Haus waten Hühner und Gänse durch Morast. Wenn es viel
geregnet hat, bildet sich ein Tümpel. Eine Ziege ist angepflockt.
Der Hund verschläft den Sommer neben der Türschwelle. Auf
dem Samowar köchelt Tee. Slava und Mirko haben nicht mehr
mitgebracht, als sie tragen konnten: Kleider, Blechgeschirr, ihr
letztes Geld. Die Reise dauerte zwei Tage. Sie fuhren in klapp-
rigen Bussen auf Straßen, die diesen Namen nicht verdienten,
und waren am Ende froh, von niemandem ausgeraubt worden
zu sein. –

»Eine Kindergeschichte. Das ist schön. Damit würde
man allerdings nicht rechnen, wenn man Ihr Werk kennt«,
sagt Frau Dr. Sondthofen zu Dirk Bouts, wobei ein Unterton in ihrer Stimme mitschwingt, der ihn zweifeln läßt, ob
sie darüber wirklich froh ist. »Ich habe noch nie eine geschrieben. Plötzlich hatte ich Lust dazu. Warum, weiß ich
auch nicht.«

Dana denkt angestrengt nach, wie sie mit dem alten
Paar, das in seiner Küche sitzt und sich haßt, fortfahren
soll. Einer könnte den anderen erstechen, mit der Flasche
erschlagen. Mord ist die einfachste Lösung. Zu einfach.
Seit das Messer auf dem Tisch liegt, rechnet ohnehin jeder
damit. Es ist besser, derartige Erwartungen zu enttäuschen.
Sie löscht: *Die Frau rührt sich nicht*, schreibt statt dessen:
Die Frau erhebt sich mühsam, hinkt zum Tisch und bückt
sich. Das Bücken fällt ihr schwer. Sie nimmt den Müll und
wirft ihn in die Tonne. »Bring den Müll runter«, sagt der
Mann, »der Gestank hier ist nicht zum Aushalten.« »Dann
mach das Fenster auf.« »Willst du, daß ich erfriere? Draußen
schneit es.« Dana ist erleichtert über den Schnee. Jetzt kann
keiner mehr behaupten, die Geschichte spiele heute und
hier.

»Deinen Krokodilführerschein, bitte!« sagte der dicke Polizist. »Wie soll ich an einen Schein kommen?« erwiderte Kasperle, »der König ist doch gestorben.« »Dann muß ich das Krokodil beschlagnahmen.« »Aber das ist unmöglich. Wem von euch soll ich es denn geben?« »Ich bin der Wachtmeister, das siehst du doch«, sagten beide wie aus einem Mund und hielten ihm ihre Dienstausweise unter die Nase. Kasperle las: Wachtmeister, darunter das Siegel des Königs. »Ihr seid zwei, aber ich habe nur ein Krokodil, soll ich es in Stücke hacken? Außerdem zeigt ihr mir das Siegel des toten Königs: Wer garantiert, daß es noch gültig ist? Vielleicht will euch der neue gar nicht, oder er erläßt neue Krokodilgesetze. Solange kann mein armes Tier keinesfalls bei euch eingesperrt bleiben. Ihr wißt ja nicht mal, was es frißt.«

Hannes Miesbach ist in die Betrachtung der Mädchenbrüste versunken, wissend, daß es unmöglich ist, Schönheit in Worte zu fassen. Dana Kayser denkt an Kafkas *Urteil*. Etwas in der Art müßte geschehen, aber ganz anders, unbewegt. Sie faßt zusammen, »Zwei bittere Alte, ein Hund, eine schäbige Wohnung. Winter in der Stadt«, fährt zögernd fort: *Der Pudel streicht der Frau um die Beine, sie tätschelt ihm zärtlich die Schnauze, er leckt ihre Hand: »Du bist ein braver Hund«, sagt sie, »was täte ich ohne dich, allein mit dem da, der mich geheiratet hat, weil ich hübsch war damals, ein wenig hübscher als die anderen Mädchen der Straße. Stolz ist er gewesen, wenn wir zum Tanzen gegangen sind. Danach hat er mich geschlagen, weil andere Männer mich zu fest im Arm gehalten haben beim Walzer. Ich hätte jeden kriegen können. Er war die falsche Wahl. Ich wußte es schon in der Hochzeitsnacht, als er Dinge verlangt hat, die unaussprechlich sind. Nach einer Woche ist er von der Arbeit nicht mehr zu mir gekommen, sondern mit seinen Kumpanen in die Wirtschaft gegangen und hat getrunken, wie er jetzt trinkt, bis er kaum noch laufen konnte, und dann ist er über mich hergefallen, mit seinen schwitzigen Händen, dem Schnapsatem.« Die Frau spricht mit tonloser Stimme. Der Mann hat hundertmal gehört, was sie sagt. Er schenkt sich Branntwein nach: »Eine dumme Frau. Dumm wie Stroh. Häßlich wie ihr Köter.«*

Die Luft ist schwer geworden, der Himmel eingetrübt. Im Westen schiebt eine dunkelgraue Wand grell beleuchtete Wolkentürme vor sich her. Die Zigeuner haben eine Pause eingelegt, sitzen auf einer Bank und trinken Cola. Einige Leute schauen erwartungsvoll, als die beiden Polizisten zu ihnen hinüberschlendern, doch sie kontrollieren keine Papiere, sondern erkundigen sich lediglich nach den Geschäften. Der Dicke erzählt, daß er früher oft an der Schwarzmeerküste Ferien gemacht habe. Wenn er sie spielen höre, müsse er immer daran denken. Frau Neuner-Özelsel verabschiedet sich ins Wochenende. Frau Dr. Sondthofen trifft sich mit Pressevertretern in der »Trattoria Luigi«.

Paul Mayer ärgert sich nach wie vor und überlegt, wie er sie als verklemmten Apparatschik in seinen Text einbauen könnte. Es funktioniert nicht. Slava und Mirko sind zu weit von den Schaltzentren der Macht entfernt. Kein Funktionär ist je in Svoteck gewesen, eben deshalb sind sie dorthin gefahren.

Hannes Miesbach hat inzwischen so viel getrunken, daß die vielen Menschen ihn nicht mehr am Versuch eines Gedichts hindern. Seit Jahren arbeitet er an einem Text, der die Täuschungen der Grammatik aufzeigen soll. Unvermittelt taucht ein Titel mit den beiden ersten Strophen aus dem Ozean der Worte auf:

In Hauptsätzen

Sonne wärmt den markt.
Kinder spielen murmeln.
Bettler fordern geld.

Eine frau lacht.
Das gras wächst.
Fassaden leuchten.

Hannes Miesbach glaubt, daß er heute auch den Schluß finden wird. Von ferne hallt Donner herüber. Der Wind frischt auf.

»Ich bin der Wachtmeister«, sagte der Dicke. »Du? Daß ich nicht lache«, erwiderte der Dünne. »Das wollen wir doch mal sehen.« »Meine Uniform ist nigelnagelneu, braucht es sonst einen Beweis?« »Ha!« triumphierte der Dicke, »Das ist mir wohl Beweis genug. Du hast sie gestohlen! Oder willst du behaupten, der tote König hat sie dir gegeben.« »Du bezichtigst mich des Diebstahls? Eine Verleumdung! Darauf stehen drei Goldstücke Strafe.« »Dir werd ich zeigen, wer der wahre Wachtmeister ist«, schrie der Dicke und hatte den Knüppel schon in der Hand.

Allmählich leert sich der Markt. Die Händler beginnen, ihre Stände abzubauen. Paul Mayer hat Hunger, holt sich eine Bratwurst und Bier. Dana ist enttäuscht, daß sich mit niemandem ein wirkliches Gespräch ergeben hat. Sie war zur falschen Zeit am falschen Ort. Damit es kein verlorener Tag wird, will sie wenigstens ihre Geschichte zu Ende bringen: *Er kann sagen, was er will, es trifft sie nicht mehr. Sie legt frische Kohlen in den Ofen. Schneeflocken landen auf dem Fenster und schmelzen. »Ich habe nur noch dich, mein Süßer«, flüstert sie dem Hund zu. Der Mann steckt sich den Rest seiner durchgekauten Zigarre an. Im Haus gegenüber drückt ein Junge die Nase gegen die Scheibe. Die Frau winkt. Der Junge winkt nicht zurück. »Und wenn ich jetzt gehe, bist du dann glücklich?« fragt sie. Der Mann antwortet nicht. »Ich gehe jetzt. Ich nehme den Hund mit.« Es klingt, als ginge sie für immer. Der Mann zeigt keinerlei Regung. Auch während sie den abgewetzten Pelz anzieht, den altmodischen Hut aufsetzt, rührt er sich nicht. Der Hund kratzt aufgeregt an der Tür. Die Frau öffnet, schaltet das Licht im Treppenhaus ein. »Wo willst du schon hin?« ruft der Mann ihr nach und bläst Rauch durch die Nase.*

Paul Mayer schaut in den Himmel, der sich zusehends verfinstert, dann auf die Uhr. Es ist halb vier. Laut Vertrag muß er bis fünf sitzen bleiben. Anschließend lädt Frau Dr. Sondthofen alle Beteiligten zum Essen ein. Er denkt: »Die Kleine in dem orangen Kleidchen könnte sich doch mal für Literatur interessieren. Das Hotelzimmer ist in Ordnung.«

Hannes Miesbach hat den Schwebezustand zwischen vollkommener Müdigkeit und höchster Konzentration erreicht. Schwäche und Kraft bilden jene geheimnisvolle Einheit, aus der ein Gedicht steigen kann. Er schließt die Augen, schiebt die Worte im Geist hin und her, spürt, wie sie geschmeidig werden, sich allmählich fügen, ihren Platz finden. Er atmet schwer, sein Oberkörper wippt im Rhythmus der Verse. Ein Außenstehender würde ihn für einen Betrunkenen halten, der gleich vom Stuhl kippt. Dann ist auch der Schluß da:

> *Die frau zieht den bh aus.*
> *Der mensch legt das wäschestück ab.*
> *Das subjekt entfernt ein objekt.*

Jemand liebt die frau.
Ein anderer verkauft fleisch.
Ich schreibe das auf.

Es besteht keine verbindung.

Als er die letzte Zeile geschrieben hat, sackt Hannes Miesbach in sich zusammen, legt den Kopf minutenlang auf die nackte Tischplatte, ehe er sich wieder aufrichtet, mit zittrigen Händen eine Zigarette aus der Packung holt und ansteckt, erneut das Glas füllt. Sein Blick hält nichts fest.

Die Wolkendecke hat sich geschlossen. Heftige Böen treiben Staubsäulen über den Platz. Donner rollt heran.

Wie auf Kommando prügelten die beiden Wachtmeister jetzt aufeinander ein. Die Mütze des Dicken war schon ganz zerbeult, dem Dünnen schwoll die rechte Braue. Sie schimpften und fluchten, schlugen zu, rissen sich gegenseitig Knöpfe und Abzeichen von den Uniformjacken. »Ich verhafte dich!« schrie der eine, »Ich bringe dich hinter Gitter!« der andere. Beide fuchtelten in der Linken mit Handschellen. »Ich sorge dafür, daß der neue König dich aus dem Land jagt!« »Pah! Nimm das!« Die Leute bildeten einen Kreis um Kasperle, das Krokodil und die wütenden Wachtmeister, johlten und klatschten. Kasperle stand da, rieb sich mit dem Zeigefinger die Nasenspitze und dachte: »Essen hin, Sonntag her, das Klügste wird sein, ich verschwinde, solange die beiden beschäftigt sind.« Er schnalzte mit der Zunge, woraufhin sich das Krokodil schwanzwedelnd in Bewegung setzte. Die Menge wich zur Seite, ohne daß er darum bitten mußte, und als er sich noch einmal umdrehte, hatten sich die beiden Wachtmeister mit einem einzigen Paar Handschellen gegenseitig festgenommen.

Ununterbrochen zucken Blitze. Paul Mayer schaut dem

Mädchen in dem orangefarbenen Kleid nach, das gerade den Platz verläßt, ohne ihn angesprochen zu haben. Er hat endgültig keine Lust mehr und schreibt: *Fortsetzung folgt. Wenn Sie darauf nicht warten wollen, lesen Sie meine Bücher,* bleibt aber sitzen, um sein Honorar nicht zu gefährden, und in der Hoffnung, daß es bald regnet.

Dana Kayser friert. »Das schadet nicht«, denkt sie, »so habe ich ein besseres Gefühl für den Winter.« Sie weiß jetzt, wie die Geschichte enden wird:

Draußen dämpft der Schnee die Geräusche. Es beginnt zu dämmern. Häuser und Menschen schimmern taubenblau. Laternen werden eingeschaltet. Die Frau nimmt denselben Weg, den sie jeden Tag geht, damit der Hund sein Geschäft erledigen kann. Sie sieht Menschen, die aus ihren Autos steigen und in Eingängen verschwinden, begegnet jedoch niemandem, den sie kennt. Die meisten sind fortgezogen oder gestorben. Sie schaut die Auslagen der zahlreichen neuen Läden an. Der Schmuck glitzert bunt, hat aber keinen Wert, die neue Mode ist ihr fremd; in diesen Schuhen könnte sie keinen Schritt tun. Alles hat sich verändert. Sie weiß nicht, ob zum Guten oder zum Schlechten. Selbst der Kaffee hat einen anderen Geruch als früher. Nur ihr Leben ist sich gleichgeblieben. Sie geht über die breite Ausfallstraße, die ihr Viertel begrenzt, in Richtung des großen Parks, den sie noch nie im Dunkeln betreten hat.

Auch Dirk Bouts will seine Geschichte zu Ende bringen. Laut Vertrag ist er verpflichtet, einen abgeschlossenen Text einzureichen. Zu Hause wartet der neue Roman, da bleibt keine Zeit für Mätzchen. Er zählt die Sekunden zwischen Blitz und Donner: achtzehn. Dementsprechend ist das Gewitter noch achtzehn Kilometer entfernt. Es kann jeden Augenblick zu regnen beginnen. Die Planen an den letzten Ständen flattern wild. Eine leere Kiste fegt über den Bürgersteig. Dirk Bouts tippt, so schnell er kann: *Als Kasperle mit dem Krokodil nach Hause kam, traurig, daß er Gretel nichts Leckeres würde kochen können, traute er seinen Augen kaum. Vor dem Haus stand ein großes schwarzes Taxi, wie es sie in England gibt. Großmutter stieg gerade aus, in der einen Hand ihre Hutschachtel, in der anderen den Stock. Der Fahrer trug schon ihre Koffer und Kisten zur Tür herein. »Was machst du denn hier, Großmutter?« fragte er. »Du bist doch zur Kur!« »Ach, Kasperle, in meinem ganzen langen Leben hab ich mich noch nie so gelangweilt wie in Bad Melsungen. Lauter alte Leute, die Karten spielen, spazierengehen und einander ihr Leid klagen. Kein Wachtmeister, kein Teufel, kein Krokodil. Zu essen gab es tagaus, tagein gedünstetes Gemüse, Magerquark und Schwarzbrot. Aber du und Gretel, ihr habt mir am allermeisten gefehlt. Schließlich dachte ich mir, die paar Zipperlein, die ich habe, ein Zwicken hier, ein Jucken da, sind nicht so schlimm, daß ich sechs Wochen von euch fortbleiben muß.« »Da bin ich aber froh«, sagte Kasperle und erzählte der Großmutter, was sich auf dem Markt zugetragen hatte, und daß er nichts für das Sonntagsmahl habe einkaufen können. »Gräm dich nicht, Kasperle«, sagte die Großmutter, »in Bad Melsungen gab es einen Zuckerbäcker, der hat so herrliche Torten, Pralinen, Spezereien gebacken, daß ich eine ganze Kiste davon gekauft habe, und das essen wir morgen alles auf. Fertig.* Irgendeine *Moral von der Geschicht'* oder was sie machen, *wenn sie nicht gestorben sind*, läßt sich notfalls anfügen. Dirk Bouts weiß nicht, was er jetzt tun soll und beschließt, noch einige Minuten zu warten, ob jemand vom Literaturbüro auftaucht. Inzwischen ist der Wind zum Sturm geworden. Die Bäume schwanken bedrohlich, es knirscht im Geäst, Blätter werden fortgerissen, Zweige knicken ab. Paul Mayer findet, daß er sich weder naßregnen noch erschlagen lassen muß, und schiebt seinen letzten Satz zwischen das Geschichtenfragment und *Fortsetzung folgt*. Er lautet: *Höhere Gewalt zwang mich um 16 Uhr 23 die Arbeit abzubrechen*. Dann steht er auf und geht in die nächste Kneipe. Die ersten Tropfen fallen, aber Dana schreibt weiter: *Im Licht der Laternen erscheinen die Schneeflocken gelblich. Angst läßt das Herz der Frau rasen. »Ich gehe fort, ich gehe fort«, spricht sie sich vor. Solange wie diesmal ist sie seit Jahren nicht draußen gewesen, nicht mal im strahlendsten Sonnenschein. Sie fragt sich, ob der Mann beunruhigt ist. Ob er die Polizei ruft, um nach ihr suchen zu lassen. Der neue Schnee wird ihre Spuren unkenntlich machen. Niemand wird sie finden. Die Bäume im Park gleichen Geisterschatten, die über der weißen Fläche schweben. Weite Teile des Parks wurden in den letzten Jahren neu angelegt, der, an den sie sich erinnert, sah anders aus. Die Frau folgt dem Hund, der Hund folgt dem Weg. Dann setzt sie sich erschöpft auf eine Bank. Der Pelz wärmt gut, der Hund springt ihr auf den Schoß. Sie sitzt da und schneit ein, bis der Hund vor Kälte jault, hinunterspringt, bellt, an der Leine zerrt. »Wir kehren irgendwo ein. Such uns ein schönes Plätzchen. Ich kenne mich hier nicht mehr aus«, sagt die Frau. Der Weg beschreibt einen so großen Kreis, daß sie den Eindruck hat, geradeaus in eine bestimmte Richtung zu gehen. Die Richtung heißt: fort. Nachdem sie sehr lange, sehr langsam gegangen sind, finden sie sich an dem Eingang des Parks wieder, durch den sie ihn Stunden zuvor betreten hatten. Der Hund führt die Frau dieselbe Straße zurück, wo der Schnee jetzt höher liegt. Die Geschäfte sind geschlossen, die Schaufensterbeleuchtungen ausgeschaltet. Aus einer Kneipe ziehen Rauchschwaden, dröhnt lautes Männerlachen, da will sie nicht hinein. Wenig später hält der Hund an, und die Frau merkt, daß es ihr Haus ist, vor dem sie stehen. Sie schüttelt den Kopf, holt den Schlüssel aus der Tasche und öffnet die Tür. Oben in der Wohnung brennt kein Licht. Die Uhr zeigt halb zwölf. Sie hört das Schnarchen des Mannes von nebenan, setzt sich in Mantel und Hut auf ihren Stuhl und schläft ein. Der Hund liegt zu ihren Füßen.* Dana atmet laut aus, speichert den Text auf einer Diskette, steckt sie in die Tasche. Wasser rinnt ihr übers Gesicht. Blitz und Donner folgen direkt aufeinander. Als hätten sie bis jetzt gewartet, platzen auf einen Schlag die Wolken. Fette Tropfen spritzen durch die Wucht des Aufpralls in alle Richtungen. Neben den Bordsteinen bilden sich Rinnsale, verschwinden in Gullys. Ein mächtiger Ast bricht ab und kracht auf das Dach eines Lieferwagens. Dana läßt alles, wie es ist, und flüchtet sich in den nächsten Hauseingang, um auf Frau Dr. Sondthofen zu warten. Auf der anderen Seite hat Dirk Bouts sich im Holzturm des Spielplatzes untergestellt. Hannes Miesbach klappt den Computer zu, schaltet ihn aber nicht aus. Dann legt er sich auf das Podest und raucht, bis die Zigarette erlischt. Er starrt in den schwarzen Himmel, horcht den verschiedenen Arten des Donners nach, leckt sich das Wasser von den Lippen. Die Wärme, die durch seine Adern strömt, läßt den Regen angenehm erscheinen. »Nie wieder aufstehen«, denkt er und überlegt, ob das nicht ein besserer Schluß für sein Gedicht wäre, als es zeitgleich mit einem grellen Blitz knallt und alle Bildschirme auf einen Schlag erlöschen.

Inhalt